Frédéric Beigbeder

Frédéric Beigbeder

Der Mann, der vor Lachen weinte

Roman

Aus dem Französischen
von Claudia Marquardt

PIPER

Die französische Originalausgabe erschien 2020 unter dem Titel
L'Homme qui pleure de rire bei Grasset & Fasquelle, Paris.

Von Frédéric Beigbeder liegen im Piper Verlag vor:
Neununddreißigneunzig
Ein französischer Roman
Oona und Salinger
Endlos leben
Der Mann, der vor Lachen weinte

Mehr über unsere Autorinnen, Autoren und Bücher:
www.piper.de/literatur

Unser Versprechen für mehr Nachhaltigkeit
• Klimaneutrales Produkt
• FSC®-zertifiziertes Papier
• Hergestellt in Deutschland

FSC www.fsc.org MIX Papier aus verantwortungsvollen Quellen FSC® C014496

ISBN 978-3-492-07067-6

Gesetzt aus der Palatino Linotype
Satz: Eberl & Kœsel Studio GmbH, Krugzell
Druck und Bindung: GGP Media GmbH, Pößneck
Printed in Germany

Meinem Vater und meinem Sohn

Warnung an den Leser

Jegliche Ähnlichkeit mit tatsächlichen Begebenheiten oder lebenden Personen könnte die Grenzen eines Autors ohne Fantasie aufdecken.

Eines Tages werde ich zugeben müssen, dass ich meine Existenz darauf verwendet habe, meine Probleme als fiktiv hinzustellen und mein Leben als einen Roman.

Octave Parango

Wer sich nicht regelmäßig zum allgemeinen Gespött macht, verdient es nicht, als Mensch betrachtet zu werden.

Frédéric Beigbeder, *Memoiren eines Sohnes aus schlechtem Hause*, 1990

Der Mensch hat vier Gesichter: Sie zeigen, was er wirklich ist, was er glaubt zu sein, was er anderen zu erkennen gibt und wie die anderen ihn wahrnehmen.

Konfuzius, ungefähr 500 v. Chr.

Ich bin die Wunde und des Messers Stich!
Ich bin die Ohrfeige und bin die Wange!
Bin Rad und Glieder, die dran hangen,
Und Opfer bin und zugleich Henker ich!

Charles Baudelaire, *Die Blumen des Bösen*, 1857

Octave Parangos Route

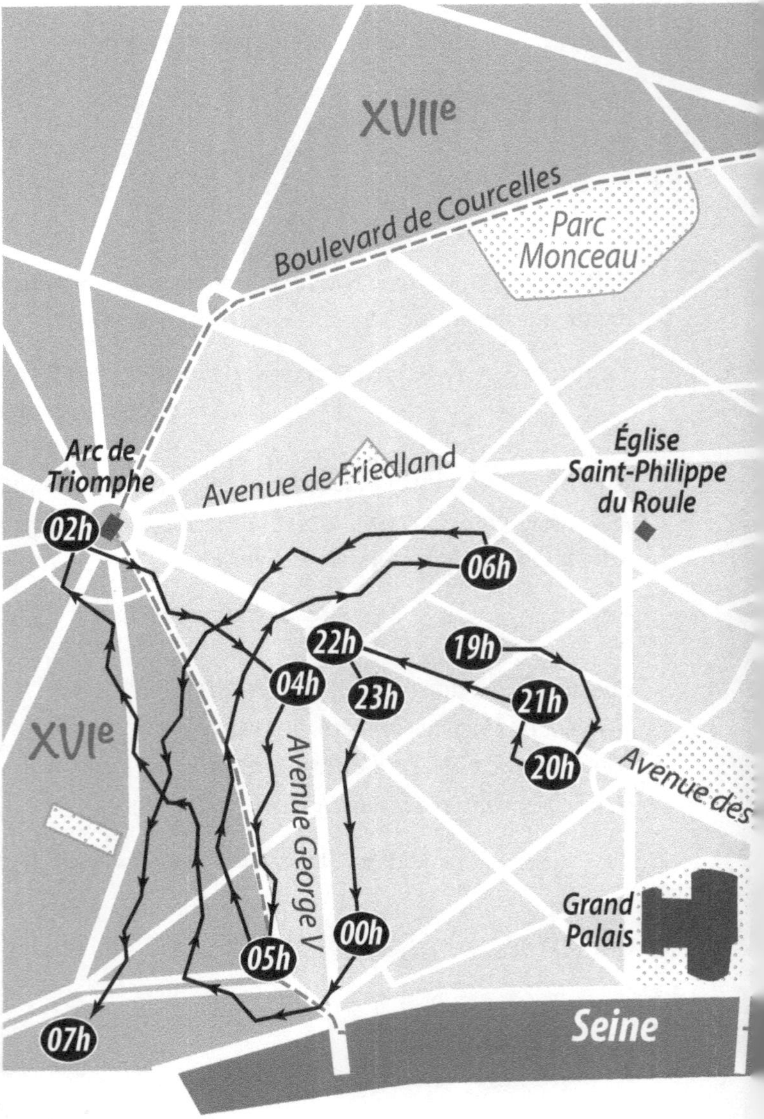

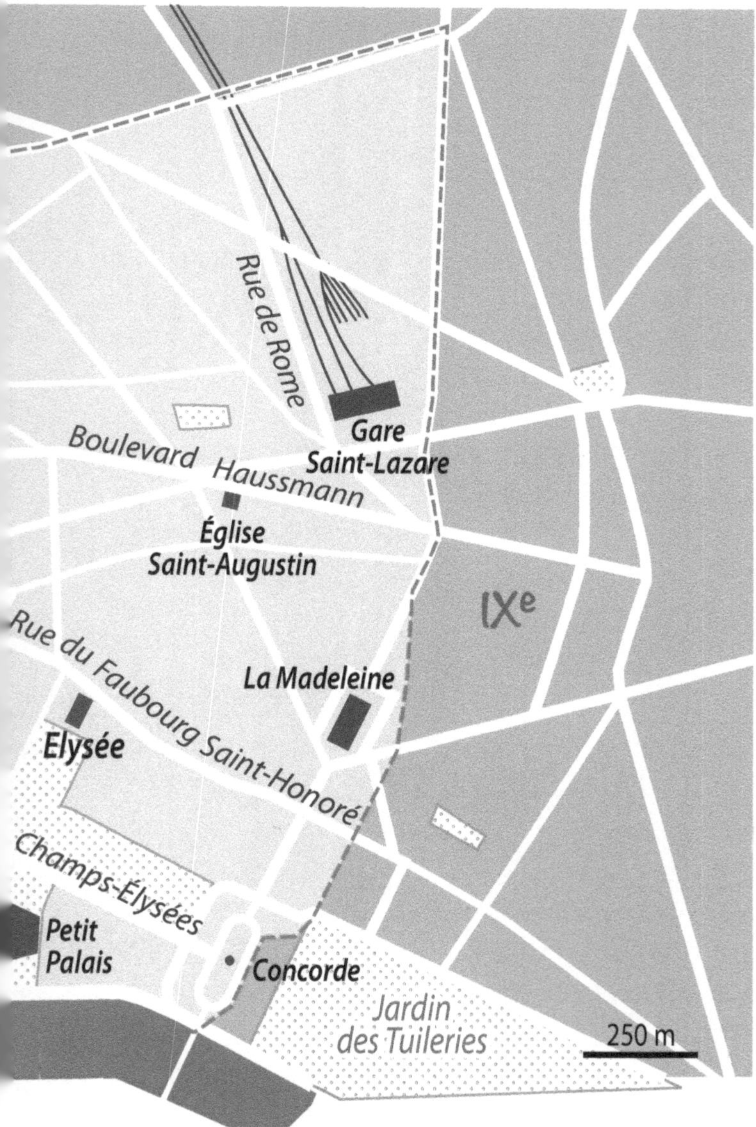

Rue de Rome
Gare
Saint-Lazare
Boulevard Haussmann
Église
Saint-Augustin
IXe
Rue du Faubourg Saint-Honoré
La Madeleine
Elysée
Champs-Élysées
Petit
Palais
Concorde
Jardin
des Tuileries
250 m

Ich heiße Octave Parango, und in zwanzig Jahren bin ich vierundsiebzig.

Die Umfragewerte liegen frisch auf dem Tisch: Ich arbeite für das meistgehörte Morgenmagazin Frankreichs. Médiamétrie hat die Zahl der Hörer von France Publique ermittelt, es sind 3,9 Millionen. Stolz sagt der Moderator der Sendung 7/9 heute jeden einzelnen Beteiligten an. »Und jetzt zum meistgehörten Wetterbericht Frankreichs«, »wir schalten nun den meistgehörten Wirtschaftsexperten Frankreichs hinzu«, »an meiner Seite sitzt die meistgehörte Interviewerin Frankreichs«, und als ich an der Reihe bin, verkündet er mit dem gleichen Schwung: »Und es geht weiter mit der Kolumne von Octave Parango, Frankreichs meistgehörtem Humoristen«, dazu ein verschmitztes Augenzwinkern. Ich hätte auf der Hut sein müssen: Normalerweise geht der Moderator sehr sparsam mit dem jovialen Schließen seiner Augendeckel um. Diese unerwartete Vertraulichkeit ist verräterisch … Es herrscht eine aufgeräumte Stimmung, die Ko-Moderatorin lächelt, alle scheinen zufrieden zu sein. Warum muss ich der Spaßverderber sein? Was hat mich geritten? Dieses Buch ist der Bericht einer Selbstversenkung, aber nicht nur meiner eigenen, es handelt sich eher um ein Kollektivopfer.

Mein Untergang beginnt musikalisch begleitet von indischer Folklore, mit unverwechselbarer, hypnotischer Anmut lässt Ravi Shankar seine schmachtende Sitar erklingen. Die flirrende Musik ist wie geschaffen dafür, eine stressige Sendung zu entspannen. Es handelt sich um einen Ausschnitt des Konzerts für Bangladesch, organisiert von George Harrison im Madison Square Garden 1971 – das erste Benefizkonzert in der Geschichte der Popmusik. Mitten in der Neonwestenkrise soll der Hippiesound eine Botschaft der Hoffnung vermitteln. Nach einem kurzen Moment allgemeinen Schweigens spreche ich stockend in das Mikro, das vor meinem trockenen Mund in Position gebogen ist.

»Oh, ich weiß, was ihr jetzt denkt: Octave will Zeit gewinnen. Octave hat nichts vorbereitet, Octave ist spät ins Bett gekommen. Octave hat wenig geschlafen. Also, äh … ja, das ist heute eine etwas spezielle Situation. Ich hatte wirklich eine superbrillante Kolumne über die Neonwesten parat, echt interessant, aber ich habe sie verloren. Ich hatte sie auf einen Zettel geschrieben, der mir abhandengekommen ist, so gegen drei Uhr morgens … in einem neuen Club namens *Medellín* … Kein Witz, der heißt wirklich so: *Medellín*, in der Avenue Marceau.«

Mir gegenüber bricht Sylvia Villerde, Medienexpertin des Senders, in ein nervöses Lachen aus. Sie vergräbt ihr Gesicht in den Händen, reibt sich die Augen und fährt sich mit gespreizten Fingern durchs Haar; es ist ihre Art, mit Angst umzugehen. Ihr flattern die Nerven, meinetwegen, denn sie weiß, es stimmt, was ich sage: Entgegen meiner Gewohnheit lese ich nicht vom Blatt ab. Rechts neben mir rollt Antonin Tarpenac mit seinem Drehstuhl zur Seite, er will nicht mit mir zusammen auf den Videos zu sehen sein. Er reißt seine blauen Augen auf, sein wohlwollender Blick ist einem *What the fuck* gewichen. Dominique Gombrowski (Nickelbrille, breites Lächeln, XL-T-Shirt, er gibt wie immer den Intellektuellen, dem es vollkommen schnuppe ist, ob er im Schlafanzug im Büro aufschlägt) wedelt mit den Armen, wie jeden Morgen, wenn er den Pressespiegel fertig hat, und gesellt sich dann fröhlich zu uns. Er ist ein großer Fan meiner Blödeleien. Er glaubt, dass ich nur so tue, als hätte ich nichts vorbereitet, und dass die Pointe noch kommt. Lieber Dominique, es tut mir leid, dass ich dich enttäuscht habe.

»Aber … äh … wir können ganz zufrieden sein, oder? Wir machen das beste Morgenmagazin Frankreichs, bravo, Glückwunsch an alle!«

Laura Salomé, Ko-Moderatorin und Sciences-Po-Absolventin wie ich (nur ist es bei ihr noch nicht so lange her), denkt sich, dass sie jetzt besser zu Hause bei ihrem Baby wäre, als ihre kostbare Lebenszeit mit solchen Idioten zu vergeuden. Sie schneidet mir das Wort ab: »Halten Sie das volle drei Minuten durch?«

Ich spüre, wie sich Schweißperlen auf meiner Stirn sammeln. Es gibt ein Problem, alle merken es, außer mir, ich bin immer noch überzeugt, einen genialen Auftritt hinzulegen.

»Wieso, läuft doch. Dominique hat inzwischen alle

Zeitungen gelesen, damit wir das nicht mehr machen müssen …«

»So ist es«, sagt der Moderator mit tonloser Stimme.

Es ist Nathan Dechardonne, er beginnt, unruhig auf seinem Stuhl hin und her zu rutschen. Ein Unsympath auf ganzer Linie. Eine so wichtige Schnittstelle vertraut man niemandem an, der Verständnis für irgendwas hat. Ich bewundere seine absolute Kaltschnäuzigkeit. Er hat seine Gefühle in jeder Lebenslage unter Kontrolle, wie damals, als er den Sozialplan bei *Libération* durchzog. Er verliert nie die Nerven, wenn er unter Druck steht. Und was mir am meisten imponiert, ist, dass er sich auch nach Sendeschluss treu bleibt: nie ein freundliches Wort, nie die geringste Aufmerksamkeit, Nathan legt seine Rüstung niemals ab; er ist ein Bulldozer. Das fehlende Kettenglied zwischen Mensch und Maschine. Sollte man die Moderation des Morgenmagazins nach seinem Abgang einem Algorithmus überlassen, werden die Hörer den Unterschied nicht bemerken.

Ich verfolge hartnäckig meinen Kurs.

»Nathan und Laura, die Sendung ist fast zu Ende, wie schön, die Arbeit ist geschafft, keine Interviews mehr …«

»Aber Ruhe hat man trotzdem keine, nicht mal um diese Uhrzeit«, seufzt Nathan.

»Wir machen uns Sorgen um Sie und vor allem um unsere Hörer: An die muss man ja auch denken«, fügt Laura hinzu.

»Und an die Hörer der Sendung danach«, plustert Antonin sich auf.

Antonin soll in zehn Minuten die Chansonsängerin

interviewen, die auf dem Cover der *Télérama* so verbissen guckt, mir fällt gerade ihr Name nicht ein.

»Also, wir kriegen hier allmählich Muffensausen«, fährt Nathan fort.

»Die Leute haben bereits umgeschaltet, sie hören jetzt *Culture Publique* anstatt *Tarpenac!*«, kräht Laura und gibt ihre größte Sorge zu erkennen: Sie will Marktführer in der Morgenschicht bleiben, um jeden Preis.

Ich versuche, den Beschuss abzuwehren.

»Ihr macht euch alle viel zu viel Stress. Ihr könnt euch doch nach der Sendung ausruhen, oder? Ein bisschen schlafen?«

»Nein, wir haben schließlich noch andere Verpflichtungen«, erwidert Laura.

Ich weiß ganz genau, dass ich auf ein Unheil zusteuere. Jedem in diesem Studio ist klar, dass die Sache aus dem Ruder läuft. Ein großartiges und zugleich beklemmendes Gefühl. Das Unbehagen ist greifbar; meine Schläfen glühen, während es mir kalt den Rücken hinunterläuft. Jede Sekunde dehnt sich zu einer Ewigkeit. Zu einer solchen Situation kann es an einem solchen Ort eigentlich niemals kommen. Vielleicht haben wir alle zusammen ein Mittel gefunden, um die Zeit anzuhalten. Oder ich bin doch nur ein fauler Hund, der dem triumphalen Erfolg einer Radiosendung in diesem Moment live die Luft abdreht.

»*Medellín,* wie das Kartell?«, fragt Dominique. »Und was kriegt man da so …?«

»Ja, ganz seltsam«, sage ich, »da stand ›Bei Pablo‹ über dem Eingang.«

»O nein!«, stöhnt Laura schon wieder.

Es ist ziemlich ungewöhnlich, zur Hauptsendezeit ein Loblied auf die kolumbianische Mafia zu singen. Ich halte das für einen subversiven Schachzug meinerseits und gerate immer tiefer in den Treibsand meiner albernen Stegreifnummer.

»Jedenfalls sind die Einzigen, die hier gleich noch ranmüssen, Sylvia und Antonin. Wann seid ihr denn aufgestanden?«

»Gegen fünf, halb sechs«, meldet Antonin müde.

»Und Sylvia, du?«

»Viertel vor sechs.«

»Okay, gut, ich hatte also keine Kolumne mehr«, nehme ich meinen Faden wieder auf, »bin dann aber auf einen Artikel in einer bedeutenden Zeitschrift gestoßen, in *Le Figaro Madame.* Einer wirklich sehr bedeutenden Zeitschrift.«

»Auf jeden Fall«, sagt Nathan und hofft, dass man seine Ironie heraushört. Und ja, sie ist unüberhörbar.

»Ich habe den Artikel im Taxi zerrissen, die Überschrift lautete ›Die Rache der Spätaufsteher‹, Valérie de Saint-Pierre hat ihn geschrieben: Sie zitiert darin eine Studie der London School of Economics, derzufolge ›Nachteulen intelligenter sind als frühe Vögel‹«.

»Starke Erkenntnis …«, sagt Nathan, womöglich beleidigt – er dürfte seit fünf Jahren keinen Nachtclub mehr von innen gesehen haben.

Mein Martyrium zieht sich in die Länge. Mit der Arroganz der Verzweiflung füge ich mich in mein Schicksal. Mein Niedergang ist irgendwie erfrischend, wie alle großen Projekte, von denen man Abstand nimmt.

»Und es gibt eine weitere Studie der Universität von

Chicago, die feststellt, dass Nachtschwärmer die mutigeren, risikofreudigeren Menschen sind, im Vergleich zu den als verbohrt geltenden Sechs-Uhr-morgens-Aufstehern.«

»Na, schönen Dank auch«, brummt Antonin.

Offenbar habe ich sie jetzt alle gekränkt, was gar nicht meine Absicht war. Ich wollte lediglich ein Experiment durchführen: etwas Abgründiges, Natürliches, Lebendiges in die geölte Maschine des morgendlichen Humors gießen. Ich wollte beweisen, dass man das ewige Korsett der einstudierten Kolumne mit Karacho hinter sich lassen kann. Gerade demonstriere ich das Gegenteil. Vielleicht will ich unbewusst, indem ich wissenschaftliche Untersuchungen zu den Qualitäten von Nachtschwärmern und den Defiziten von Frühaufstehern anführe, nur meine eigenen nächtlichen Umtriebe und meinen Müßiggang rechtfertigen … vor der um mich herum versammelten Morgenschicht, die berechtigterweise die Nase voll hat von den Lektionen eines tranigen Lebemannes. Ganz zu schweigen von den Millionen Menschen, die sich in der Dämmerung aus dem Bett gequält haben, um sich jetzt die Hirngespinste eines Faulpelzes anhören zu müssen.

»Okay, machen wir Schluss?«, fragt Nathan.

»Wie? Das interessiert Sie nicht?« Ich tue völlig überrascht, dabei tötet er mich seit neunzig Sekunden mit seinen Blicken.

»Na ja …«

»Verzeihen Sie, liebe Hörerinnen und Hörer!«, fleht Laura.

»Wir haben soeben die letzte Kolumne von Octave

Parango gehört!«, ruft Nathan ins Mikro und sorgt für Lacher rund um den Tisch.

Er betrachtet mich mit derselben Zärtlichkeit, mit der meine Tochter Salz auf eine Nacktschnecke streut. Ich habe das Gefühl, in ein schwarzes Loch gesaugt zu werden.

Ich bin gerade live gefeuert worden. Der Schweiß rinnt mir in Bächen herunter, ich werde rot, setze meine Brille ab, um mir über die Nase zu wischen. Ich bin nicht der Einzige, der sich fragt, was ich hier eigentlich mache. An diesem Tisch, hinter der Glaswand des Studios, in allen Büroräumen des Roten Hauses und auf sämtlichen Chefetagen der Republik stellt sich wohl jedermann dieselbe Frage.

»Er hat sich vor laufendem Mikro die Kugel gegeben!«, spottet Laura.

Ich versuche einen letzten, spontanen Witz als ex-»meistgehörter Humorist Frankreichs«: »Wenn keiner arbeiten gehen würde, gäb's auch keinen Stunk mehr wegen der Spritpreise.«

Eine anarchistische Anspielung auf die Erhöhung der Kraftstoffsteuer, die in Frankreich eine massive Protestbewegung ausgelöst hat. Meine Kollegen starren mich entgeistert an. Sie verlassen den Senderaum ohne ein weiteres Wort. Nur Antonin bleibt, um mich zu trösten.

»Was sollte das denn werden, bist du total irre? Man hat immer ein Skript dabei, immer! Es gibt keinen einzigen denkbaren Fall, wo du mit leeren Händen hier aufkreuzen kannst!«

Ich weiß, dass er es gut meint, aber es ist der falsche Moment. Ich habe das Desaster begriffen – und vielleicht auch gewollt. Schwankend gehe ich zu dem Tisch hinüber, auf dem mein blauer Mantel liegt. Niemand schenkt mir noch Beachtung. Totenstille begleitet mich auf meinem Weg zum Aufzug. Ich ahne, dass ich bereits Gesprächsthema bin, oder schlimmer: dass man mich bemitleidet. Ganz Frankreich hat mitverfolgt, wie ich implodiert bin. In den nächsten Minuten wird die Mailbox der Mediatorin von France Publique überschwemmt werden mit Nachrichten von Hörern, die ebenfalls meinen Rausschmiss fordern. Ich bekomme ein paar SMS mit Glückwünschen von Freunden, die genauso nihilistisch unterwegs sind wie ich: »Wow, du bist mein Idol«, »das war fantastisch«, »ich habe von so was geträumt, du hast es getan«. Aber ich weiß ganz genau, in was für eine missliche Lage ich mich hineinmanövriert habe. Es ist eine Manie von mir, dauernd dafür zu sorgen, dass man mich feuert. Mein Therapeut behauptet, Grund dafür sei mein mangelndes Selbstvertrauen, ich wolle die Liebe, die man mir entgegenbringt, auf die Probe stellen, wie ein launisches Kind, das sein Spielzeug zertrümmert. Diesmal ist die Sache gründlich schiefgegangen. Gegen achtzehn Uhr verkündet die Mediatorin auf Twitter mein Ausscheiden: »Liebe Hörerinnen, liebe Hörer, Sie haben Ihre Enttäuschung über Octave Parangos jüngste Kolumne deutlich zum Ausdruck gebracht. Er selbst räumt ein, dass sein Auftritt schwach war, und hat entschieden, seinen Stuhl frei zu machen, da ihm die Zeit fehlt, sich der Aufgabe in angemessener Weise zu widmen.«

Sie haben mich vor die Tür gesetzt, fristlos, ohne Vorwarnung oder vorheriges Gespräch. Ich fühle mich wie ein schlechter Schüler, der vom Direx des Unterrichts verwiesen wird. Noch nie ist es in der Geschichte von France Publique vorgekommen, dass man sich so überstürzt von einem Kolumnisten getrennt hat. Sie stellen diese kurzfristige Entlassung als Kündigung meinerseits hin. Aber lasst euch gesagt sein: Wenn jemand in einer Medienanstalt dieser Größenordnung einen so hochtourigen Abgang hinlegt, ist klar, dass er nicht freiwillig geht. Man hat ihn rausgedrängt und lässt ihn überall lauthals beteuern, es sei seine eigene Entscheidung gewesen, das gebietet der Anstand … und soll verhindern, dass man ihm eine Abfindung zahlen muss.

Zwei Monate zuvor hatte Françoise Bachelot, Programmchefin des Senders, in einer Redaktionskonferenz alle Kolumnisten aufgefordert, sich von ihrer »punkigen« Seite zu zeigen. Kann sein, dass ich heute Morgen ein bisschen übers Ziel hinausgeschossen bin.

Am Tag zuvor, 19 Uhr

Morgen früh werde ich gehängt.

Michel Polnareff, *Le Bal des Laze*, 1968
(Text von Pierre Delanoë)

1

Dies ist die Geschichte eines Mannes, der arbeiten möchte, was ihm jedoch nicht gelingt. Der mittags gedankenlos ein paar Gläser Weißwein kippt, die sein Hirn bis zum Abend betäuben und ihm ein apokalyptisches Lachen entlocken. Ein Vorhang aus ungekämmten Haaren verdeckt die Ringe unter den Augen dieses Big Lebowski von Paris; der Rest seines Gesichts ist von Stoppeln übersät. Er liebt es, auf Hotelsofas herumzulungern, während er auf keinen Termin wartet und ihn der Nacken wegen der zu harten Kissen schmerzt. Draußen regnet es, er hustet, aber was schert ihn seine Gesundheit, die Welt wird sowieso in zwanzig Minuten untergehen. In Frankreich formiert sich eine Protestbewegung ohnegleichen: Rebellen in Neonwesten lassen ihrer Wut freien Lauf, niemand hat diese immer größer werdende Revolte gegen die Armut und die Gleichgültigkeit der herrschenden Klassen kommen sehen. Jede Woche finden in Paris Demonstrationen statt, die gewalttätigen Ausschreitungen nehmen zu; sie haben auf Facebook ihren Anfang genommen, scheinen unkontrolliert und unkontrollierbar zu sein. Im 8. Arrondissement herrscht eine bürgerkriegsähnliche Atmosphäre.

Als Octave Parango die Champs-Élysées hinunterschlendert, sieht er sein Schicksal in den Shops von Abercrombie & Fitch gespiegelt. In den Nullerjahren lief dort in voller Lautstärke Justin Timberlake, das Licht war schummrig, die Luft schwer von Moschus, hübsche Mädchen wirbelten in orangefarbenen Bikinidreiecken herum, Sonnyboys mit glänzenden Oberkörpern pumpten ihre Waschbrettbäuche auf, alle feierten den kalifornischen Surfer-Lifestyle, und am Eingang geduldete sich eine Schar von Jugendlichen hinter Metallabsperrungen, über die ein schwarzer Bodybuilder in schwarzem T-Shirt und übertrieben taillierter Jacke wachte. Und dann ging eines Tages das Licht wieder an, irgendwer drehte Justin Timberlake, der keine einzige Platte mehr verkaufte, den Ton ab, die Tänzerinnen und Tänzer im Strandoutfit lösten sich in Luft auf. Plötzlich war der Laden menschenleer und still, das Surfen zum banalen Massensport verkommen, und niemand stand mehr Schlange. Statt eines Türstehers, der die Kunden am Eingang zurückhielt, hätte man jetzt einen Kundenfänger gebraucht, der die Passanten von der Straße fischte.

Octaves Leben ist in Konkurs gegangen, ohne dass er davon etwas mitbekam.

In den 1990er-Jahren floss das Geld in Strömen … Die Werbung war Königin und er eines ihrer Wunderkinder. Er erinnert sich an herrlich verschwenderische Dreharbeiten in Südafrika, an Empfänge in Cannes, die in eine Orgie ausarteten, an Seminare in Palästen auf Mauritius und daran, wie er jeden Tag um fünfzehn Uhr ins Büro kam, zur selben Zeit wie sein Kreativchef. Als es immer weniger Subventionen und immer mehr Werbetreibende gab, finanzierte die Kohle, die sie in der Werbung machten, sämtliche Medien. In den 1990er-Jahren wurden nicht nur in der Kommunikationsbranche die Mitarbeiter überbezahlt, das Fernsehen überbezahlte seine Moderatoren, die Zeitungen überbezahlten ihre Redakteure, die Modeindustrie überbezahlte ihre Models ... Die Agenturen wussten nicht, wohin mit ihrem Geld. Und die Presse füllte sich ebenfalls ordentlich die Taschen. Das Werbemanna ersparte es ihr, sich selbst zu hinterfragen. Aber dann kam das amerikanische Militär auf einmal mit dieser schnöden Erfindung daher: dem Internet. Die Demokratisierung der Medien machte die Leute glauben, dass jeder Moderator, Werber, Journalist oder Comedian werden konnte: Man musste nur im Besitz eines Computers mit Webcam oder eines Smartphones sein. Ruhm war nicht länger eine Angelegenheit, die wenige Privilegierte unter sich klärten, sondern ein für alle zugänglicher, offener Wettbewerb. Jede x-beliebige Bloggerin konnte der Welt von ihrer kleinen Einzimmerwohnung aus ihre Meinung zur neusten Chanel-Kollektion kundtun und bekam im Gegenzug eine Tasche umsonst. Jeder hielt sich für einen Star – und manchmal wurde er tatsächlich einer. Dann brach in den Nullerjahren die Macht der Medien massiv ein, und kein Pressechef hatte das vorausgesehen: Sie waren zu beschäftigt gewesen, mit Maurice Lévy im *Fouquet's* zu lunchen. Das Ergebnis: leere Kassen, all die Werbefuzzis/Schreiberlinge/Nutten/Angeber der glanzvollen Dekaden des ausklingenden 20. Jahrhunderts steckten plötzlich in großen Schwierigkeiten.

Auf einmal war es dank der sozialen Netzwerke möglich, Werbeanzeigen in Realzeit zu schalten, individuell auf den jeweiligen Konsumenten abgestimmt, im wirksamsten Moment. Octave behauptete, dass er die sozialen Netzwerke hasse, weil sie unsere Geheimnisse ausspionierten und an Unternehmen weiterverkauften. In Wirklichkeit nahm er ihnen übel, dass sie ihm seinen Job geklaut hatten. Heutzutage *kann alle Welt Octave sein.* Nur ein Beispiel: Als der Medienkonzern Condé Nast Octave vor zehn Jahren die Moderation der Gala für die »Männer des Jahres« anbot, hatte das Magazin *GQ* das Musée d'Orsay gemietet und dreihundert illustre Persönlichkeiten zum Dinner geladen. In diesem Jahr waren sie erneut mit der Bitte auf ihn zugekommen, durch den festlichen Abend zu führen … diesmal stand er auf einem Podest in einem Billigrestaurant. Und als er die Preisträger verkündete, hatte er das Gefühl, die Wurstwoche in einem Supermarkt zu moderieren. Es war Octave unbegreiflich, dass die Journalisten nicht mit der Revolte des Proletariats gerechnet hatten … sie waren doch selbst betroffen. Die Pleite erfasste alle Sektoren der Medien. Die Politiker brauchten einen nicht mal mehr, um sich wählen zu lassen! Man sah Ex-Minister, die sich für drei Groschen auf Kanal 8 prostituierten, Ex-Fernsehstars, die ihren Podcast anpriesen oder einen YouTube-Kanal kreierten, den niemand abonnierte, und eine ehemalige Wetterfee war sich nicht mal mehr zu fein, auf Instagram um ein paar Kröten zu betteln. Der soziale Abstieg traf ausnahmslos alle Glücksritter der Neunzigerjahre. Keiner von ihnen machte mehr auf dicke Hose, wie 1992 im *Jane's Club* in Cannes … wo Octave auf einem Klodeckel herumgekrochen war und sich fette Lines aus weißem Pulver durch die Nase gezogen hatte, zusammen mit der Führungsriege seines Bezahlsenders und dem CEO der Agentur Publicis, der kurz darauf vom selben Krebs dahingerafft wurde wie Jean-Luc Delarue.

Und heute, bei France Publique, was für ein Hohn,
bringt Parango es nicht mal auf den Mindestlohn.

2

Octave Parango betritt die Sephora-Filiale auf den Champs-Élysées Nummer 70. Er erinnert sich daran, wie er mit seinem Vater und Dewi Sukarno einen Abstecher in den Plattenladen Champs Disques gemacht hatte, vierzig Jahre ist das her. Sein Vater verließ den Laden damals mit einer großen Tasche voll Singles für die Tochter der Landesmutter Indonesiens, eine schüchterne Dunkelhaarige namens Kartika. Octave war dreizehn, als er sich in das Mädchen verliebte. Heute ist er in extrem teuren und extrem abgerissenen Klamotten unterwegs, zum Beispiel diesem flauschigen, total durchlöcherten Kaschmirpulli von Loro Piana. Er flaniert durch die Parfümabteilung für Männer und tut so, als bemerke er die Verkäuferin mit den smaragdgrünen Augen, dem energischen Kinn, den auseinanderstehenden Schneidezähnen, den purpurroten Lippen, den vorspringenden Schlüsselbeinen und den zierlichen Handgelenken nicht, dabei ist sie der Grund, weshalb er überhaupt in das Kosmetikgeschäft reingegangen ist. In diesem Moment schwebt sie, umhüllt von einer Duftwolke aus Honig und Vanille, auf ihn zu.

»Guten Tag, Monsieur, suchen Sie etwas Bestimmtes?«

»Guten Tag, hat Ihnen schon mal jemand gesagt, dass Sie wie Kartika Soekarno aussehen?«, antwortet Octave.

Die Verkäuferin, deren Atem nach frischer Minze riecht, wirkt keineswegs verunsichert: »Nein, wer ist das?«

»Ein Kompliment. Ich durchlebe gerade ein fürchterliches Drama: Dolce & Gabbana hat die Produktion von *L'Amoureux*, meinem Eau de Toilette, eingestellt. Was soll nun aus mir werden? Ich suche einen Duft, der dafür sorgt, dass man auf der Stelle mit mir schlafen will.«

»Danach erkundigen sich die Leute heute schon den ganzen Tag. Haben Sie mal *Fucking Fabulous* von Tom Ford ausprobiert? Ein Aroma wie altes orientalisches Leder, eine einzige rauschhafte Umarmung. Ich bin allerdings nicht objektiv: Es ist das Parfüm meines Liebhabers.«

»Wie viel?«

»Fünfhundert Euro für einen Hundert-Milliliter-Flakon.«

»Ah, nicht schlecht.«

»Wollen Sie jemanden ins Bett kriegen oder sich unnötig abstrampeln? Fünfhundert Euro, das ist immerhin weniger kostspielig als der durchschnittliche Korb, den man sich bei einem verklemmten Püppchen aus dem Sechzehnten einfängt.«

»Ach ja?«

»Rechnen Sie es mal durch: Fünfhundert Euro für ein Tête-à-Tête mit einer jungen Dame aus gutem Hause in einem angemessenen Restaurant, den Ruinart Rosé vorher und den Louis-XIII-Cognac danach mit eingerechnet, hinzu kommt allerdings noch das Geld fürs Taxi, plus die Flasche Grey Goose im Club, die Trinkgelder für den Kellner und die Garderobe, das alles, um unverrichteter Dinge wieder nach Hause zu gehen … Wohingegen Sie hier die gleiche Summe in einen Duft investieren würden, der Sie jahrelang begleitet.«

»Sie garantieren mir, dass ich keine Nacht mehr allein vor irgendwelchen Pornoseiten im Netz verbringen werde?«

»Sie werden sich dieselben Videos ansehen, aber in Gesellschaft.«

»Sie würden also sagen, dass das Parfüm hundertprozentig wirkt?«

»Zu neunundneunzig Prozent. Sie können immer das Pech haben, auf jemanden zu treffen, der seinen Geruchssinn verloren hat.«

»Und wenn ich jetzt so riechen würde, würden Sie dann schwach werden?«

Das Lächeln im Gesicht der Verkäuferin gefriert auf einen Schlag, drohend schwenkt sie ihr iPad, das ans WLAN angeschlossen ist.

»Wen soll ich verständigen: a) die Geschäftsleitung, b) die Polizei, oder soll ich mich c) direkt an Twitter wenden und melden, dass Sie mich belästigen?«

»Schon gut, schon gut, ganz ruhig! Ich kaufe den Flakon!«

So viele Erinnerungen … Tom Ford hatte in den Neunzigern die Welle des »Porno Chic« in der Luxuswerbung losgetreten. Er war der Meinung, dass alle Frauen sich wie Nutten kleiden und alle Männer einen Smoking tragen sollten. In Wahrheit plagiierte er damit das Universum Helmut Newtons, wo barbusige Vamps auf High

Heels um Playboys mit silbrigen Schläfen in Yves-Saint-Laurent-Zweireihern herumstöckeln. Vor zwanzig Jahren war Octave ein begeisterter Anhänger jeder Form von Dekadenz gewesen … bevor es mit ihm bergab ging. Oder anders gesagt: Er fand es schick, auf Ruinen zu tanzen, solange der Ruin vor seinem Bankkonto haltmachte. Die Situation kippte Anfang 2010, als ihm klar wurde, dass er alles ausgegeben hatte und ihm durch seinen zweifachen Ausraster (zwei Pamphlete, beide fürs Kino verfilmt, eins gegen die Werbung, eins gegen die Mode) seine Arbeit und sein Stolz abhandengekommen waren. Tom Ford hatte nach seiner Entlassung durch François Pinault zwei depressive, in ästhetischer Hinsicht allerdings makellose Filme gedreht, Geschichten von trauernden Schwulen in schönen Villen, die wie von Christian Liaigre gestaltete Boutiquen wirkten. Tom lebte damals in der texanischen Wüste, er hielt sich für Christopher Isherwood und war, kurz gefasst, düster geworden. Trotzdem betrachtete Octave ihn immer noch als seinen Dandy-Lehrmeister: Er zwang sich dazu, Kaschmirkrawatten zu tragen, um sich weiterhin von den Hipstern mit Kapuze und den Punks mit Hund zu unterscheiden.

Octave bittet die schöne Verkäuferin, ihn mit *Fucking Fabulous* zu besprühen, dann geht er mit seinem aphrodisischen Duft zur Kasse und blättert den letzten Fünfhunderteuroschein hin, der im ganzen Schengenraum noch zu haben ist. Das schöne Bargeld ist eine Trophäe aus seiner Zeit in Russland, zu Beginn des Jahrtausends: Erst neulich ist es in der Tasche eines italienischen Mantels wieder aufgetaucht, der Octave bei seinem Umzug in die Hände fiel. Der Kassierer überprüft den letzten violetten Schein Europas zehnmal mit seinem UV-Scanner, bevor er ihn schließlich akzeptiert, aber nicht ohne Octave misstrauisch zu mustern. Denn jemand, der einen Fünfhunderteuroschein mit sich herumträgt, will im besten Fall Geld aus einem Steuerbetrug waschen, aber wenn es dicke kommt, ist er ein Koksdealer. Ihr habt inzwischen sicher eins und eins zusammengezählt: Octave lebt nach einigen Jahren der Emigration in Russland wieder in Paris. Es gab Zeiten, da hätte es diese Nachricht auf die letzte Seite der *Voici* geschafft. Ihr wisst schon: die Seite mit dem Klatsch und Tratsch über Leute, die nicht prominent genug für das Cover sind.

Die Dämmerung legt sich über die Avenue des Champs-Élysées; die Jahresendfeiern rücken näher; die Lichterketten in den Bäumen versuchen wie Bläschen in einem riesigen Champagnerkelch in den Himmel aufzusteigen; verkohlte Holzbretter stapeln sich vor dem Louis-Vuitton-Megastore.

An diesem Abend ist Octave Parango das Gegenteil von E. T.: Er will nicht nach Hause. Er sollte aber. Denn er muss eine Kolumne für den nächsten Morgen schreiben.

3

Heutzutage ist Humor zwanghaft. Moderatoren flachsen, Politiker scherzen, Taxifahrer erzählen lustige Schnurren, sogar Piloten und Zugführer versuchen sich in launigen Ansagen. Überall schwingt die große Heiterkeit das Zepter. Die ganze Welt krümmt sich vor Lachen und heizt sich ordentlich ein. Ernsthaftigkeit ist verboten. Alles muss wahnsinnig komisch sein: Zeitungsschlagzeilen trumpfen mit Kalauern auf, jede politische Rede ist mit einem Bonmot gewürzt, um es in die Zwanzig-Uhr-Nachrichten zu schaffen, Philosophen nehmen witzige Clips auf, um auf YouTube für Wirbel zu sorgen, Sänger lästern über Kollegen, um Aufmerksamkeit zu erregen. Seit Andy Warhol ist die zeitgenössische Kunst ein einziger Schabernack, den man nicht für bare Münze nehmen darf.

Um ein Bild davon zu bekommen, wie es um die Menschheit in den 2020er-Jahren bestellt ist, schließt man am besten die Augen und malt sich das Gewühl von acht Milliarden Menschen aus, die sich totgelacht haben. Die buchstäblich gestorben sind, während sie sich, dicht an dicht, vor Lachen auf dem Boden wälzten. ROFL. LOL.

LMAO. Muahahahahaha. Man muss sich nur vorstellen, wie auf der untergehenden *Titanic* anstelle des Orchesters ein Komiker die Bühne betritt und eine Stand-up-Nummer vom Stapel lässt. »Hey, Jungs, ich weiß nicht, ob ihr es mitbekommen habt, ziemlich nass hier, was? Von wegen Kreuzfahrtschiff: Wir befinden uns in einem echten Erlebnisbad! Allerdings, ganz ehrlich, ich bin fertig mit Wellenbädern! Aber hey, abgesehen davon, an einem Eisberg zu sterben ist doch der Traum aller Whiskytrinker!« (An dieser Stelle werden die aufgezeichneten Lacher eingespielt.)

Der Westen verfolgte beharrlich sein Ziel, die Welt in einen endlosen Spaß zu verwandeln.

Im Jahr 1900 definierte Henri Bergson das Lachen als eine Art Störfall: etwas Lebendiges, das von etwas Mechanischem überdeckt wird. Das Lachen kam immer unerwartet. Was gilt heute, in Zeiten, da das Lachen die Norm ist, als Störfall? Der ernsthafte Typ. Ein Mädchen, das gähnt. Ein hilfloser Mensch. Jemand, der den Imperativ des Lustigseins durch Trägheit und Schweigen unterläuft. Und auch derjenige, der seine Verzweiflung, seine Verlegenheit, seine Ungeschicklichkeit ehrlich zum Ausdruck bringt (wie Louis C. K., Blanche Gardin oder Gaspard Proust, der im wahren Leben zurückgezogen, ungesellig und schüchtern war: Während der Dreharbeiten zu einem Film über Octave hatte Gaspard ihm anvertraut, wie sehr er den wöchentlichen Rhythmus seiner Fernsehkolumne hasste). Oder der spontane, kreative, unvorhergesehene Humor eines Édouard Baer oder Benoît Poelvoorde. Ein nicht schriftlich abgefasstes, nicht geplantes Lachen, das aus der direkten Beobachtung heraus entsteht. Wenn das Umfeld es nicht hergibt, sollte man sich nicht dazu zwingen, irgendwelchen Stuss zu reden, man hat auch mal das Recht, nicht gut drauf zu sein. Aber in einer zwanghaft zu Scherzen aufgelegten Welt irritiert Aufrichtigkeit. Der Störfall im heutigen System ist nicht etwa die Schießerei in einem Konzert, sondern der Mensch, der nicht lacht. Nicht der Joker gilt heute als subversiv, sondern sein Gegenteil. Der Leidende? Der Zeitungskioskanzünder? Derjenige, der nicht über andere herzieht. Derjenige, der an etwas glaubt, der niederkniet und betet. Er ist der eigentliche Abtrünnige: denn er verhindert, dass man sich kringelt vor Lachen.

4

Als Octave nach dem Brand der Christ-Erlöser-Kathedrale aus Russland zurückkehrte, war der einzige Job, den er fand, eine freie Mitarbeit für die Literaturseiten des *Figaro Magazine.* Seine Schmähschrift gegen die Werbung hatte einige Resonanz gefunden und sein Name immer noch einen gewissen Wert, selbst wenn er auf manche Anzeigenkunden abschreckend wirkte. Das Attentat von Moskau hatte Putin den Islamisten angehängt, was der russischen Armee erlaubte, zahlreiche muslimische Länder zu bombardieren, ohne nach dem wahren Schuldigen forschen zu müssen. Octave hatte 1999 einmal wegen Mittäterschaft bei einem Überfall in Miami im Gefängnis gesessen, die Katastrophe mit der russischen Kathedrale im Jahr 2005 hat man ihm allerdings nie in die Schuhe geschoben. So oder so ist Octave ein viel zu feiger Terrorist, um sich zu seinen Untaten zu bekennen.

Die Filme, die über ihn entstanden sind, haben seine Abenteuer zu einem Sinnbild der zynischen Verkommenheit im letzten Jahrtausend erhoben. Selbst der Rapper Lomepal hat ihn in seinem Song *Palpal* verewigt (dreizehn Millionen Klicks auf YouTube):

Me sors pas les mêmes conneries que tes parents gobent
T'es défoncé, tu repars en gov'
Mélange de pilules et de whisky, miskine
Tu vas finir comme Octave Parango.

Erzähl mir nicht denselben Scheiß,
den schon deine Eltern schlucken.
Du bist total kaputt, steigst in deine Karre,
Zugedröhnt mit Pillen und Whisky, du Loser.
Du wirst enden wie Octave Parango.

Es war bestimmt sein schlechter Ruf, der Françoise Bachelot dazu animierte, ihn am 4. September 2014 zu bitten, die »Carte blanche« am Ende des Morgenmagazins zu bestreiten. Ein Format, das nicht lange überlebte: Jeden Donnerstagmorgen durfte irgendein Künstler seinen Gedanken drei Minuten lang freien Lauf lassen. Überflüssig zu erwähnen, dass das Ergebnis zwischen genial und erbärmlich variierte. Da Octave, seit er für *Le Figaro* schrieb, als »rechter Anarcho« abstempelt war, kam ihm die Idee, eine Lobeshymne auf Valérie Trierweilers *Merci pour ce moment* zu bringen – das autofiktionale Werk der betrogenen Lebensgefährtin des Staatspräsidenten sollte an ebenjenem Tag im Buchhandel erscheinen. Zu Gast im Studio war Henri Guaino, bekannt als flammender politischer Redenschreiber und Verfasser der Ansprachen von Nicolas Sarkozy, durch die er sich zum Apostel der Nation hochgearbeitet hatte.

Wir zitieren hier den vollständigen Text der literarischen Analyse von *Merci pour ce moment*, denn er rechtfertigt auf sonderbare Weise das Buch, das ihr in der

Hand haltet. Man kann ihn auch als warnenden Hinweis verstehen, der diesen Roman von jeglichem Verdacht des Verrats freispricht. Niemals wurde ein zukünftiger Verleger so ehrlich auf das vorbereitet, was ihn erwartete.

4. September 2014

Die autobiografische Literatur hat in Frankreich eine lange Tradition, sie geht auf die Essays von Montaigne zurück, der Ende des 16. Jahrhunderts schrieb: »So bin ich denn selbst der Stoff meines Buches.« Valérie Trierweilers *Merci pour ce moment* reiht sich in diese prestigeträchtige Geschichte ein. Es ist ein Bekenntnis, wenn man so will, in der Nachfolge des berühmten Projekts, das Jean-Jacques Rousseau 1767 in Angriff nahm: »Ich will der Welt einen Menschen in seiner ganzen Naturwahrheit zeigen, und dieser Mensch werde ich selber sein.« Ein wenig verzerrt Madame Trierweiler das Rousseau'sche Projekt, da sie sich zwar dafür entscheidet, einen Menschen in seiner ganzen Naturwahrheit zu zeigen, dieser Mensch aber nicht sie selbst ist. Und ich erinnere nebenbei daran, dass die Veröffentlichung von Rousseaus *Bekenntnissen* posthum erfolgte. Eine Beichte abzulegen und zu Lebzeiten zu publizieren, ist eine jüngere und weiblichere Praxis: Sie nahm ihren Ursprung mit George Sand, die 1855 die *Geschichte meines Lebens* veröffentlichte, in der sie von ihren leidenschaftlichen Liebesbeziehungen mit Alfred de Musset und Frédéric Chopin erzählte. Im 20. Jahrhundert zogen zahlreiche andere Frauen nach: als Erste Colette, dann Simone de Beauvoir, Nathalie Sarraute und Marguerite Duras, um nur einige Beispiele zu nennen. Gegen Ende des 20. und zu Beginn des 21. Jahrhunderts beschleunigte sich der Rhythmus: Es entstand eine literarische Bewegung namens »Autofiktion«, und wir verdanken es unter anderem Annie Ernaux, Christine Angot und Camille Laurens, dass Autobiografien eine breitere Öffentlichkeit fanden. Die Autofiktion hat vielen Schriftstellerinnen ermöglicht, ihren Stil an der Klinge der Schamlosigkeit zu schärfen. Immer geht es darum, das Leiden an der Liebe, am Sein, am Verlassenwerden oder Verlassen durch das Schreiben zu transzendieren. Eine Lebensbeichte kann natürlich auch als Ventil für schwerwiegendere Traumata dienen: Vergewaltigungen, Inzest, die Lektüre von Virginia Woolf. Flaubert sagte: »Madame Bovary, das bin ich«; Autofiktion ist, wenn Madame Bovary zur Autorin von *Madame Bovary* wird. Können Sie mir folgen, Henri Guaino? Das ist Geschichte, ich gebe Ihnen eine Lektion in französischer Literatur!

Literarischer Exhibitionismus ist Therapie und Gewaltakt zugleich. In *Merci pour ce moment* bringt die Szene des Selbstmordversuchs im Badezimmer den Ansatz des Buches auf den Punkt, denn Madame Trierweiler schluckt ihre Antidepressiva in ebendem Badezimmer, in das Claude Sérillon dem Präsidentenpaar einige Wochen zuvor gefolgt war. Es ist nicht der Ehebruch, der einen umbringt, sondern die Macht. Nicht François Hollande wird in diesem Buch angeprangert, sondern das unerträgliche

Leben der Politiker in einer Mediendemokratie. Und an dieser Stelle, das weiß ich, wird Henri Guaino mir zustimmen.

Merci pour ce moment von Valérie Trierweiler ist eine Autofiktion, aber auch eine Reportage, die, wohlgemerkt, aus ihrer Feder stammt. Das Buch fällt damit unter eine neue Form von Journalismus, subjektiv, geschrieben in der ersten Person Singular, wie er schon Tom Wolfe oder Hunter S. Thompson sehr am Herzen lag. Indem sie sich in einen Politiker verliebt, der bald zum Staatspräsidenten gewählt wird, geht die Gonzo-Journalistin ganz genauso vor wie der Autor von *Angst und Schrecken in Las Vegas,* wenn er seine Untersuchungen zu Drogen anstellt, indem er sich das Zeug kiloweise in die Nase ballert. *Merci pour ce moment* kann also mit Fug und Recht als Auto-Gonzo-Fiktion bezeichnet werden. Es handelt sich um ein ebenso verheerendes wie selbstzerstörerisches Geständnis: Manche Seiten erinnern durchaus an Hervé Guibert oder an meine Wenigkeit. Tatsächlich aber ist das einzige vergleichbare autogonzofiktionale Werk in der Geschichte der französischen Literatur im Februar 2013 erschienen: *Belle et Bête* von Marcela Iacub, ein gefährlicher und innovativer Roman über die Beziehung der Autorin mit Dominique Strauss-Kahn, den sie auf einer Stufe mit einem Schwein sieht. Iacub geht es nicht darum, Rache für eine emotionale Enttäuschung zu nehmen, sondern darum, ihr Privatleben zu einem Kunstwerk zu erheben, was der Definition des Dandytums entspricht. Das große Novum des

21. Jahrhunderts ist nicht Twitter, auch nicht Facebook, sondern die Tatsache, dass Frauen jetzt als Dandys in Erscheinung treten.

20 Uhr

Und der Frühling hat mir das scheußliche Lachen des Idioten gebracht.

Arthur Rimbaud, *Eine Zeit in der Hölle*, 1873

1

Nach diesem Liveauftritt hatte Françoise sich förmlich auf Octave gestürzt, um ihm vorzuschlagen, dass er sich von nun an regelmäßig einbringen könnte. »Fühlen Sie sich hier wie zu Hause!«, hatte sie ihm im Beisein des Moderators Philippe Colas verkündet, der kurze Zeit später zur Konkurrenz wechselte. France Publique schien ein Ort der Freiheit zu sein, offen und gastfreundlich, der angesehenste Sender unter den öffentlich-rechtlichen, und dennoch hatten die Angestellten nur eines im Sinn: sich aus dem Staub zu machen. Octave wollte wissen, warum; er nahm das Jobangebot an und durchschaute die Sache schnell. Pro Kolumne gab es ein Honorar von zweihundertfünfzig Euro, was einem halben Fläschchen *Fucking Fabulous* entsprach. Noch am selben Mittag lud die Chefin ihn zu einem gemeinsamen Lunch im *Café de l'Alma* ein. Vor einem Doraden-Ceviche und einer Flasche San Pellegrino sagte sie: »Wir brauchen im Morgenmagazin jemanden wie Sie, einen Zyniker, der politisch eher rechts steht, aber kompatibel ist mit unserem Trupp Bionade-Wohlstandsbürgern. Seien Sie dadaistisch, sagen Sie, was Ihnen gerade durch den Kopf geht, vermeiden Sie die militante Haltung, in der die anderen versumpfen, Sie sind ein Querkopf, und genau das fehlt uns, Ihr unangepasster Snobismus, Ihr literarisches Dandytum. Ihrer Fantasie sind keine Grenzen gesetzt, gönnen Sie sich das Vergnügen, ich heiße Sie willkommen bei den Verrückten!«

Octave fand sie ausgesprochen charmant, sehr viel aufgeräumter als die paranoiden Programmdirektoren, die er beim Privatfernsehen kennengelernt hatte. Mit ihrer hochgesteckten Lockenfrisur demonstrierte sie, wie herzlich egal es ihr war, dass Glatthaarfrisuren à la Brigitte Macron gerade im Trend lagen. Françoise Bachelot lieferte ihn ans Messer, aber Octave war einfach nur glücklich über die Perspektive, seine Sichtbarkeit in der Heimat wieder massiv steigern zu können. Sein pervers-narzisstisches Ego lechzte nach diesem leicht zu habenden Schuss Berühmtheit. »Die Chefin« war übrigens nicht die Intendantin von France Radio, sie verantwortete lediglich die Programmlinie von Publique. Den Intendanten bekam niemand je zu Gesicht: Im Allgemeinen richteten die Bosse im Roten Haus ihre Büros neu ein und wurden dann, nach drei Jahren, von der Medienaufsicht CSA woanders hingeschickt. Der damals unsichtbare Intendant war ein dunkelhaariger, außergewöhnlich gut aussehender Mann. Octave, in dem wie in allen Hetero-Schriftstellern ein verkappter Schwuler steckte, bedauerte, dass der Hausherr so selten sein frisch getäfeltes Büro verließ. Es ging das Gerücht, dass er eine Affäre mit dem jungen Präsidenten der Republik hatte. Wenn das stimmte, hatte der Staatschef zumindest einen guten Geschmack. Octave war schwer beeindruckt von der sanften Männlichkeit, die der Intendant ausstrahlte, er war stets rasiert, schlank und athletisch, hatte ein perfekt symmetrisches, maskulines und schönes Gesicht. Hätte er die Wahl zwischen irgendeiner Frau und diesem Doppelgänger von Pierce Brosnan gehabt, hätte Octave nicht lange gezögert und das Lager gewechselt.

Mit der Zustimmung dieses scheuen Intendanten also verwandelte Françoise Bachelot France Publique seit 2014 in eine Witzmaschine. Auf ihr Betreiben fanden unter dem Dach des Hauptprogramms im öffentlich-rechtlichen Rundfunk lauter Spaßvögel ein Zuhause, im Morgenmagazin wie auch zur Mittags- und Nachmittagszeit. Offiziell mit dem Ziel, »den Sender im Kern zu verjüngen und weiblicher zu machen und dabei auf eine freche Zunge als Markenzeichen zu setzen«. Der Vorteil, eine Vielzahl an Komikern zu beschäftigen, bestand darin, die Monopolsituation zu vermeiden, die einige Kolumnisten unter Nicolas Sarkozy missbraucht hatten: Nur mit großen Schwierigkeiten war man sie später wieder losgeworden, und dann hatten sie sich bei ihrem Ausscheiden auch noch als Märtyrer inszeniert. Die Chefin rekrutierte deswegen unter den auf dem Markt verfügbaren Comedians etwa ein Dutzend epigonenhafter Stimmen, deren »poppiger und schräger Ton« dem führenden französischen Radioprogramm binnen weniger Monate den Geist eines Bezahlsenders der Achtzigerjahre verlieh. Früher hatte Octave sich auf TF+ ausgetobt … Seine Einstellung bei France Publique war gewissermaßen die logische Konsequenz.

2

Der spektakuläre Anstieg der Hörerzahlen von France Publique seit 2014 lässt sich mit dem massenhaften Auftreten von Clowns bei jedem Übergang zum nächsten Sendungsblock erklären: morgens, mittags, nachmittags. Die spaßige Unterhaltung federte die Ernsthaftigkeit der Nachrichten ab. Der bunte Mix aus Kultur und Quatsch war das einstige Erfolgsrezept von TF+. Man folgte ihm in jedem Punkt. Die Tonlage sollte konstant flippig und ironisch sein, um den Sender zu entstauben. Außerdem führte der Adonis-Intendant 2014 die Videoaufzeichnung des Programms ein. Der Hörfunk begnügte sich seinerzeit nicht damit, die Masche des Fernsehens bloß zu kopieren: Er stellte sich auf die gleiche Stufe. Beim Zappen durch die FM-Senderkette erkannte man France Publique – den prestigeträchtigsten Kanal Frankreichs – plötzlich daran, dass in einem fort gekichert und gegackert wurde. Im Vergleich dazu wirkte das Programm von Rire et Chansons geradezu wie Radio Notre Dame. Selbst die seriösesten Moderatoren, die integersten Reporter und die päpstlichsten Kolumnisten mussten sich geschlagen geben und den permanenten Klamauk, all die Flachwitze hinnehmen, sich bisweilen sogar an den abstrusesten Gags und Parodien beteiligen. Das Post-2014-Radioprogramm von France Publique war dafür geschaffen, den ehrwürdigen Sender in einen »Comedy Club« zu verwandeln, in dem die Narren uneingeschränkt den Ton angaben. Binnen weniger Jahre schossen die Hörerzahlen pfeilartig in die Höhe, aber dafür war etwas anderes verschwunden, ein undefinierbares, fragiles Element … Der Friede? Die Eleganz? Die Aufrichtigkeit? Ach, kommen Sie schon, seien Sie nicht so eine Spaßbremse. Sie wissen doch, dass das Radio keine Seele hat. *Fuck the Partykiller,* lasst uns in Scharen lachen und zusammen auf den Putz hauen in den Medien, hören Sie auf, den Miesepeter zu spielen. Octave, nehmen Sie noch ein bisschen von dem Wunderpulver, muahahahahahaha.

Octave hatte schnell durchschaut, dass unter den Spaßvögeln auf France Publique eine Hackordnung existierte. Pedro Mika – der scharfzüngigste Humorist des Tages – gestand Octave einmal, dass er niemals für das Morgenmagazin arbeiten würde. Viel zu riskant, vor Politkern Witze zu reißen, zwischen zwei Meldungen, die einen runterziehen. Bei France Publique gibt es demnach die 7-Uhr-55-Witzbolde, die 8-Uhr-55-Komiker, die 11-Uhr-15-Entertainer, die Rotzlöffel am Mittag, die 17-Uhr-Stimmungsmacher, die 17-Uhr-30-Clowns … Die am Morgen sind die Herzoge, denen am Mittag die Markgrafen folgen, am Nachmittag die Sansculotten. Die Humoristenpalette bei France Publique ist äußerst vielseitig: zwei Belgier, eine Schweizerin, eine Französin mit marokkanischen Wurzeln, ein Lehrer aus Marseille, ein Darsteller aus der Klamotte *Familie Deschiens*, ein Marxist, der jeden auf der Straße hochnimmt, der nicht so denkt wie er, der Gründer einer Website mit juxigen Fake News, ein Klampfenspieler aus der Metro, ein sexueller Psychopath, ein stadtbekannter Junkie (bei letzteren beiden handelt es sich um ein und dieselbe Person). Je weiter der Tag voranschreitet, desto linker werden die Humoristen.

In der Morgenschicht geben sie ziemlich müde Sozialdemokraten ab: Man kultiviert einen blutleeren Humor, butterweiche Angriffe, Lektionen in Antirassismus, die eine oder andere demagogische Forderung oder progressive Dichtkunst. Am Ende jeder Sendung findet auf Wunsch der Direktion ein Runder Tisch statt, um eine gesellige akustische Atmosphäre zu schaffen. Marketingstudien haben gezeigt, dass die Lacher im Studio ansteckend wirken, die Hörer haben dann den Eindruck, dass die Witze der Humoristen tatsächlich lustig sind. Ziel der letzten halben Stunde von *7/9* ist es, etwas Leichtigkeit ins Spiel zu bringen und den ernsthaften Teil verdaulich zu machen. Die lustige Kolumne am Ende ist sozusagen der Digestif des Banketts unter Bürokollegen.

Mittags ziehen sie die Absurditätskarte: Imitationen, Parodien, pennälerhaftes Feixen und freundliche, harmlose Provokationen, denn man darf die Leute beim Kauen nicht zu sehr schockieren. Sinn und Zweck des Ganzen ist, den Moderator zum Gackern zu bringen, ohne dass die Feministinnen gleich ihre Geschütze auffahren oder eine Klage der Internationalen Liga gegen Rassismus und Antisemitismus droht.

Um fünf Uhr geht es dann schon deftiger zu: Der Humor wird engagiert, antikapitalistisch, radikal-ökologisch, nimmt Kurs auf den Schwarzen Block. Die Talente sind ungleich verteilt, aber manche Kolumnisten beneidete Octave um ihre erstaunliche Fähigkeit, am laufenden Meter Witze zu produzieren, vor allem die geistige Wendigkeit eines Thierry Pastilla beeindruckte ihn.

Zu einer echten Veränderung kam es mit der Berufung der beiden Belgier an die Spitze der zwanghaften täglichen Blödelei. Anfangs hatten ihre Kolumnen in *7/9* für einen angenehm frischen Wind gesorgt. Sehr schnell vertraute man ihnen eine Talkshow an, in der man sich Tag für Tag für Mélenchons Ideen einsetzte. Nach vier aufsässigen Stachanow-Jahren waren sie allerdings genauso unhörbar geworden wie die *Bébête Show* von Stéphane Collaro. Auf einmal erschloss sich Octave der tiefere Sinn des Sprichworts: »Je kürzer der Witz, desto besser.« Ihre schrille Selbstzufriedenheit, ihre Not, das Weltgeschehen jeden Tag um 7 Uhr 56 und um 17 Uhr 04 mit einem lustigen Spruch zu kommentieren, hatte sie in Jünger von Jean Roucas verwandelt. Sie glaubten, anständige Arbeit zu leisten, indem sie immer hinter dem Schutzschild des Spotts in Deckung gingen. Sie protestierten gegen den Liberalismus, verhielten sich jedoch wie die schlimmsten Zyniker, verkauften sich mit ihrer vagen Wischi-waschi-Haltung als Pseudo-Umweltschützer-die-sich-kein-X-für-ein-U-vormachen-lassen-aber-wir-Possenreißer-wissen-nun-mal-nicht-was-wir-wollen-wir-werden-nur-dafür-bezahlt-dass-wir-jeden-Alternativvorschlag-ins-Lächerliche-ziehen-ganz-nach-Art-der-schwedischen-Sozialdemokratie.

»Hallo, als was arbeitest du?«

»Ich bin Humorist bei France Publique.«

»Wow! Genial! Hast du ein Glück! Und was denkst du über die Zukunft Frankreichs?«

»Ah, das ist nicht mein Job, ich bin Belgier! Mein Job ist es, die Witze zu recyceln, die Yann Barthès am Tag zuvor gerissen hat!«

»Aber wen wählst du denn?«

»Ach so, nein, also ich bin gegen die Politik, ich bin ein Verweigerer, ich gebe einen leeren Wahlzettel ab, ich bin für die Würdigung der ungültigen Stimmabgabe.«

Hier möchte ich eine kurze Zwischenbemerkung einschieben. Vor einer solchen Wahl liefern Dutzende Kandidaten Ideen für ein Land, und es gibt Leute, die einen leeren Wahlzettel abgeben, um ihnen zu bescheinigen: »Ihr seid alle Vollidioten.« Schön, warum nicht? Aber jetzt fordern sie, dass man ihr Nicht-Engagement zahlenmäßig erfasst. Die anarchistischen Funktionäre wollen also, dass man ihre Weigerung, sich zu etwas zu bekennen, in Prozentpunkten ausrechnet. Seine Stimme niemandem zu geben heißt, es wie Pontius Pilatus zu halten, der sich die Hände reinwäscht, während man Jesus ans Kreuz nagelt. Eine ungültige Stimmabgabe lobend anzuerkennen wäre in etwa so, als würdigte man den entscheidenden Beitrag von Pontius Pilatus in der Debatte über die Kreuzigung.

3

Es erschütterte Octave einigermaßen, als er mitbekam, wie einig sich die Humoristen untereinander waren. Bestimmt wären sie 1970 allesamt Maoisten gewesen. Sie liefen alle in den gleichen Klamotten herum: graue Jeans, schwarzes T-Shirt, Stan-Smith-Sneakers an den Füßen und auf dem Kopf eine Wollmütze, zu jeder Jahreszeit. Man durfte es sich bloß nicht einfallen lassen, ihnen zu widersprechen oder sie so zu behandeln, wie sie andere behandelten. Die Empfindlichkeit der sonst so munteren Lästerer überraschte Octave nachhaltig. Tagein, tagaus haben diese Stimmungskanonen nichts Besseres zu tun, als andere zu verspotten, fühlen sich jedoch auf den Schlips getreten, sobald sie selbst zur Zielscheibe werden. Ein France-Publique-Humorist verlangt von seinen Opfern, dass sie ein dickes Fell haben, dabei hat er selbst eine dünne Haut. »Das war doch nur ein Spaß, Mann!« Aber kommt ja nicht auf die Idee, euch über ihn lustig zu machen: Wahre Macht verträgt keine Kritik. Besonders verblüfft hatte Octave, was sich eines Morgens zutrug: Charlotte Vandermeer sprach einen angespannten Minister auf seinen Prozess wegen des Vorwurfs der Vergewaltigung an … der mit der Einstellung des Verfahrens geendet hatte. Dieser Mann, von der Justiz soeben entlastet, wagte, der Spaßvogel-Staatsanwältin zu antworten: »Offensichtlich ist alles erlaubt, solange man es als Witz verpackt …«, und provozierte damit den Zorn Williams, des Cicisbeos der Belgierin: »Waaahaa, der sucht Streit!!«

Eine Gewalt ohne die Möglichkeit zur Gegenwehr – wie nennt man so etwas? Eine Art Faschismus. Es ist nichts Komisches daran, einen Menschen öffentlich zu belasten, indem man drei Millionen Hörern ins Gedächtnis ruft, was er vergessen machen möchte. Und keiner verkaufe mir das als Chuzpe. »Geh mir aus der Sonne!«, diese scherzhafte Bemerkung des Diogenes gegenüber Alexander dem Großen: Das ist wahre Chuzpe. »Du wirst auf ewig ein Vergewaltiger sein, auch wenn dein Verfahren eingestellt wurde« ist weder mutig noch witzig, sondern eine Schande. Jeder Protest des Opfers zeitigt den lebenslänglichen Barbra-Streisand-Effekt. Wir erinnern uns: Die amerikanische Sängerin war gegen eine Zeitung vorgegangen, die ein Foto ihres Hauses abgedruckt hatte. Dadurch, dass sie Anzeige erstattete, enthüllte sie der Öffentlichkeit ihre Adresse. Die Humoristen danken der Darstellerin aus *The Way We Were* jeden Tag, denn sie hat ihnen die Macht der uneingeschränkten Diffamierung eingeräumt: Sich der Presse in den Weg zu stellen heißt, der breiten Masse kundzutun, was man vor ihr verbergen wollte.

Octave weiß noch, wie er sich schämte, als er, um ein paar Pluspunkte zu sammeln, über Emmanuel Macrons »Berluti-Schuhe und seinen Zehntausend-Euro-Anzug« höhnte. Richard Ferrand, Generalsekretär der Partei des

Präsidenten, nahm ihn – nachdem er sich ein gequältes Grinsen zu den Spötteleien abgerungen hatte – im Anschluss an die Livesendung auf dem Gang ruhig zur Seite, um die Sache mit höflich-angewidertem Lächeln richtigzustellen: »Ich wollte Ihnen nur sagen, Octave, dass Emmanuels Anzüge von Jonas & Cie sind und dreihundert Euro kosten.« Octave hat seinen Fehler nie korrigiert und auch keine Gegendarstellung zugelassen. Die Ungerechtigkeit der Humoristen ist unwiderruflich. Monsieur Ferrand wusste, dass die Verleumdung nicht schwerwiegend genug war, um ein Dementi zu verlangen, aber er wollte Octave zu verstehen geben, dass er eine Falschinformation verbreitet hatte. Humor ist eine Diktatur, denn er duldet keinen Einspruch. Es ist seine scheinbare Leichtigkeit, die ihn so gnadenlos macht. Sobald du dich beschwerst, giltst du als Nervensäge, als jemand, der keinen Spaß versteht, der empfindlich ist. Humor ist, wenn man Fake News einen Lacher hinterherschiebt, und Octave machte sich zum Komplizen dieses Systems. Wie viele der drei Millionen Hörer denken wohl bis heute, dass Macron Anzüge für zehntausend Euro trägt? Die niedergeschlagene Miene Monsieur Ferrands angesichts seiner Kleinen-Prinzen-Fresse der zwanghaften Unverschämtheit: Octave wird mit dieser Sauerei leben müssen. Mit einem Humoristen diskutiert man nicht.

Eine andere Erinnerung: Rachida Dati, die das Studio verließ, um sich nicht länger anhören zu müssen, wie Charlotte sich über ihre Abwesenheiten im europäischen Parlament verbreitete. Dass Charlotte sich darüber mokierte, war legitim, ebenso verständlich aber war, dass Dati aufstand und ging. Die Unmöglichkeit sich zu verteidigen, ohne dass einem gleich der Schwarze Peter zugesteckt wird, ist der Schlüssel zu dieser Neodiktatur. Seit dem Attentat auf *Charlie Hebdo* gelten Karikaturisten in Frankreich als Heilige, sie dürfen sich jedes Recht herausnehmen, denn ihr Berufsstand trägt Trauer. »Alles nur Satire!« Octave kann diese Ausrede nicht mehr hören. »Sie haben keinen Humor! Das ist nur ein Scherz!« Als hätte man nach der parlamentarischen Immunität nun auch die *humoristische Immunität* geschaffen. Der Humorist darf beleidigen, herabsetzen, demütigen, wen er will, solange seiner Bosheit der Satz folgt: »Das war doch nicht ernst gemeint!« Man ist genötigt, den vernichtenden Humor ohne kugelsichere Weste über sich ergehen zu lassen.

Als Carlos Ghosn in Japan verhaftet wurde und im Gefängnis landete, labten sich die Humoristen daran wie an einem Festschmaus, ohne abzuwarten, ob man den Mann für schuldig befand oder freisprach. Noch schlimmer war es, als Patrick Balkany nach seiner Verurteilung in La Santé einsaß: Nie zuvor hatten so viele Freigeister dem Strafvollzugssystem ihre Anerkennung gezollt. Françoise Sagan hasste ihre Marionette im Puppentheater von TF+, wo man sie als brabbelnde Kokainsüchtige darstellte. Laura Smet wiederum wurde in der Schule mit der debilen Marionette ihres Vaters aufgezogen. »Mensch, man wird ja wohl noch lachen dürfen!« Die Herrschaft des LOL ist über jeden Rufmord erhaben. In seinem Namen kann man Leute völlig ungestraft und unter großem Zuspruch niedermachen. Der rücksichtslose Humor der Kolumnisten von France Publique zersetzt die Fundamente der Demokratie und erklärt sich gleichzeitig zu ihrer letzten Festung.

Die beiden Belgier bei France Publique haben eigene Autoren, die ihnen ihre lausigen Witze liefern, andere lassen sich von den Monologen eines Jimmy Kimmel, Jimmy Fallon, James Corden, Trevor Noah oder Stephen Colbert inspirieren und beten, dass CopyComic sie nicht verpfeift. Humor ist zu einer Arbeit von Profis geworden, deren unheilvolle Videos blitzschnell in den sozialen Netzwerken zirkulieren. Gefahrlos schießen die Funktionäre des Lachens immer auf dieselben Ziele. Nicolas Dupont-Aignan hat nur drei Prozent der Stimmen, hält aber als Punchingball für siebzig Prozent ihrer Witze her. Oft richten sich die Angriffe gegen Äußerlichkeiten: etwa die großen Ohren François Bayrous, das ehrwürdige Alter Gérard Collombs, die Cholesterinwerte Gérard Larchers, das Lispeln des Präsidenten.

Octave mag es nicht, auf Kommando loszuprusten; es will ihm einfach nicht gelingen, sich zu einer festgelegten Uhrzeit vor Lachen in die Hose zu machen. Er stellt sich Charlottes schreckliches Leben vor. An jedem einzelnen Tag im Jahr musste sie wie eine Pfadfinderin die Nachrichten nach potenziellen Gags durchkämmen. Alles Dramatische, Bedeutungsvolle, Schmerzhafte, jede aufrichtige Ansprache, jede Tragödie ins Lachhafte zu ziehen, das war ihre Aufgabe: Sie war eine Alchimistin, von der man verlangte, Bleischweres in *Fun* zu verwandeln. 2017 entschlüpfte ihr in einer Sendung, die den Berufskomikern von France Publique gewidmet war, unwissentlich eine Ungeheuerlichkeit: »Rechten Humor, gibt es so etwas überhaupt?« Die machthabenden Entertainer hegten keinerlei Zweifel, dass sie mit ihrem Lachen immer auf der richtigen Seite standen.

Rechten Humor gibt es, auch wenn Charlotte Vandermeer das Gegenteil behauptet. Man denke an Luchini, der sich über die alternativen Bohemiens auf der Île de Ré lustig machte. Oder an Gaspard Proust, der Nazismus als »ein Meeting von Ségolène Royal, aber mit Ideen« definierte. Rechter Humor ist, wenn Houellebecq sich vorstellt, wie seine Ehefrau ihn mit einem Rudel Hunde betrügt. Ein beiläufiges Lachen. Es ist die Höflichkeit des Pessimismus und der Spott des Fortschritts. Humor, echter Humor, macht die Welt nicht besser, er macht sie für kurze Zeit erträglich, für die Dauer eines Schluckaufs. Desproges hat weder versucht zu gefallen, noch wollte er Frankreich retten.

In einer Vergnügungsdemokratie hat der Staatspräsident nicht so viel Gewicht wie der Narr, denn er muss die tägliche Karikatur ertragen, während der Narr nicht anfechtbar ist – und damit ein Tyrann. Ihr werdet sehen. Nach Erscheinen dieses Buches wird Octave massakriert, weil er das Gebot der Heiterkeit verletzt hat. Der Erste, der meines Wissens den Totalitarismus des Amüsements definiert hat, ist der Schriftsteller Michka Assayas. In seinem Essai *Contre-feu* aus dem Jahr 1991 betrachtet Assayas die Marionetten von TF+ in einem neuen Licht: Wir stünden unter der Fuchtel eines obligatorischen Humors, eines Diskurses ohne möglichen Gegenpart. Eine Macht ohne Opposition aber ist nicht demokratisch. Die aufgezwungene Ironie lässt uns in ein völlig neues politisches System kippen. Das hört sich nach Musset an, doch es ist Michka Assayas, der als Vorreiter seiner Generation die desillusionierende Feststellung machte: »Ich hatte den Eindruck, in einem falschen Zeitalter, einem Zeitalter ohne Werte zu leben.« Alain Finkielkraut folgte kürzlich seinem Beispiel in einer berühmten Schmährede über die Humoristen des öffentlichen Dienstes: »Ich finde das Klima des Spotts, in dem wir baden, unerträglich.« Der älteste Kritiker der permanenten Kurzweil ist allerdings Étienne de La Boétie. In seiner *Abhandlung über die freiwillige Knechtschaft* (1576) prangert der enge Freund Montaignes die Volksbelustigung als Instrument der Unterwerfung an. Je mehr man den Plebs von seiner Knechtschaft ablenkt, desto leichter ist es, ihn unterzubuttern. Man hat ein Land besser im Griff, wenn man seine Bürger zu Kindern macht, die einem Puppenspiel beiwohnen. Das Lachen im öffentlichen Dienst als ein Mittel zur Bewahrung der Staatsmacht? In *Wir amüsieren uns zu Tode* aus dem Jahr 1985 sagt Neil Postman, Medienwissenschaftler an der Universität von New York, nichts anderes: »Wächter, Gefängnisse oder Wahrheitsministerien sind unnötig. Wenn ein Volk sich von Trivialitäten ablenken lässt, wenn das kulturelle Leben neu bestimmt wird als eine endlose Reihe von Unterhaltungsveranstaltungen, als gigantischer Amüsierbetrieb, wenn der öffentliche Diskurs zum unterschiedslosen Geplapper wird, kurz, wenn aus Bürgern Zuschauer werden und ihre öffentlichen Angelegenheiten zur Varieté-Nummer herunterkommen, dann ist die Nation in Gefahr – das Absterben der Kultur wird zur realen Bedrohung.«

4

Octave ist aufgefallen, dass die Funktionäre des Spottgewerbes schon seit Beginn der Neonwesten-Proteste nicht wissen, wie sie mit ihnen umgehen sollen. Sie wirken bestürzt, wie in Angst um ihre Zeitverträge, dieses echte Engagement, das unendlich viel mutiger ist als ihr eigenes, verschlägt ihnen die Sprache. Es handelt sich um eine Bewegung von unten, die soeben, an nur einem Wochenende, jedwede aufrührerische Kolumne disqualifiziert hat. Im Grunde gehören die Humoristen von France Publique alle zu den Wohlsituierten, die sich mit dem Volk gemeinmachen, Octave eingeschlossen.

Die Politiker stellen sich auf den Kopf, um in der Show von Cyril Hanouna auftreten zu dürfen, und begreifen nicht, dass sie bald für ebendiesen Cyril Hanouna ihren Platz räumen werden. Der Hofnarr des Königs – das ist unverdächtig. Der Hofnarr, der zum König wird – das ist das neue System: der Komiker-Populismus. Coluche hatte das offenbar gespürt, als er für die Präsidentschaftswahlen 1981 seine Kandidatur ankündigte. Er definierte sich – auf der Titelseite von *Charlie Hebdo*, schon damals! – als anarchistisch, libertär und Anti-Elite: »Zusammen mit Coluche, dem einzigen Kandidaten, der keinen Grund hat zu lügen, treten wir ihnen in den Arsch.« Eine Umfrage vom Dezember 1980 prognostizierte ihm sechzehn Prozent der Wählerstimmen, im Monat darauf waren es achtunddreißig Prozent. Deleuze, Guattari und Bourdieu unterstützten ihn. Auf Bitten von Jacques Attali zog er seine Bewerbung jedoch zurück, um zu verhindern, dass Giscard d'Estaing wiedergewählt wurde. In der Folge haben die Komiker-Populisten rund um den Globus die Macht übernommen.

Der Erste war der Clown Tiririca, der sich am 3. Oktober 2010 in die brasilianische Abgeordnetenkammer wählen ließ.

2011 hatte der Kabarettist Beppe Grillo vor dem Palazzo Montecitorio in Rom einen Sack Muscheln abgelegt, um die Delegierten bloßzustellen, die sich an ihre Sitze im Parlament klammerten. Zwei Jahre später hielten dort hundertsechzig Mitglieder seiner Bewegung Einzug. Der Spaß und die sozialen Netzwerke hatten ganze Arbeit geleistet. Beppe Grillo war in *Scemo di guerra*, einem Film von Dino Risi, an der Seite von Coluche zu sehen gewesen. Der Schauspieler hatte sich mit einer einzigen Parole in Italien zur Macht aufgeschwungen: »Vaffanculo«.

Jimmy Morales, ein Fernsehkomiker, wurde 2015 zum Präsidenten von Guatemala gewählt.

Donald Trump, Moderator und Produzent einer Fernseh-Realityshow, zog 2016 ins Weiße Haus ein.

2018 dann kürte man Marjan Šarec, bekannt durch seine Auftritte als Comedian in Funk und Fernsehen, zum Ministerpräsidenten Sloweniens.

Wolodymyr Selenskyj, Hauptdarsteller in der Politsatire *Diener des Volkes,* wurde Präsident der Ukraine, nachdem er seine Fernsehinterviews Tischtennis spielend absolviert und sich ausschließlich per Video auf Instagram zu Wort gemeldet hatte.

2019 schließlich wurde der medienwirksame Spaßvogel Boris Johnson, genannt »BoJo the Clown«, der 2008 als Bürgermeister von London die politische Bühne betreten hatte, zum britischen Premierminister gewählt.

Die Tätärä-Demokratie konnte sprießen, weil die Demokratie sich langweilt. Die Chance des Populismus ist sein Sarkasmus (das Wort ist dem Altgriechischen entlehnt, wo »sarkazo« so viel bedeutet wie »ich beiße«). Gegen seinen Kontrahenten zu polemisieren fällt dem Demagogen leichter als dem Humanisten. Hämisches Lachen, flankiert von den sozialen Netzwerken, bereitet den Weg für die Berufung der Unheil bringenden Clowns in politische Ämter. Der Wahlerfolg eines populistischen Komikers beruht auf der – völlig berechtigten – Vorstellung, dass er seine Sache nicht schlechter machen wird als die elenden Langweiler vor ihm.

Das Infotainment bringt die Demokratie in Gefahr. Seriöses und Spöttelei muss unterscheidbar bleiben. Eine Vermischung von beidem verhilft einstigen Dampfplauderern, die sich zu Demagogen gewandelt haben, an die Macht. Der Komiker Édouard Baer beklagte 2016, als er zu Gast bei TF+ war, dass die Genres zu sehr verquickt seien. »Man muss die Dinge trennen. Nicht alles im Leben greift ineinander. Man kann nicht alles auf die gleiche Weise behandeln. Ich finde, dass die Politiker uns helfen sollten, indem sie weniger reden. Und auf unserer Seite sollten wir den Spott ein wenig zurückfahren. Man muss Politikern nicht fortwährend mit Häme begegnen.«

Noch vor Coluche hatte am 9. Februar 1965 Pierre Dac seine Kandidatur für das Amt des französischen Staatspräsidenten bekannt gegeben. Er war Chef der *Parti d'en rire*, der »Lachpartei«, und des MOU (*Mouvement Ondulatoire Unifié* – »Vereinigte Wellenbewegung«), dessen Slogan »Die Zeiten sind hart, es lebe der MOU!« lautete. Im September desselben Jahres folgte der ehemalige Widerstandskämpfer jedoch der Bitte Charles de Gaulles, seine Kandidatur zurückzuziehen. Jedes Mal, wenn ein Komiker sich für Wahlen aufstellen lässt, ist ihm die Unterstützung der Medien sicher, denn lustige Aspiranten sorgen für gute Einschaltquoten. Der eigentliche Wendepunkt war in Wirklichkeit allerdings nicht Coluches Kandidatur, sondern die Wahl des Schauspielers Ronald Reagan zum Präsidenten der Vereinigten Staaten 1980, gefolgt von der Arnold Schwarzeneggers zum Gouverneur von Kalifornien 2003.

Was den Profihumoristen fehlt, ist Mitleid. Ihr Temperament kennt keine Barmherzigkeit. Sobald jemand eine Schwäche zeigt, ein Einzelner ungeschickt auftritt, einem Menschen ein Fehler unterläuft, springen sie in die Lücke, geben ihm den Rest, indem sie noch auf ihn draufpissen. Mangelnde Empathie bescheinigt man gemeinhin Psychopathen. Die großmächtigen Satiriker sind erst zufrieden, wenn der andere vollkommen zerstört ist; dann feixen sie untereinander vor seinem Kadaver wie die Hyänen. Octave hat keine Lust mehr, gemeinsame Sache mit diesen Aasfressern zu machen.

Chuck Palahniuk, der Autor von *Fight Club*, hat einmal geschrieben, dass die meisten Lacher in amerikanischen Fernsehkomödien in den 1950er-Jahren aufgenommen wurden und folglich fast alle Zuschauer, die man gackern hört, tot sind.

Nur zur Klarstellung: Ziel dieses Buches ist nicht, dass das Adjektiv »komisch« demnächst als Synonym für »nazistisch« gebraucht wird. Seine Absicht ist lediglich, unsere Lachmuskulatur mal wieder zu entspannen. Sie sollte nicht das ganze Jahr über Tag und Nacht im Einsatz sein; wir brauchen sie schließlich auch, um die Zähne zusammenzubeißen.

21 Uhr

Die alte Welt liegt im Sterben, die neue ist noch nicht geboren: Es ist die Zeit der Monster.

Antonio Gramsci, *Gefängnishefte,* 1929 – 1935

1

Der Sender hatte rote Wände und Flure, die im Kreis verliefen: Seine seltsame Architektur führte einen nach labyrinthischen Rundgängen immer wieder an den Ausgangspunkt zurück. In den 1990er-Jahren war es mein Job, die Leute zum Lachen zu bringen, um ihnen den Joghurt von Madone zu verkaufen. In den 2000er-Jahren musste ich dafür sorgen, dass die Mannequins auf den Werbeplakaten für die Kosmetikprodukte von L'Idéal lächelten. Und in den 2010er-Jahren sollte ich die Hörer des öffentlich-rechtlichen Rundfunks bespaßen, während sie auf dem Stadtring, der sich ebenfalls einmal um sich selbst windet, im Stau standen. Nachdem ich also erst Appetit auf Dinge geweckt hatte, die keiner brauchte, dann die Heteros scharf auf Frauen gemacht hatte, die nicht existierten, musste ich nun für Heiterkeit bei Autofahrern sorgen, um sie über den Zerfall des französischen Gesellschaftsmodells hinwegzutäuschen. Letztlich kann man alle meine Jobs mit einem Wort umreißen: illusionistisch. Ich habe mein Leben mit Kommunikation verbracht, das heißt mit Lügen. Menschen, die in der Kommunikationsbranche arbeiten, stellen nichts her, sie schaffen kein Werk, verändern die Welt nicht, sondern hübschen sie nur auf, sodass sie erträglich wird, man sich besser mit ihr arrangieren kann. Diese Sterilität nagt an uns und lässt uns als menschliche Wracks enden, als Zombies, die um anthrazitfarbene Pools torkeln, in Uber-Taxis mit getönten Scheiben durch die Stadt fahren, die sich schuldig machen, weil sie nichts für den Planeten getan haben, außer ihren Müll zu trennen, bevor sie selbst dazu werden.

Die in der PR Beschäftigten widersetzen sich dem Gleichnis der anvertrauten Talente: Werber, Modelscouts, Kolumnisten, sie alle sind Kollaborateure des Reiches des Nichts, und immerzu haben sie die Stimme Gottes im Ohr: »Was hast du aus deinem Talent gemacht?« Und wenn man nichts aus seinem Talent gemacht hat, spricht Gott das Urteil: »Werft diesen nichtsnutzigen Diener hinaus in die äußerste Finsternis, dort wird er heulen und mit den Zähnen knirschen.« So steht es im Matthäusevangelium, Kapitel 25. Genau das ist die Hauptbeschäftigung der Unschöpferischen, die nichts weiter als verlogene Kampagnen und alberne Zerstreuung produzieren: Wir knirschen unser Leben lang mit den Zähnen, bis unser Gesicht nur mehr ein klaffendes Loch ist, eine abscheuliche Narbe des Elends und der Verschwendung.

2

Ich liebe es, das Team zu stalken, das für die Inlandsnachrichten zuständig ist. Immerhin hat Nicolas Hulot in unserem Morgenmagazin live seinen Rücktritt verkündet. Und eine Kulturministerin hat an gleicher Stelle nach jeder Frage ein »Darüber müssen wir nachdenken« gestammelt und so binnen einer Viertelstunde jegliche Glaubwürdigkeit eingebüßt. Die Mächtigen, angesagte Künstler, Oppositionelle und Regierende, kommen Morgen für Morgen hierher ins Studio, um sich ausbuhen zu lassen … oder auch nicht.

Ich mag diese selbstgefälligen Journalisten – die Frauen immer in Eile, die Männer total ausgebrannt –, die sich im roten Gang der fünften Etage versammeln, um den neuesten Klatsch über andere Mitglieder ihrer Kaste auszutauschen. Diese Menschen wissen, was ihr nicht wisst. Sie haben Zugang zum höchsten Gral, sie sind per Du mit denen, die Einfluss haben, sie schweben über den Normalsterblichen. Françoise Bachelot steigt von ihrem Olymp herab, wenn der Premierminister oder der Staatspräsident an unserem Tisch vor den wie Wasserhähne zurechtgebogenen Mikros sitzt. Nur bei diesen Gelegenheiten bekommt man sie zu Gesicht. Doch es gibt jemanden, der noch über dem Premierminister, über dem Staatspräsidenten steht … der Moderator. Der niemals lächelt: Für so etwas hat er keine Zeit. Er weiß alles oder tut zumindest so. Er hat eine großartige Art, anderen Leuten nicht zuzuhören, als ob er Besseres zu tun hätte, dann aber deren Ideen, die er im Flur aufgeschnappt hat, fünf Minuten später, wenn er auf Sendung ist, Wort für Wort aufzugreifen. Ich versuche, ihm nachzueifern, aber es bedarf jahrelanger Übung, um diese Stufe der Aufschneiderei zu erreichen.

Wie wunderbar es sich doch anfühlt, die öffentliche Meinung in einem Land zu beherrschen, das unbeherrschbar ist! Der Newsroom setzt sich zusammen aus einem Haufen abgestumpfter Redakteure, die am Telefon Leben zerstören. »DAS IST MIR SCHEISSEGAL, WIR WERDEN DIE NACHRICHT IN DREI MINUTEN BRINGEN, MIT IHREM ODER OHNE IHR STATEMENT.« Sie rauchen nicht mehr im Büro, sonst könnte man tatsächlich denken, man befände sich in *His Girl Friday* von Howard Hawks. Es gibt immer einen Typ, der Jean-Michel heißt und dreißig Sekunden vor der Livesendung die Glastür aufreißt, um eine Toningenieurin anzubellen: »Wir gehen jetzt raus damit!«, die daraufhin ihr Gesicht verzieht und sich auf ihrem Bürostuhl dreht. Das Morgenmagazin ist eine fleischgewordene Fernsehserie. Es ist herrlich, ein lebendes Klischee zu sein. Mir kommt Fabrice Getty in den Sinn, der ältere Bruder des berühmten DJs, ein ehrbarer Spezialist für internationale Politik und absolut verzweifelt über den Verfall der Welt. Der Finkielkraut der Geopolitik! Mit ihm diskutierte ich über Trump, den Brexit, den Einfluss von Facebook und den Terrorismus in Diskotheken. Er trank genauso viel wie ich. Und eines Tages kündigte er, um sich als Kandidat für die Europawahl aufstellen zu lassen. Sofort wurde er zum Prügelknaben der Humoristen des Hauses. In den drei Jahren zuvor hatte er immer wieder vor einer Katastrophe gewarnt. Aber ein Demokrat konnte mit Demagogen kein Gespräch führen. Wir hätten auf ihn hören sollen. Doch zwischen einem Lager scharfsinniger Progressiver und den Anhängern einer lärmenden Propaganda ist keine Diskussion möglich. Langsam, aber sicher wird der spaßgetriebene Totalitarismus die Menschenrechte und die bürgerlichen Freiheiten niederwalzen. Diejenigen, die die Nachrichten machen, werden in den Nachrichten landen … mit aufgespießten Köpfen.

Ich weiß genau, dass ich in den 2010er-Jahren bei einem Strohhalmunfall in Moskau hätte sterben müssen. Will sagen: Eines Abends schlug mir mein Kumpel Oleg auf den Kopf, während ich mit seinem zwanzig Zentimeter langen Silberstrohhalm eine Line zog. Er hätte mir das Teil beinah durch die Nasenhöhle ins Hirn gerammt. Das hätte mein Ende sein sollen, vor zehn Jahren. Ich hätte niemals älter werden dürfen, auf so einen Dreck war ich nicht gefasst. Ich als Rentner, könnt ihr euch das vorstellen? Octave auf dem Land? In der Dorfkneipe? Octave sonntags auf dem Schlitten mit seinen Kindern? *Fucking hell*, so durfte es auf keinen Fall enden.

3

Jeder Blick von mir ist ein Hilferuf, jede Frau, der ich begegne, eine Möglichkeit. Ich bin der letzte Vertreter einer ausgestorbenen Spezies: der jämmerliche Aufreißer. Alles, was ich trage, muss unendlich weich sein, damit jede Frau Lust hat, mich zu streicheln. Als Romanfigur bin ich lustig, im wahren Leben dagegen supernervig. Es ist seltsam, dass die Leute mich vorher oder nachher mögen, aber nie währenddessen. Nachdem ich aus der Werbe- und Modebranche rausgeflogen bin, habe ich mich als freiberuflicher Schriftsteller-Journalist-Kolumnist selbstständig gemacht. Ich verkaufe mein Talent, ich prostituiere mein Schreiben. Ich kann eine Tombola bei der Eröffnung eines Geschäfts veranstalten, am Mikro in einer Werkstatt herumblödeln, um PR für ein neues Auto zu machen, ein Vorwort für einen Restaurantführer schreiben, Karl Lagerfeld für die Pressekonferenz zum Erscheinen des Pirelli-Kalenders interviewen: Ich nehme alles an, was Geld bringt. Ich sitze nicht mehr wie früher auf einem Haufen Kohle, aber das ist bei den meisten Leuten, die ich kenne, der Fall. Ich bin so pleite, dass ich nur noch Gratiszeitschriften lese: *Air France Magazine,*

Air France Madame, Aéroport de Paris Magazine, Palace Costes Magazine, Stylist Magazine und *Le Bonbon Magazine.* Ich weiß besser über die neusten Fünfsternehotels in Paris Bescheid als über die Entwicklung des Syrienkriegs. Meine Haare sind so lang wie die des Messias, nur ist der nie so alt geworden wie ich: Man vergleicht mich immer häufiger mit einem Afghanischen Windhund. Letztes Jahr wollte ich sie einmal abschneiden, aber dann drohte meine Tochter damit, das Jugendamt zu verständigen und die Annullierung meiner Vaterschaft zu beantragen. Ich bin oft zu spät und betrunken. Ich vergesse alles, sogar die Vornamen von Mitgliedern meiner Familie. Ich mag es, die Morgendämmerung zu betrachten, wenn der Himmel in eine Bellini-Farbe getaucht ist: Ein Himmel, der wie eine Mischung aus Champagner und Pfirsichsaft leuchtet – mehr verlange ich nicht von der venezianischen Malerei. Ich habe den Zenit meines Lebens überschritten, und meine Situation ist so prekär wie die eines Praktikanten. Ich werde mein Dasein als Anfänger beenden, oder besser: Ich werde meine irdische Existenz damit verbracht haben, immer wieder neu anzufangen. Ich verstehe, warum man mir sagt, ich sei »angebrochen«: Etwas anzubrechen ist meine Spezialität. Ich kann nichts zu Ende bringen. Ich bin der Mann, der über das erste Stottern nicht hinauskommt. Ich glaube, ich habe irgendwo mal geschrieben: »Alles ist vorläufig: die Liebe, die Kunst, der Planet Erde, Sie, ich, vor allem ich.« Ich treibe einmal pro Woche Sport, aber mein Körper baut keine Muskeln auf. Ich esse, ohne zuzunehmen, ich trainiere meine Rumpfmuskulatur, ohne kräftiger zu werden. Die Jahre ziehen vorüber, die Welt verändert sich, ich nicht. Ich habe Aufenthalte in Entzugskliniken hinter mir und bin in der Woche darauf wieder rückfällig geworden. Mein Wille ist so stark wie eine Plastiktüte, die über dem Golfstrom flattert. Ich hasse mich so sehr, dass ich eine Viagra einwerfen muss, um mir einen runterzuholen. Ich weiß nicht, warum ich nicht leide. Wenn es richtig mies läuft, bestelle ich mir einen Wodka-Red-Bull und ziehe eine Schlüsselspitze Ketamin, es gibt immer eine Lösung. Ich glaube, ich bin zu sensibel, um mich von irgendwas erschüttern zu lassen. Ich habe Angst vor meiner Gleichgültigkeit. Denen, die mich als arrogant beschimpfen, antworte ich mit Giscard, dass sie nicht das Monopol des Herzens besitzen, aber sicher bin ich nicht, dass tief in meiner Brust ein ♥ schlägt. Mein Leben ist eine One-Man-Show in einem alten Kabarett, das bald in einen Laden für Smartphone-Schutzhüllen umgewandelt wird. Mein Auftritt findet vor immer dünner gesätem Publikum statt: euch. Wisst ihr, woran man merkt, dass der eigene Stern im Sinken begriffen ist? Die Leute, denen ich begegne, glauben, mich persönlich zu kennen. Sie fragen, ob ich zum Weihnachtsessen von Martin gehe … Der Kontrolleur in der Bahn behauptet, dass er meinen Fahrschein bereits gesehen hat, was nicht der Fall ist … Unbekannte wollen sich mit mir für den nächsten Samstag im Tennisklub verabreden … Wenn deine Prominenz verblasst, halten die Leute dich für einen entfernten Bekannten. Anstatt zu jubeln, wenn sie dich wiedererkennen, runzeln sie die Stirn und kratzen sich am Hinterkopf. Sie erkennen dich zwar wieder, aber sie kennen dich nicht mehr.

Der Satz, den ich am häufigsten höre, ist der folgende:

»Octave, du weißt schon, dass du nicht mehr fünfzehn bist?«

Ich versuche nicht, lustig zu sein, sondern jung, das ist ein großer Unterschied. Auf meinem Grabstein wird geschrieben stehen: »Octave Parango – er starb, weil er sich weigerte, älter zu werden.«

4

Ich müsste eigentlich an Deklassierungen gewöhnt sein: Meine begann nämlich bereits vor meiner Geburt, mit der Französischen Revolution. Meine aristokratischen Vorfahren wurden 1794 hingerichtet und landeten in einem Massengrab auf dem Friedhof von Picpus. Das letzte Schloss, das im Besitz meiner Urgroßmutter war, ist vor Kurzem an einen Börsenmakler verkauft worden. Seit drei Jahrhunderten geht es mit dem Lebensstandard unserer Familie kontinuierlich bergab. Vom Aristokraten bin ich zum Nichtadligen abgestiegen. Dann vom Großbürger zum Kleinbürger. Nichts unterscheidet mich mehr von der Mittelschicht, außer mein Snobismus. Ein Freund aus dem Caca's Club hat mich kostenlos im *Travellers* einquartiert, weil ich mir den jährlichen Beitrag nicht mehr leisten konnte. Vor der leer stehenden, stillen Stadtvilla einer Kurtisane aus dem 19. Jahrhundert, am Anfang der Champs-Élysées, reißen Randalierer das Pflaster im Kreisverkehr auf, das gibt einen Matsch wie zu Zeiten der Pferdekutschen und Kaleschen. Ich schreibe diese Zeilen im Fernsehzimmer, das hinter der Veranda mit den grünen Palmen liegt, ausgestreckt auf einem Sessel aus rotem Damast. Der Barmann ist nach Hause gegangen, ich versorge mich selbst und kritzle meinen Gin-Tonic-Verzehr in ein kleines Heftchen. Ich erinnere mich an die Zusammenkünfte des Caca's Club im Marmorbadezimmer der Païva in den unbeschwerten 1980er-Jahren, zwischen zwei Backgammon-Turnieren. Wir lustwandelten durch die elysischen Gärten wie Proust als Kind … »Wir machten uns zu den Champs-Élysées auf, durch die lichtgeschmückten, menschenerfüllten Straßen, deren Balkone, losgelöst und dampfend von der Sonne, vor den Häusern schwebten wie Wolken aus Gold.« Der Fehler der Reichen war, dass sie ihren Reichtum so offen zeigten. Früher blühte das Vermögen im Verborgenen, heute stellt man es in *Capital*, auf dem Cover von *Forbes* und auf Instagram zur Schau. »Kostenpunkt für den Abend im *Club 55*: 62 000 Euro. In Saint Tropez lassen wir es krachen!« Es ist schmerzhaft für die Armen, wenn sie erfahren, dass diejenigen, die sie ausbeuten, aus dem Vollen schöpfen. Es ist unhöflich, mit seinen Yachten und seinen Pool-Partys zu prahlen. Mein Großvater trug das ganze Jahr über denselben abgewetzten Anzug und fuhr nie mit seinem silbergrauen Daimler zur Arbeit. Es schickte sich nicht, alles auf den Kopf zu hauen. Das Geld, das die Unternehmen der Parangos abwarfen, ruhte in der Schweiz oder in einem Safe hinter dem Wandteppich. Man gehörte zu den Profiteuren, war aber nicht stolz darauf, sonntags kniete man in der Kirche nieder, bat um Vergebung für seine Sünden und murmelte ohne große Überzeugung, dass die Letzten die Ersten sein würden.

Ich bin dafür, die von Robespierre verfasste Nationaldevise in eine alphabetische Reihenfolge zu bringen. Wir müssen die Prioritäten anders sortieren: *Égalité, Fraternité, Liberté.* Es grenzte an Selbstmord, eine Bevölkerungsgruppe zu schaffen, die nichts mehr zu verlieren hat. Ich weiß, wovon ich spreche, seit ich dazugehöre.

Durch die hohen, mit Akanthuswerk verzierten Fenster des Salon Napoléon III, die auf eine Terrasse mit weißen Orchideen hinausgehen, kann ich den Rauch des Tränengases erkennen, wie abendlicher Nebel zieht er hinweg über die Bereitschaftstruppen der Polizei, die schützend vor Zara und dem Disney Store Posten bezogen haben. Das einstige Kino Gaumont Ambassade, in dessen Räumen sich inzwischen eine Weston-Filiale niedergelassen hat, ist mit Brettern zugenagelt wie ein Fort in einem Fünfzigerjahre-Western, das mit einem Überfall von Indianern rechnet. Genau dort lief Jean Seberg in Schwarz-Weiß und ohne BH herum, um die *Herald Tribune* zu verkaufen. Ich höre das »Huhaa« der Menge, ein Geschrei, als würde das neuseeländische Rugby-Team seinen Maori-Kriegstanz Haka aufführen, und auch die schwarze Kluft scheint man sich bei der Mannschaft abgeguckt zu haben. Mit ihren Strumpfmasken und Schwimmbrillen sehen die Demonstranten aus wie Dschihadisten im Skiurlaub. Das Parkett unter meinen Füßen vibriert und ächzt mit jeder explodierenden Granate und jedem Knallkörper. Vielleicht ist es an der Zeit, aus der Komfortzone heraus- und in die Geschichte einzutreten.

Draußen sehe ich eine Demonstrantin auf der Straße sitzen, sie reibt sich die Augen und stöhnt. Als Kontaktlinsenträger habe ich immer eine Salzlösung bei mir. Ich gehe zu ihr hin, träufle ihr ein paar Tropfen in die geröteten Augen und schenke ihr das Plastikfläschchen. Sie bedankt sich, bevor sie wieder in den Kampf zieht und ich die entgegengesetzte Richtung einschlage.

5

Wir sind die Stimme Frankreichs. Die mediale Elite. Wenn ein Journalist des Morgenmagazins einem Redakteur von France Publique begegnet, das heißt im Aufzug oder in der Eingangshalle, lächelt er ihn mit einer Liebenswürdigkeit an, die so ziemlich der Gipfel der Herablassung ist. Er zwingt sich, Kollegialität zu heucheln, nach dem Motto »Wir sitzen alle im selben Boot«, aber die Heuchelei hält niemals lange an. Die Meinungsmacher eines Landes haben keine Zeit zu verlieren. Der Unterschied zwischen einem Journalisten, der bei Publique für 7/9 zuständig ist, und allen anderen Angestellten des Roten Hauses besteht darin, dass das Gesicht der anderen nicht auf einem dreißig Meter hohen Banner an einer Fassade prangt. Das Morgenmagazin ist ein Staat im Staat, die Atmosphäre zwischen den Moderatoren der Sendung und dem Redaktionschef immer extrem angespannt. Wenn die Leute, deren Namen jeder kennt, sich mit denen unterhalten, deren Namen niemand kennt, finden die Gespräche in der Regel ein schnelles Ende.

»Hallo, wie geht's …?« (Stirnrunzeln desjenigen, der in seinem Gedächtnis kramt, mit wem er gerade spricht.)

»Wow, Nathan, dem Premierminister bist du gestern ganz schön in die Parade gefahren!« (Lieber mal ein bisschen schleimen, man weiß ja nie.)

»Ach was, von wegen, Édouard Philippe hat doch seinen üblichen Sermon wie auf Autopilot abgespult …« (Bescheidene Miene des wichtigen Mannes, der es gleichwohl eilig hat zu verschwinden.)

»Viel Erfolg, bleib dran bis Juni!« (Neidischer Gesichtsausdruck des Redaktionsassistenten vom Nachmittag.)

»Wir sind nur die Handlanger der Nachrichten. Bis später …« (Mitleidiges Lächeln des Stars, der diese Woche noch zwei Fernsehaufzeichnungen vorbereiten muss, die eine wird zur Primetime ausgestrahlt, die andere in der zweiten Hälfte des Abendprogramms.)

Und sobald sich die Fahrstuhltüren auf den überflüssigen Stockwerken wieder schließen, gehen sich die Prominenten vor dem Spiegel noch mal durch die Haare, denn es ist der einzige Moment des Tages, da sie Zeit haben, ihr Aussehen zu checken. Seit die Radiosendungen live gestreamt werden und die Videos rund um die Uhr abrufbar sind, können sie sich nicht mehr so gehen lassen wie die Moderatoren von früher, die allesamt übergewichtig, glatzköpfig oder zerzaust daherkamen, mit alten fleckigen Pullis, eine Wange stoppliger als die andere und mit Warzen auf der Nase. Willkommen in der neuen Welt: dort, wo man sich immer hässlicher und älter fühlt als die Konkurrenz.

Einen Schriftsteller in die Sendung 7/9 zu holen lag auf der Hand: Das Morgenmagazin ist nichts anderes als Schreiben. Alles wird im Vorfeld schriftlich abgefasst.

Der Moderator sitzt vor einem Bildschirm; sein Guten Tag, seine Überleitungen, seine Fragen, sein Dank und seine Verabschiedung sind jeden Tag identisch. Die gesamte Sendung ist eine einzige Vorlesung. Jeder Teilnehmer setzt sich mit einem Skript an den Tisch. Die Herausforderung besteht darin, seinen Text so vorzutragen, dass er natürlich, frisch und knackig rüberkommt. Man sieht sich dabei kaum an. Ein Gespräch ist unmöglich. Wenn jemand etwas Unerwartetes sagt, bricht sofort Panik aus.

Wir bilden schließlich den Klub der meistgehörten Wortmeldungen Frankreichs. Ein Verhaspler? Die ganze Presse wird eine Woche lustvoll darauf herumreiten. Ein Fauxpas? Sie werden sich einen Monat lang das Maul zerreißen. Ein Grammatikfehler? Das gibt Hunderte E-Mails, die nach Korrektur, Wiedergutmachung, Entschuldigung oder Entlassung schreien. Absolute Macht rächt sich mit absolutem Druck. Ich bewundere die Art, wie Dominique Gombrowskis Brille ihm von der Stirn auf die Nase rutscht, ohne dass er dabei seine Hände gebraucht. Eine übernatürliche Gabe, die nur Journalisten von France Publique bis zur Perfektion entwickeln … und Jean-François Kahn. Aber wer erinnert sich noch an Jean-François Kahn? Die Nachricht ist überholt. Unsere Autorität erschöpft sich allmählich. Die Jungen hören uns nicht mehr zu, sie informieren sich auf ihrem Handy. Das Wahre vermischt sich mit dem Falschen. Lügen aufzudecken ist nicht mehr in; man kommt sich vor wie ein alter Knacker, wenn man erklärt, dass eine Statistik gefälscht oder eine Verleumdung niederträchtig ist, dass es keine Weltverschwörung gibt. Während ein Experte sich noch bemüht, die Irrtümer aufzuklären, ist das Publikum längst woanders. Es hat keine Zeit, sich mit so was aufzuhalten.

22 Uhr

Is it just me, or is it getting crazier out there?

Arthur Fleck
(Erster Satz des Jokers aus dem
gleichnamigen Film von Todd Phillips, 2019)

1

Es ist schwer, die Angst nachzuvollziehen, die den Donnerstagskolumnisten packt, wenn man sie nicht selbst erlebt hat. Welcher Athlet wäre bereit, seinen Titel das ganze Jahr über, Woche für Woche, aufs Spiel zu setzen? Die Angst beginnt drei Tage vor der Sendung. Montags verfolgst du die Google-Alerts zum politischen Tagesgeschehen. Dienstags schaust du dir auf der Jagd nach dem satirischen Trend der Woche *Quotidien* und *Touche pas à mon poste!* an. Wer ist der Buhmann der Stunde? Wen wird man sich in den nächsten Tagen vorknöpfen? Mittwochs zitterst du, ob es möglicherweise zu einem tragischen Zwischenfall oder einer Naturkatastrophe kommt und du etwas Ernsthaftes abliefern musst. Einmal beschwerte sich Nathalie Ferrogi morgens in der Sendung, dass sie wegen eines Attentats, das sich am Vortag in New York ereignet und acht Todesopfer gefordert hatte, gezwungen war, ihre Kolumne komplett umzuschreiben. Dafür gab Nathan ihr live eins auf den Deckel, und tags darauf entschuldigte sie sich, dass man ihr nicht gleich gekündigt hatte. Ein Humorist des Morgenmagazins darf sich nicht einfach aus der aktuellen Berichterstattung ausklinken. Seine Gags müssen die Meldungen aus der Tagesschau aufgreifen. Eine Vorschrift, die jede Spontaneität im Keim erstickt. Die dafür sorgt, dass der Humor flacher wird und die Komik flöten geht. Zu viele Witze graben sich gegenseitig das Wasser ab, und darum siegen am Ende auch das politisch Korrekte und das Wortwörtliche über den Spott. So ist es in den USA gelaufen, und so läuft es gerade in Frankreich. Wenn man dazu verdonnert ist, jeden Tag über die Nachrichten zu flachsen, ist die Gefahr groß, dass man aus der Kurve fliegt, die Leute schockiert und gegen sich aufbringt, sie später um Entschuldigung bitten muss ... Was gibt es Traurigeres als einen Clown, der schwitzend über einem Thema brütet, das heiß-aber-nicht-zu-pikant ist? Ganz zu schweigen vom Problem der »kulturellen Aneignung«: Nur Juden dürfen Witze über Juden machen, nur Muslime über Muslime, nur Schwule über Schwule ... Das nennt man humoristischen Kommunitarismus. Der Humor spaltet sich auf, genau wie die Gesellschaft. Wenn ein Weißer einen Schwarzen oder einen Asiaten nachahmt, ist er ab sofort ein Rassist (trotzdem schäme ich mich nicht zuzugeben, dass mich Pierre Péchin mit seiner arabischen Version von *Die Grille und die Ameise* sehr zum Lachen gebracht hat). Wenn Blanche Gardin keine Frau wäre, könnte sie sich nicht hinstellen und darüber plaudern, dass die Aussagen über sexuelle Belästigung am Arbeitsplatz sie total antörnen. Die schlechte Nachricht? Der Humor ist jetzt nach kulturellen Zuständigkeiten aufgeteilt, in Frankreich wie in Amerika. Die gute Nachricht? Bleibt nur, sich selbst zur Sau zu machen, denn das ist die einzige sozialverträgliche Sau, die man durchs Dorf jagen darf. Nun war das allerdings schon immer mein Kapital.

Aber woher kommt eigentlich dieser Drang, jede Nachricht mit einem Witz zu kommentieren? Seit wann existiert diese Manie? In den USA hat es mit der *Late Show* von David Letterman angefangen, oder ging es schon davor mit Johnny Carson los oder mit *Saturday Night Live*? Gab in Frankreich das Duo Gildas und de Caunes den Startschuss – ein seriöser Journalist mit einem Hanswurst an seiner Seite? Das Prinzip kennt man vom Zirkus: der Weißclown und der Dumme August. Don Quijote und Sancho Panza, Don Juan und Sganarelle, Laurel und Hardy.

Fest steht, dass wir die amerikanischen Comedians eifrig kopieren. Allerdings sollten wir nicht vergessen, dass die Humoristen aus Übersee Trump zum Wahlsieg verholfen haben, indem sie auf ihn einprügelten; sie sind nicht unfehlbar. Als die französische Fußballnationalmannschaft die Weltmeisterschaft 2018 gewann, verkündete der bekannteste Satiriker Amerikas (Trevor Noah) in seiner *Daily Show*: »Afrika hat den Weltmeistertitel geholt.« Man muss lange suchen, um einen rassistischeren Joke zu finden, noch dazu aus dem Mund einer Symbolfigur des Progressivismus. Noah glaubte, seine schwarze Hautfarbe schütze ihn vor Vorwürfen. Am nächsten Tag musste er zurückrudern und erging sich in mühsamen Rechtfertigungen.

Frankreich hat eine lange Tradition der Respektlosigkeit gegenüber den Mächtigen, die von der *Fête des Fous* im Mittelalter über Molières unverschämte Kammerdiener bis zum *Père Duchesne* reicht, einer Zeitschrift, die während der Revolution erschien – ein Erbe, das 1970 darin gipfelte, dass man die *Hara-Kiri*-Schlagzeile »Tragischer Ball in Colombey: 1 Toter« zensierte, die schließlich zum Verbot des Satiremagazins führte. Seit es *Le Canard enchaîné* gibt, 1915 als Spottblatt auf die deutschen Besatzer ins Leben gerufen, dient die Karikatur den Franzosen als Hauptquelle politischen Denkens. Sie bilden sich ihre Meinung auf der Grundlage von Frivolitäten und Satire. Ihr Urteil fußt nicht auf ungefilterter Information, sie wiederholen vielmehr die Mätzchen der Humoristen und nehmen den Spaß für bare Münze. »Macron ist ein verdorbener Rothschild-Banker, der seinem Leibwächter im Bett etwas ins Ohr lispelt«, »Sarkozy, der kleine Choleriker mit den nervösen Zuckungen, liebt die Luxusyacht von Bolloré und trägt im *Fouquet's* eine Rolex«, »Hollande, der geile Bock, vor dem keine Schauspielerin sicher ist, hier mit verdrehter Krawatte auf seinem Roller im Regen«. Der ironische Blick auf die Macht hat Vorrang vor der Wahrheit ihrer Analyse. Er bringt uns dazu, unsere Unterlegenheit mit einem Gefühl der Überlegenheit zu akzeptieren. Der Sarkasmus der Unterhaltungskünstler wird im Allgemeinen als die unverzichtbare Antwort auf die Arroganz der Mächtigen dargestellt, was jedoch nicht darüber hinwegtäuschen sollte, dass er auch die Rache der Machtlosen ist.

2

Ich sitze am Tresen im *Fouquet's*, bestelle bereits den dritten Moskow Mule des Abends, während ich fieberhaft auf meinem iPhone 27 die Nachrichten checke und auf die Meldung mit dem größten Spaßpotenzial lauere. Es heißt, dass Coluche als Jugendlicher abends um acht im weißen Sakko auf der Terrasse des *Fouquet's* aufkreuzte und die Gäste abkassierte: »Meine Schicht ist zu Ende, darf ich Sie bitten, Ihre Rechnung zu begleichen?« Nach fünf Minuten hatte er fünfhundert Franc zusammen und machte sich schnellstens aus dem Staub.

Eine Frau mit kurzen braunen Haaren, dunklem Teint, strahlenden Zähnen und großen Augen wie von einem Rehkitz, das in die Wolfsgrube getappt ist, hält meinem Blick seit zwei, nein drei, nein vier Sekunden stand. Sie ist es, die das Gespräch anfängt. Da Männer sich jetzt nicht mehr trauen, eine Frau anzusprechen, muss sie den ersten Schritt machen.

»Ich bin ein Fan vom akustischen Spa.«

Das akustische Spa ist ein Trick, den ich mir ausgedacht habe, um meine Arbeit beim Radio überschaubar zu halten. Es genügt, ein paar Panflötenklänge und

Vogelschreie einzuspielen und das Redetempo zu verlangsamen, wie ein Masseur in einem Luxusspa; schon muss ich weniger Worte zu Papier bringen. Bartleby und Parango, derselbe Kampf. Bambi trägt einen tief ausgeschnittenen Balenciaga-Blazer. Darunter nackte Haut: Wenn sie sich vorbeugt, kann man ihre birnenförmigen Brüste sehen. Und sie beugt sich oft vor. Nicht reagieren. Pokerface aufsetzen, vermeiden, auf die Goldkette zu starren, die ihre linke Brustwarze kitzelt. Sie riecht nach Patschuli und Schweiß. Ich bin seit fünf Minuten verliebt.

»Rauchst du?«

»Nein.«

Die Nummer mit der Zigarette kenne ich. Man geht raus auf die Straße, um eine zu rauchen, und dann bringt ein Paparazzo uns aufs Cover von *Closer*. Nein danke. Sie heißt Marine. Ich schätze lieber nicht, wie alt sie ist: bestimmt jünger als meine erste Tochter.

»Du bist wirklich die Karikatur eines Saint-Germain-des-Prés-Spackos.«

»Ich dachte, Sie wären ein Fan meiner Audiobotschaften.«

Marine ist ganz offensichtlich bei ihrem fünften Mojito.

»Parango, du riechst nach Ficken.«

»Sehen Sie, Mademoiselle, wenn ich das jetzt gesagt hätte, könnten Sie mein Leben mit einem einzigen Tweet zerstören.«

»Du bist alt. Du hast Lust, mich zu vögeln. MAN SAGT, dass ich das SEHR gut mache. Ich habe deine Bücher gelesen, ich weiß, dass du darauf stehst, wenn man dir den Schwanz lutscht. Du bist echt ein alter Drecksack, und meine Lippen sind superweich, OBEN

UND UNTEN. Ich komme sehr schnell, und wenn ich komme, schreie ich GEIL, und zwar ganz LAUT. Sag deinen Nachbarn, dass sie sich Oropax zulegen sollen.«

Verdammt, vor mir sitzt eine »YMCA« (*Y'a Moyen de Coucher Avec* – mit der geht was). Eine Professionelle halt. Ich habe kein Geld mehr. Jetzt bräuchte ich dieses peruanische Zeug, um mir die Nase so gründlich zu pudern, dass jede Versuchung in den nächsten drei Stunden ausgelöscht ist. Wenn man jeden Tag ficken will, bleibt die einfachste Lösung das Heiraten. In den ersten Jahren kann man fast sicher davon ausgehen, regelmäßigen und einvernehmlichen Sex zu haben. Danach sorgt der Ehebruch für die besondere Würze, ein bisschen so, wie die Zusatzrente die gesetzlichen Bezüge aufbessert. In sexueller Hinsicht gab es in meinem Leben drei Perioden: Notstand bis zwanzig, Überfluss bis fünfzig, schließlich moderate Ebbe aufgrund meines schwindenden Bekanntheitsgrades. Irgendwie ist mir dieser um zehn Uhr abends betrunken auf den Champs-Élysées herumstreunende Groupie nicht geheuer. Marine ist entweder ein Escort-Girl auf Beutezug oder eine YouTuberin, die mich in eine Falle locken will, während ein Kumpel, versteckt hinter der nächsten Palme, die Szene filmt. Ich muss freundlich bleiben für den Fall, dass die Bilder live auf Periscope zu sehen sind. Dritte Möglichkeit: Das Mädel ist eine Lesbe, die mit einer Freundin gewettet hat, dass es ihr gelingen wird, Octave Parango aufzureißen. Ich beschließe, das Thema zu wechseln.

»Das *Fouquet's* ist auch nicht mehr das, was es mal war, seit Jacques Garcia es renoviert hat. Wer braucht schon Lampenschirme mit Fransen, rote Sessel und braungrauen Samt vom Boden bis zur Decke? Sprich: Staubmilben.«

Ohnehin habe ich gerade eine andere, noch appetitlichere Dunkelhaarige entdeckt, die sich mit den Ellbogen auf dem Tresen abstützt. Ich verliebe mich zum zweiten Mal innerhalb von zehn Minuten. Um ein Schäferstündchen zu betteln ist im Frankreich der 2020er-Jahre eine komplexe Angelegenheit. Aber im Grunde war es das für mich schon immer. Als Teenager war ich mit Schüchternheit geschlagen. Ich starrte attraktiven Frauen hinterher wie ein sabbernder Hund, dem man einen saftigen Knochen vor die Nase hält. Ich hatte entsetzliche Angst vor all den hinreißenden Mädchen, die ich niemals haben würde. Später brachte meine Prominenz etwas Schwung in die Sache, aber nie bin ich der schweigsamen Schönheit mit den halb geöffneten Lippen und den halb geschlossenen Augen begegnet, die mich hätte glücklich machen können. Und heute führt mich die #MeToo-Bewegung zurück in die Ausweglosigkeit meiner Anfänge. Unmöglich, eine Frau anzusprechen, ohne wie ein Schwein rüberzukommen. Es gilt schon als verdächtig, wenn man einer hübschen Frau länger als fünf Sekunden in die Augen schaut, besonders, wenn man in den Medien (ein wenig) bekannt ist.

In den 1990er-Jahren brauchte man bloß zu sagen: »Hast du Lust, mit mir ins Bett zu gehen?« Heute muss ich erst Hektoliter Moskow Mule in mich hineinschütten, bevor ich einen Vorstoß wage wie: »Entschuldigung, aber ich habe es satt, Sie nicht zu kennen. Wie lange wollen wir uns weiter nicht begegnen? Ich finde, unsere Wege sollten jetzt vielleicht aufhören, nebeneinanderher zu verlaufen. Pardon, aber ich sehe dich seit einer Stunde an und traue mich nicht, Sie anzusprechen. Ich fürchte Plumpheit mehr als alles in der Welt, aber wenn ich das Risiko nicht auf mich nehme, weiß ich, dass ich mich nie mehr davon erholen werde. Also gehe ich jetzt aufs Ganze: Ihre Schweigsamkeit zieht mich an, und ich frage mich unaufhörlich, wie es sein kann, dass eine Schönheit wie Sie so allein hier herumsitzt, und warum Sie so melancholisch aussehen, wenn Sie auf Ihr Handy gucken. Am Anfang habe ich dich aus der Ferne beobachtet, mit deinen weißen Sneakers, deiner Levi's, deiner Wildledertasche, den Kreolen an deinen Ohrläppchen, deinem Oberteil aus weißer Baumwolle, dessen Ausschnitt Ihren goldbraunen Rücken preisgibt. Nein, ich beurteile Sie nicht nach deiner äußerlichen Erscheinung, aber die ist im Augenblick die einzige Vollkommenheit, zu der Sie mir Zutritt gewähren. Ich kann deine Seele nicht erkennen, solange Sie mir nicht Ihr Gesicht zeigen. Ich frage mich, welches Parfüm Sie tragen, das meinem Leben diese schmerzhafte Note verleiht. Ich halte es nicht für übermäßig aufdringlich, dich kennenlernen zu wollen, ich schäme mich für meine Neugier, andererseits ist diese Neugier das Süßeste und Zärtlichste, was in einem Menschen schlummert. Ich möchte verstehen, warum du mit deinen grünen Augen vor dich hin starrst, ich habe mich vergewissert: Vor dir ist eine mit rotem Stoff ausgekleidete Wand, und du hast diese nackten Beine und Schultern und langen Haare, bei deren Anblick ich mir einbilde, den Song *Can't Fight This Feeling* von REO Speedwagon zu hören, wie damals, als ich mich eines Sommers, im Tenniscamp 1979, in ein amerikanisches

Mädchen verliebte, dem das genauso egal war wie dir. Du musst doch wissen, was es auslöst, wenn du dein lockiges Haar ohne erkennbaren Grund auf die andere Schulter fallen lässt und dabei Moleküle deines Parfüms durch die Luft schickst, die bei mir als Dolchstoß in der Magengrube ankommen. Plötzlich fühle ich mich wie ein Zwölfjähriger, der glaubt, die Lösung all seiner Probleme bestünde darin, sich für die Dauer einer Umarmung, das heißt für tausend Jahre, in Ihren Nacken zu flüchten. Das Grübchen auf Ihrer linken Wange trägt zu meinem Unglück bei, Sie sind da und sagen nichts, und je länger Sie nichts sagen, desto einsamer fühle ich mich. Mir geht durch den Kopf, was ich alles angestellt habe, mein Leben lang, um den Frauen zu gefallen, Werbung, Bücher, Kino, Fernsehen und Radio, dieser ganze nutzlose Ruhm, den ich mit dem Ziel angehäuft habe, die Distanz zwischen Ihnen und mir zu verringern – vergeblich. Ich bin vollgestopft mit diesem geschwätzigen, obszönen und herzzerbrechenden Verlangen, aber du hast damit angefangen, als du diese Bar betreten hast, bist du aus Versehen in mein Leben eingedrungen, und nun komme ich zu Ihnen, weil es zu spät ist, das Unglück ist geschehen, ich bin erbärmlich, aber so steht es jetzt um uns Männer, wir sind nur mehr sentimentale Hungerleider, Bettler um Liebe: Wenn man mir gesagt hätte, dass ich heute Abend Enrico Macias zitieren würde, hätte ich mich selbst verbrannt, aber ich muss zugeben, dass dieser jüdisch-arabische Schnulzensänger die Dinge gut auf den Punkt zu bringen wusste – mein Begehren fleht um ein Gnadenbrot. Ich bin ein in Ingwerbier getränkter Bettler. Ich werfe mich Ihnen zu Füßen, ich bin eine

Neonweste des Herzens, mein Schwanz ist obdachlos. Ich bitte dich, geben Sie zu, dass es absurd wäre, wenn wir uns verließen, bevor wir uns überhaupt begegnet sind, nicht wahr?«

Ich erhebe mich, mein Glas in der Hand, und steuere geradewegs auf die Schönheit zu, die in ausgewaschenen Shorts und mit harten Nippeln dasitzt und mit Schwarzem Trüffel versetzte Cashewkerne knabbert. Während ich ihr diese Liebestirade aus meinem Notizheft vorlese, stelle ich fest, dass sie sich mit Filzstift Sommersprossen auf die Wangen gemalt hat, um naiver zu wirken. Ich stehe auf Frauen, die aussehen, als könnten sie kein Wässerchen trüben, es jedoch faustdick hinter den Ohren haben. Als ich mit meinem Monolog fertig bin, macht die Angebetete eine Geste, die so viel wie »Sorry, I don't speak French« bedeutet, und sogleich ist die kurzhaarige Marine zur Stelle, um ihr einen langen Zungenkuss zu verpassen. Ich wohne der Szene mit gemischten Gefühlen bei. Einerseits macht es mich stolz, immer noch über das gute Augenmaß eines Modelscouts zu verfügen, andererseits bin ich deprimiert, mein Charisma und meine Zeit vergeudet zu haben. Ich zerknülle meinen Liebesbrief und werfe ihn in die gelbe Tonne: Soll er zu Toilettenpapier recycelt werden. Dann bezahle ich meine Moskow Mules und biege links in die Avenue George V Richtung *Crazy Horse* ab. Die Aussicht auf runde Pobacken, bernsteinfarbene Rücken und spitze Brüste verschafft mir ein wenig Trost in dieser Welt der Gleichgültigkeit. Ich kenne eine Tänzerin namens Dea, die vielleicht heute Abend dort arbeitet (die zweite Vorstellung beginnt um dreiundzwanzig Uhr). Während ich ihr eine SMS schicke, komme ich an einer Gruppe von etwa sechzig Demonstranten in fluoreszierenden Plastrons vorbei, die das Buswartehäuschen neben dem Taxistand Ecke Champs-Élysées zertrümmern. Seltsam, weit und breit ist keine Polizei zu sehen. Leicht angetrunken habe ich den Schneid, einen der Demonstranten anzusprechen, einen Schrank mit Bart und umgedrehter Kappe auf dem Kopf.

»Ich bin auf eurer Seite! Macht den Neureichen Feuer unterm Arsch!«

Sie zögern. Ein paar von ihnen haben mich erkannt und filmen mich mit ihren Smartphones. Andere schauen in den Himmel. Sie wissen nicht genau, in welcher Reihenfolge sie vorgehen sollen. Zuerst das Selfie machen und mich dann umlegen, oder mich erst umlegen und dann meine Leiche fotografieren.

»Wir werden mit dir anfangen, Parango! Kollaborateur des Systems! Lohnabhängiger Scheißkerl! Abschaum! Gib uns deine Kohle!«

»Ich habe mein Konto überzogen und lasse im *Fouquet's* anschreiben, aber ich kann den Barkeeper bitten, eine Flasche Cristal Roederer zu entkorken, wenn ihr wollt.«

»Den Champagner schieben wir dir in den Arsch, du korrupter Wichser! Und danach fackeln wir Sarkos Lieblingsrestaurant ab!!«

Der Schrank kommt näher, eine Jack-Daniel's-Flasche voll mit Benzin in der Hand … Gott sei Dank wählt einer seiner Kameraden diesen Augenblick, um vor dem *Four Seasons* die Windschutzscheibe eines Porsche Cayenne einzuschlagen. Eine Alarmsirene ertönt, der Trupp dreht sich um, sieht die Spezialeinsatzkräfte der Polizei anrücken, was mir wiederum erlaubt, mich eiligen Schrittes zu entfernen und in der kleinen Gasse, die zur *Maison du Caviar* hinunterführt, ein Telefonat vorzutäuschen. Der Dialog zwischen der Schickeria und der *Middle Class* scheint im Moment schwer wiederherstellbar. Erst jetzt fallen mir drei Fragen ein, die ich ihnen hätte stellen können:

- *Le Grand Soir* und der Selfiestick, geht das eigentlich zusammen?
- Ist die Verbrennung des Porsche 911 von Christian Etchebest durch das Auskippen von brennenden Mülleimern der wirksamste Weg zur Bekämpfung sozialer Ungerechtigkeit?
- Hat es noch Sinn, für seinen Lohn zu kämpfen, wenn das Haus brennt?

Ich schäme mich, weiter Witze zu machen. Aber ich kann nicht anders: Ich bin selbst nicht besser als die anderen. Ein Shot Beluga in der Bar auf der Rue Quentin-Bauchart hebt meine Laune wieder und dreht mir zugleich den Magen um. Im 20. Jahrhundert gelang es Sowjetrussland, die soziale Gerechtigkeit mit den Freuden der Nomenklatura zu versöhnen; wie dumm von mir, den Revolutionären keinen Rasputin-Wodka angeboten zu haben.

3

Der Klassenkampf lebt, ich bin ihm begegnet. Wenn es nur eine Sache gibt, die man sich im Zusammenhang mit meiner Trilogie merken sollte, dann diese: Man kann nicht ohne Ideal leben. Das Ideal ist ein Wahn, aber sein Fehlen ist schlimmer. Ich bedaure meinen Mangel an Schlagfertigkeit: Ich hätte den Aufrührern erklären können, wie man den Élysée-Palast kapert. Man muss dafür nämlich nur an einem Sonntagabend vier gleichzeitig stattfindende Partys in der Umgebung organisieren. Einen gewissen finanziellen Aufwand sollte man für die Raummieten und die Outfits einkalkulieren: Nicht für irgendwelche Westen oder Strumpfmasken oder Helme, nein, der Plan ist, zweihundert Vertreter des Schwarzen Blocks im Smoking in die *Bristol Bar*, einhundert Rebellen in Sakko und Krawatte ins *Ran*, dreihundert Protestler in Abendgarderobe zu einer angeblichen Hochzeitsfeier in den *Pavillon Gabriel* und einhundertfünfzig militante Umweltschützer zu einer Vorführung ins Théâtre Marigny zu schleusen. Die Apotheker unter den Komplizen versorgen alle mit Captagon. Danach heißt es für die vier Aktivistentrupps nur noch, Punkt Mitternacht zum Schloss zu marschieren: Die aus der *Bristol Bar* stürmen den Haupteingang an der Rue du Faubourg Saint-Honoré 55, die vom *Ran* laufen die Rue d'Anjou hinunter und über die Faubourg Saint-Honoré zur Rue de l'Élysée, wo ihnen der Trupp aus der Avenue Gabriel vom anderen Ende der Straße entgegenkommt. Die Aufrührer aus dem Marigny müssen einfach die gleichnamige Straße hinter sich lassen und die Absperrungen im Garten überwinden. Die Sicherheitskräfte des Élysée würden einer Horde aus siebenhundertfünfzig Radikalen, die aus allen Ecken auf sie zupreschen, machtlos gegenüberstehen. Denn es ist ein unantastbarer Grundsatz: Die französische Polizei darf nicht töten. Es braucht nur ein paar Minuten, die Republik mittels einer Party zu stürzen. Ich werde bald die Gebrauchsanweisung für die nächste Französische Revolution herausbringen, das Werk wird den Titel *Die festliche Lösung* tragen. Und wenn meine Methode eines Tages funktionieren sollte, werden die französischen Demokraten heulen wie seinerzeit die Deutschen, die *Mein Kampf* für einen schlechten Witz gehalten haben.

Vanne kann auf Französisch Stichelei, aber auch Ventil oder Schleuse bedeuten: So gesehen ist es verräterisch. Die Humoristen lassen Dampf ab. Vor der verwüsteten Bulgari-Filiale brennen Autos. Die Rebellen protestieren gegen den unerschwinglichen Luxus. Der Reichtum stellt sich zur Schau und zehrt an den Nerven der Armen. Je teurer die Luxusprodukte aus Frankreich sind, desto mehr Ansehen genießt das Land und desto zahlreicher sind die Frustrierten. Die Frivolität ist Frankreichs Stolz, und sie ist auch die Ursache der Spaltung der Gesellschaft. Wir alle freuen uns, dass Chanel, Hermès, Cartier und Vuitton inzwischen das Image Frankreichs in der Welt bestimmen, aber wie viele von uns haben tatsächlich Zugriff darauf? Machen wir uns klar, dass die Luxusindustrie mit ihren bewusst abgehobenen Preisen für die überwältigende Mehrheit der Bürger dieses Landes nichts anderes ist als eine Demütigung. Die Werbebilder unserer wichtigsten nationalen Industrie, die auf der Straße, in den Geschäften, Flughäfen, Bahnhöfen, in den sozialen Netzwerken, Kinos und im Fernsehen allgegenwärtig sind, machen den Planeten am Ende meist unglücklich. Luxus ist eine tägliche Unterdrückung, eine in Paschmina gehüllte Beleidigung. Die Plutokratie hängt am Faden einer Kaschmirziege.

Ich hätte zusammen mit dem Schwarzen Block Pflastersteine werfen sollen, aber ich war zu faul. Ich zog es vor, meinem Dealer eine WhatsApp zu schreiben, damit er mich aus diesem Bauernaufstand herausholte. Ich war eben ein Bourgeois: Mein Leiden war nicht nur materieller Natur. Und so verließ ich das Schlachtfeld.

Wir haben vierzig Jahre Hohn und Spott hinter uns … mit welchem Ergebnis? Keinerlei Veränderung. Humor bedeutet Stillstand. Eine Ablenkung für die Gleichmütigen. Die Champs-Élysées in Brand zu stecken ist wirksamer, als vier Jahrzehnte lang Witzchen zu reißen. Die Elysischen Gefilde »am äußersten Erdkreis« bezeichnen in der griechischen Mythologie die Unterwelt: Es ist also ganz natürlich, dass Pyromanen dort Irrlichter entzünden.

»Der Humor ist eine Grammatik«, hat Charlotte Vandermeer, die Königin der Kolumnisten bei France Publique, verfügt. Aber wenn das alles ist und sich jede Antwort darauf verbietet, wird der Humor zum Befehl, die Unordnung zu einer neuen Ordnung, die Satire zu einer Maschine, die alles, was ihr im Weg steht, zermalmt. »Wir hauen auf alles drauf«, aber warum muss man um jeden Preis draufhauen? Alle behaupten unumwunden, sie seien progressiv, von Sabrina Rama über William Morris bis hin zu Charlotte Vandermeer, die die Liebenswürdigkeit in Person ist. Und doch kommt es bei France Publique zu einem Wettlauf um das virale Happening, die Clowns träumen davon, so ansteckend zu sein wie ein Bazillus. Pedro Mika hat sich schließlich live den Kopf rasiert, Angélina ihre Brüste präsentiert als Zeichen gegen den Puritanismus …

Wenn ein Studiogast sich weigert, ruhig sitzen zu bleiben und sich drei Minuten lang abwatschen zu lassen, zitieren Charlotte und William einen Perücke tragenden Gehilfen herbei, der die Rolle des menschlichen Punchingballs übernimmt. So wurde Marine Le Pen, nachdem sie das Studio 511 verlassen hatte, von einem bärtigen Mann gespielt, der ein langes Gesicht zog, während die Komiker ihren Sketch über Le Pens Lügen, die Ermittlungsverfahren gegen sie, ihren Rassismus und ihre Propaganda vorlasen. Denn die Witzbolde vom Dienst legen Wert darauf, diejenigen zu »bestrafen«, die vor ihnen weglaufen, indem sie über ihr Äußeres lästern. Und sie sind sich nicht bewusst, dass sie sich mit dieser Idee – einen Kollegen mit Perücke als Sündenbock heranzuziehen – auf eine Stufe mit der Demagogin stellen, die sie unter Beschuss nehmen wollten. Die Überwindung des Bösen durch die Zurschaustellung der Überlegenheit des

Guten verwandelt sich in einen Kampf zwischen zwei Populismen: der vulgären Trampeligkeit der korrupten Tochter des Fascho-Papas und dem verächtlichen Katechismus der vom Staat besoldeten Selbstgerechten. Bei einer Schlammschlacht macht sich jeder dreckig.

Abgesehen von meiner Harakiri-Nummer während der Sendung habe ich nicht viel Neues zu bieten. Ich denke: Warum nicht einfach von meiner Begegnung mit den Rebellen auf den Champs-Élysées erzählen, und im Hintergrund läuft Joe Dassin? Kein Kolumnist traut sich, darüber zu sprechen. Seit fünfzehn Jahren rufen die Protestler am Studiomikrofon zur antikapitalistischen Revolution auf, und jetzt, da sie stattfindet, da ganz Frankreich auf die Straßen geht, haben sie eine Heidenangst, wie Töchter aus gutem Hause. Ein Headset zu tragen und auf Linksextremist zu machen ist bequemer, als sich einen Motorradhelm aufzusetzen, einen Schal umzubinden und echtes Feuer zu legen, auf die Gefahr hin, ein Auge oder eine Hand zu verlieren. Die Revolution schwelt, und wir verstehen sie nicht. Wir dachten, wir seien die Meister der Revolte, die Whistleblower, Spaßkanonen und Freigeister. Dabei sind wir das, was der wütende Plebs eine von der Realität abgekoppelte Elite nennt. Wir dachten, wir seien großzügig und altruistisch, aber wie sollen wir die ultragewalttätigen Rebellen, die die Luxuskarren anzünden, davon überzeugen? Es schmerzt, als Bonze beschimpft zu werden, wenn man jeden Mittwoch *Charlie Hebdo* auswendig lernt. Wir alle haben unsere Zeit damit verbracht, das System zu kritisieren, zu sezieren, zu analysieren, es herauszufordern, ohne zu erkennen, dass das System inzwischen … wir sind. France Publique hat aufgehört, sich aufrichtig für soziale Gerechtigkeit einzusetzen, und zieht es vor, die Ungerechtigkeit durch die Mühle des Spotts zu drehen. Das bedeutet, dass die Linke in ihren eigenen Augen zu einem Witz geworden ist.

23 Uhr

Humor ist eine Maschine, die Unglück in Vergnügen verwandelt, aber das Unglück rächt sich.

Dominique Noguez

1

Ich tauche mental ab, sobald ich die emsige Kolonie in der fünften Etage aufsuche. Nirgendwo sonst habe ich je das Gefühl gehabt, ins Innere eines Reaktors vorzudringen. Vor dem Studio 511 begegne ich den etwa zwanzig Leuten, die die öffentliche Meinung bilden. Oft stehe ich in der Regie hinter der Glaswand und betrachte die Großfürsten und Großfürstinnen des Wortes wie Haie in einem Aquarium, sehe sie, über ihr Mikrofon gebeugt, zum Land sprechen. Ich stehe versteckt in einer Ecke hinter dem Technikteam, den Schülerpraktikanten, dem Regisseur, den Toningenieuren, dem Mädchen, das die externen Reportagen verschickt, einer anderen Kollegin, die für die Auswahl der telefonisch gestellten Hörerfragen zuständig ist, und einer dritten, die Nathan über sein Headset brieft. Der Dampf aus Kaffeebechern hat den Zigarettenqualm ersetzt. Den Sprechern werden kleine Wasserflaschen gereicht, damit ihre Stimmen nicht zu sehr im Ohr kratzen und auch, um dem schrecklichen Phänomen vorzubeugen, dass einem der Gesprächsteilnehmer »vor Aufregung die Spucke wegbleibt«, denn das führt zu einem abstoßenden Schmatzgeräusch.

In der Kolonie tummeln sich außerdem politische Berater und Produzenten, die sich mit Küsschen links, Küsschen rechts begrüßen. Journalisten und Pressesprecher, die diskret darüber scherzen, welche Fragen nicht gestellt werden sollten, aber trotzdem gestellt werden, nachdem man sie im Vorfeld aufgelistet hat, und welche Antworten das Büro des Ministers darauf liefert.

Nie in meinem Leben, an keinem anderen Ort, habe ich mich so sehr im Zentrum der Macht gefühlt wie im Morgenmagazin von France Publique. Aber ich spüre, wie der Wind sich dreht; ich habe Probleme mit meiner elektronischen Schlüsselkarte, die nie funktioniert (oft ist sie entmagnetisiert, weil ich sie nachts auf Luxustoiletten mit Wandregalen aus Marmor dazu benutze, weiße Kristalle zu zerkleinern), jede Woche muss ich gegen die rote Panzertür der fünften Etage trommeln, damit mich jemand um 8 Uhr 54 reinlässt, also eine Minute vor Beginn der Livesendung.

Der Mensch führt jeden Morgen eine gewisse Anzahl von Handgriffen aus. Meistens sind es dieselben. Sich die Zähne putzen, zum Beispiel. Das Handy einschalten. Kleidung über seinen Körper streifen. Manchmal, sehr selten, weicht der Mensch von seinem üblichen Programm ab. Macht einen Schritt zur Seite. Er bringt sich durcheinander. Seit einiger Zeit will es mir nicht mehr gelingen, auf Knopfdruck Faxen zu machen. Aber wer kann das schon? Herumalbern ist nicht kompatibel mit Routine. Der nahende Tod lässt einen den Sinn für Humor verlieren. Wenn die Freunde um einen herum sterben, wenn man einmal im Monat zu einer Beerdigung eingeladen wird, ist Schluss mit lustig. Die Stimmung ist weniger ausgelassen beim Anstoßen mit den Überlebenden. Niemand hat es geschafft, in der Kirche Saint-Germain-des-Prés vor dem Sarg des kürzlich verstorbenen Dominique Noguez, Experte in Sachen schwarzer Humor, irgendwelche Zoten zu reißen. Im Angesicht des Schicksals zeigen sich die Maulhelden auf einmal weniger gesprächig. Wie könnte man dem Tod von Pierre Le-Tan so ins Gesicht lachen, wie er es sich gewünscht hätte? Die Spottdrosseln wirken eingeschüchtert. Nie ist ihnen aufgefallen, wie eisig die Luft im Krematorium auf dem Friedhof Père-Lachaise ist. Fröstelnd begibt man sich auf den Heimweg. Unsicherheit ist komisch, Gewissheit nicht.

2

Ich frage mich, worüber ich morgen früh vom Leder ziehen soll. Ich träume von einem unpolitischen Humor. Am liebsten würde ich eine Antikolumne bringen, einen so schrägen Text, dass man nicht genau weiß, was man davon halten soll. Bei France Publique verläuft der Graben, was den Humor angeht, nicht zwischen Rechten und Linken (jeder dort ist links), sondern zwischen zwei anderen unversöhnlichen Lagern: dem engagierten Humor und dem absurden Humor. Es stehen *Les Guignols de l'Info* gegen *La minute nécessaire de Monsieur Cyclopède.* David Letterman gegen Monty Python. Die *Charlie-Hebdo*-Karikaturen gegen die Cartoons des *New Yorker.* Yann Barthès gegen Chris Esquerre. Stéphane Guillon gegen Jonathan Lambert. Thierry Le Luron gegen Raymond Devos. Laurent Gerra gegen Stéphane De Groodt. Nicolas Canteloup gegen François Rollin. Groland oder Palmade? Entscheide dich für eine Seite, Genosse. Ich möchte die Leute morgen früh zum Lachen bringen, ohne eine Botschaft zu vermitteln, ohne auf die aktuellsten Schlagzeilen anzuspielen. Ich habe das »Lachen des Widerstands«, auf das Jean-Michel Ribes so großen Wert legt, satt. Da lobe ich mir ein Lachen, dem das Weltgeschehen einerlei ist. Mehr als Guy Bedos, der den Mächtigen eine lange Nase dreht, liegt mir ein Andy Kaufman, der das Gesellschaftssystem an sich aufmischt, indem er für die Krebsbehandlung seiner Frau um Geld bettelt. Der fundamentale Unterschied zwischen den beiden genannten Kategorien von Komikern ist: Erstere wollen eine Botschaft vermitteln, Letztere – so formulierte es Jonathan Ames (Schöpfer der Fernsehserie *Bored to Death*) mir gegenüber – wollen sagen: »My message is that there is no message.« Es geht nicht um Satire, sondern um *wit*, britischen Humor, wie ihn Dorothy Parker, Harold Ross, Robert Benchley, Harpo Marx, Saul Steinberg und Roz Chast ins Manhattan des 20. Jahrhunderts überführten. Ich bin ein Fan des zeitlosen Humors, der die menschliche Natur auf die Schippe nimmt und auch noch ein Jahrhundert später verfängt, während die politischen Witze vom Morgen schon um fünfzehn Uhr Staub angesetzt haben. Dabei fällt mir eine Sequenz aus Patrice Lecontes Film *Ridicule – Von der Lächerlichkeit des Scheins* ein, die das Problem der Franzosen auf den Punkt bringt: Ein Aristokrat, der gerade von einer Reise nach London zurückkommt, berichtet in Versailles (wo es in den mondänen, schnurgerade geschnittenen Gärten vor tolldreisten, perfiden, verletzenden Bonmots nur so sprüht): »Sie haben dort etwas, was sie Humor nennen.« Der Adel am Hof Ludwig XIV. zeigt sich erschüttert. Fakt ist, dass wir in Frankreich nicht denselben metaphysischen Humor pflegen wie die Angelsachsen, warum aber wollen wir ihnen so sehr nacheifern? Mein Lieblingswitz von Bob Mankoff (er leitete über zwanzig Jahre die Cartoon-

Redaktion des *New Yorker*) ist wahrscheinlich unübersetzbar: »Ich und mein Verleger sind noch nicht ganz auf der gleichen Wellenlänge. Ich hätte gern einen sechsstelligen Vorschuss, und er weigert sich, mein Manuskript zu lesen.« Woody Allen bezieht niemals Stellung zum aktuellen Geschehen. Wie kann man vermeiden, dass man sich in einen Kabarettisten verwandelt, der im Don Camilo als Trittbrettfahrer der Trittbrettfahrer auf der Bühne zu sehen ist? Einige von uns sind manchmal wirklich lustig, und dennoch entsteht der Eindruck, dass wir austauschbar sind, als kämen wir alle von derselben Schule für effektheischenden Humor. In absehbarer Zeit wird es Lehranstalten für Komiker geben; ihr werdet sehen, die Business-Hochschule HEC *(Hautes Études Commerciales)* wird bald eine Zweigstelle zur Ausbildung im Fach Humor eröffnen *(Hautes Études Comiques)*. In Kanada existiert so etwas schon! 1988 wurde in Montreal eine »École nationale de l'humour« gegründet. Die Quebecer sind uns eben immer einen Schritt voraus. Ich sollte ihnen ein Bewerbungsschreiben mit meinem Lebenslauf schicken. Falls ich meinen Job verliere, könnte ich dort vielleicht als Dozent anheuern?

3

ANLEITUNG FÜR EINE HUMORISTISCHE KOLUMNE

Von Octave Parango

Rudimentäre Grundlagen für angehende französische Rundfunkkomiker in vierzehn Lektionen.

1) Regel Nummer eins: Tut so, als ob ihr Macron hasst, auch wenn wir alle ihn gewählt haben. Es ist zwingend geboten, den Staatspräsidenten zu kritisieren, egal, wer dieses Amt bekleidet, denn er zahlt schließlich unseren Lohn.

2) Steigt ein mit einem Witz, der Nähe schafft: ein kleiner Scherz, der eine Brücke zu dem schlägt, was bisher in der Sendung gesagt wurde. Es genügt, an eine kurz zuvor gefallene Bemerkung anzuknüpfen. Ein solcher Witz bettet eure Kolumne atmosphärisch ein und sorgt für Sympathiepunkte, denn ihr zeigt damit, dass ihr den anderen Kolumnisten oder dem Studiogast zugehört habt, vielleicht sogar dem Moderator, wenn

ihr euren Job längerfristig behalten wollt. Hier ein Beispiel für einen Witz, der Nähe schafft, er fiel im Anschluss an die Rücktrittsverkündung des Umweltministers: »Ich hab auch mal wieder Lust auf Urlaub, Monsieur Hulot.«

3) Plant einen Running Gag ein. Die permanente Wiederholung von Witzen funktioniert im Radio immer. Dabei kann es sich um ein Mätzchen handeln, wie etwa zur Begrüßung um acht Uhr morgens ein »Guten Abend, allerseits« in die Runde zu werfen, oder auch um eine sprachliche Macke à la »Hallo hallöchen«. Manche Kolumnisten bestreiten fast die Hälfte ihrer Redezeit mit Witzchen über die einzelnen Mitglieder ihres Teams, die Farbe von Antonins Hemd, Dominiques Frisur, Nathans Mundgeruch ... So vermeiden sie es, sich zu einem aktuellen Thema zu äußern, was immer schwierig und riskant ist, und suggerieren außerdem, dass die Sendung von lauter Freunden gemacht wird, die sich gegenseitig gern auch mal auf den Arm nehmen. Tatsächlich verschwinden jedoch alle, sobald die Mikros aus sind, ohne weitere Worte in ihre weit auseinanderliegenden Büros.

4) Sucht Musik raus, stöbert im Archiv nach etwas, das man noch mal senden kann. Eine musikalische Untermalung schmückt eure Nichtigkeiten aus und bringt Schwung in die Sache. Auch O-Töne unterstützen jede Spöttelei effektiv und zeitfüllend. Nicht vergessen: Je mehr Archivmaterial ihr in eure Kolumne packt, desto weniger Ideen müsst ihr selbst generieren.

5) Setzt euch unter umgekehrten Vorzeichen für etwas ein, indem ihr auflistet, was alle fürchten. Lasst euch zum Beispiel fröhlich über Flashballs oder die Erderwärmung aus. Erinnert euch an die Maxime von Alain Chabat: »Für den Erfolg einer Komödie braucht es drei Ks: Klamauk, Kritik und Kurzweil.« Klamauk allein reicht nicht, das macht die Sache zu seicht, und nur Kritik sorgt für zu viel Bedeutungsschwere. Der Kurzweil-Aspekt (Tanz und Partystimmung) ist unverzichtbar, um alles miteinander zu verbinden: Musik oder auch die Parodie eines Songs erzeugt die Illusion von Heiterkeit beim Vorlesen eurer Kolumne, und einen O-Ton abzuspielen oder in die Hände zu klatschen erfordert null intellektuelle Leistung. Die perfekte France-Publique-Kolumne setzt sich zusammen aus einer Minute sinnfreien Herumalberns, einer Minute Globalisierungskritik und einer Minute, die ihr damit füllt, auf den Studiotisch zu klettern, mit dem Hintern zu wackeln und den HD-Webcams die Zunge rauszustrecken.

6) Provoziert mit Fäkalsprache, redet über Ärsche, nackte Haut, Pimmel, benutzt Ausdrücke wie »Schwanz«, »Anus«, »Vagina«, »Vaseline«, »da kneift der String in der Ritze« oder »sich die Eier schaukeln«, streut ein paar Drogen ein (Cannabis, Gras, Koks, Ecstasy, Xanax oder Stilnox – nur nicht Morphium oder Heroin, das ist zu schmutzig). Verbale Ausrutscher führen, wenn sie gut dosiert sind, zu Lachern und Erstaunen beim Publikum. France Publique liebt Kolumnisten, die mit den Grenzen des Anstands flirten und den Laden auf-

mischen, ohne dass es gleich Ärger gibt. Wenn man dort während einer Sendung Dinge sagt wie »pimpern«, »da geht dir einer ab«, »ein feuchtes Höschen kriegen« oder »'ne Ische fürs Bett klarmachen«, setzt man sich nicht in die Nesseln.

7) Eine von Bob Mankoffs Humorregeln gilt nach wie vor: »Originalität ist überbewertet.« Versucht nicht, den Humor neu zu erfinden, ihr werdet den Leuten damit nur auf den Wecker gehen. »Setzt auf das Bewährte.« Wählt ohne langes Überlegen wehrlose Opfer wie Anne Roumanoff, Ludovine de La Rochère oder Ève Angeli. (Haltet für alle Fälle eine Liste mit Buhmännern bereit, aus der ihr spontan Namen herauspicken könnt, Thierry Le Luron ist seinerzeit gut damit gefahren, er brachte einen ganzen Saal mit nur vier Wörtern zum Lachen: »Jean, Jacques, Servan, Schreiber.«) Schleimt euch mit einer vermeintlichen Unverschämtheit gewissenhaft bei der Programmchefin ein – zeigt Dankbarkeit für die Hand, die euch füttert, im Gewand der langen Nase. Verschonen sollte man Radiosprecher, Gewerkschaften und Techniker. Immer schön auf dieselben draufhauen, ohne dass man seinen Job riskiert.

8) Ihr müsst das Ganze »journalistisch aufziehen«. Was damit gemeint ist? Dass man einfach wiederholt, was in den Zeitungen steht, das jedoch in überraschender Art und Weise, mit einem originellen Anstrich (als Pastiche oder Parodie, durch Maskerade, erfundene Figuren, Imitation etc.). Das Gute an der humoris-

tischen Kolumne ist, dass es sich um ein launiges Stück handelt, von dem niemand etwas erwartet, außer dass man in drei Minuten ein-, zweimal lacht. Und wenn ihr eine moralische oder politische Botschaft hineinpackt, etwas gegen Homophobie oder pro Umweltschutz, schadet das auch nicht, zumal es einem dann erspart bleibt, eigene Gedanken zu formulieren.

9) Schreibt eure Kolumne schnell herunter. Didier Martin, der älteste unter den Kolumnisten, riet mir, mich nicht länger als eine Stunde damit zu befassen, »bei dem, was man uns dafür zahlt …« Das Problem ist, dass man die Unterbezahlung manchmal heraushört. Es gibt einen Humor, der wie Fahrstuhlmusik im Hintergrund rauscht. Wir produzieren Komik, die nicht komisch ist, den Sender jedoch schmückt und den Hörern das seltsame Gefühl verschafft, dass sie *gelacht haben, ohne zu lachen.*

10) Lest euer Stück schnell vor. Dadurch entsteht der Eindruck, dass die vorgesehenen drei Minuten für euch zu knapp sind und ihr eigentlich eine Stunde Sendezeit für euch allein verdient hättet. Die besten Kolumnisten, beispielsweise Pedro Mika oder Thierry Pastilla, bauen einen Witz pro Satz ein. Aber Vorsicht: Das ist eine Riesenarbeit und entspricht einer rein ergebnisorientierten Denkweise, die euch daran hindert, den »hellwachen Intellektuellen« zu geben. Man verliert auf Partys an Sexyness, wenn man während der Sendung zu viele unmittelbare Lacher erntet. Leider halten sich die meisten Humoristen bei France Publique

irgendwann für Che Guevara. Sie wollen eine Botschaft vermitteln: dass man über ihr fettes Motorrad hinwegsehen möge.

11) Schreibt eure Kolumne nicht zu sehr im Voraus. Wenn ihr am Donnerstag ein Ereignis vom Montag aufgreift, könnt ihr nämlich davon ausgehen, dass ihr euch als Nummer vierunddreißig darüber auslasst. Die einzige Möglichkeit, originell zu sein, besteht darin, *sich ausschließlich auf das zu beziehen, was am Vortag passiert ist* (das heißt am Mittwochabend, wenn man donnerstags auf Sendung geht). Ihr müsst also die Abendausgabe von *Le Monde* lesen, *Charlie Hebdo* und *Le Canard enchaîné* auseinanderpflücken und euch *Quotidien* mit Yann Barthès im Fernsehen anschauen. Letzterer entscheidet, aus welcher Ecke die Angriffe kommen sollten. Yann gibt den Ton an, wie und worüber in Frankreich gelacht wird. Egal, um welche Person oder welches Ereignis es geht, jeder Spaßvogel des Landes wartet auf sein Signal. Es kommt nur selten vor, dass ein Humorist von der *Quotidien*-Linie abweicht. Bei France Publique ist das meines Wissens noch nie passiert.

12) Hört euch die Kolumnen der Konkurrenz an und hebt euch in kleinen Details davon ab. Wiederholt nicht, was bereits gesagt wurde, aber tanzt auch nicht gänzlich aus der Reihe. Die größte Herausforderung ist, wenn man als Erster etwas zu einem ernsten Thema bringen soll, wie ich es nach der Wahl Trumps oder dem Triumph des Brexits tun musste. Ich habe damals äußerste Feigheit an den Tag gelegt: Ich war dagegen.

13) Sobald du ein funktionierendes System für dich gefunden hast, ändere nichts mehr daran. Besser, man folgt einem bewährten Konzept, als sich in Kreativität zu üben und einen Flop zu riskieren. Vergiss nie, dass nur wenige Leute alle Kolumnen hören. Im Laufe eines Jahres folgt ein Hörer im Schnitt zehn Prozent der Kolumnen, also vieren von vierzig. Es wird sich nur eine verschwindend kleine Minderheit beschweren, wenn du herumschwafelst. Hingegen sollte man stets den Spruch im Kopf haben: Einmal voll daneben, das ist es gewesen.

14) Ihr solltet ein engagiertes, großzügiges Schlusswort ins Auge fassen, in dem sich alle wiederfinden, um die Schärfe der vorangegangenen drei Minuten auszubügeln. Man endet am besten mit einer universellen Friedensbotschaft, die beweist, dass auch der Satiriker im Grunde ein gutes Herz hat. Ein Beispiel: »Die Neonwesten wollten, dass wir sie sehen. Vielleicht wäre es jetzt an der Zeit, sie zu hören.« Das politisch engagierte Schlusswort verleiht euch auf einmal Ernsthaftigkeit und Legitimität. Man muss den Eindruck erwecken, dass man sich tapfer für etwas einsetzt, selbst wenn man eine Banalität vom Stapel lässt, auf die sich alle einigen können. In der Regel führt die korrekt gesetzte Pointe zu Zwischenrufen der um den Tisch Versammelten, nach dem Motto »Wow, das ist echt süß«. Und so kriegt der unverschämte Querkopf schließlich, was er wollte: so viele Likes wie ein Katzenvideo.

Wenn ihr diese vierzehn Ratschläge beherzigt, steht euch eine glänzende Laufbahn bevor, mit Auftritten in Theatern landauf, landab, Einladungen zu Talkshows im französischen Fernsehen und zu sofortigem Tinder-Sex, nach zehn Jahren werdet ihr für eure Verdienste in Kunst und Kultur ausgezeichnet, ihr bekommt Nebenrollen in künstlerischen und Hauptrollen in billigen Komödien[1], und wer weiß, wenn ihr all das erreicht habt und euch als besonders clever, karrieregeil, durchtrieben, narzisstisch und käuflich erweist, winkt euch nach der Wahl 2022 womöglich ein Fünfjahresmietvertrag in einem Palast im Herzen des 8. Pariser Arrondissement, in der Rue du Faubourg Saint-Honoré 55.

---

[1] Es ist einfach, die künstlerische von einer billigen Komödie zu unterscheiden: Bei Letzterer sind die Gagen höher. (Anmerkung des Autors)

4

In *Der Name der Rose* fingiert Umberto Eco einen zweiten Band der *Poetik* des Aristoteles, der sich der Komödie widmet. Ein verfluchtes, von der Kirche im Mittelalter geheim gehaltenes und verbotenes Buch, denn das Lachen entstellt das Antlitz zur Fratze und lässt den Menschen aussehen wie einen Affen oder gar … den Teufel. Die Mönche in diesem Roman jedenfalls sind der Meinung, dass das Lachen schädlich und gefährlich sei und dieses Buch verbrannt gehört. Am Ende fällt es den Flammen zum Opfer.

Ich habe mich lange gefragt, was der bedeutende italienische Semiotiker damit sagen wollte. Dabei liegt es auf der Hand. Das Lachen gehört unverzichtbar zum Leben dazu, aber es darf nicht die Oberhand gewinnen. Es ist ein notwendiges Accessoire, das jedoch nicht zum Maß aller Dinge werden sollte, da es die Aufrichtigkeit verdirbt. Wenn das Lachen zum Mittelpunkt unserer Existenz wird, richtet es sie zugrunde.

Es ist unmöglich, unter lauter Grimassen schneidenden Clowns glücklich zu werden. Das versuchte auch Victor Hugo 1869 in *Der Mann mit dem Lachen* darzulegen.

Ich habe mich niemals der sogenannten LOL-Liga angeschlossen, einer organisierten Mobbing-Truppe aus Journalisten, die vor allem in den sozialen Netzwerken unterwegs waren. Unter dem Deckmantel des Humors und der Coolness bestätigten sie meine schlimmsten Befürchtungen in Bezug auf das digitale Unwesen. Ich boykottiere Facebook, Instagram und Twitter seit ihrer Gründung, einerseits aus Snobismus (in meiner Selbstbezogenheit bin ich natürlich gegen jede Form der Demokratisierung von Ruhm), andererseits aus Misstrauen gegenüber dem technologischen Fortschritt. Wann immer der Mensch neue Wege der öffentlichen Kommunikation erfunden hat, sind daraus neue Formen des Faschismus entstanden. Das am häufigsten zitierte Beispiel für Godwins Gesetz sind das Kino und das Radio, die dafür gesorgt haben, dass Hitler gewählt wurde. Neu in der Affäre um die LOL-Liga war, dass Humor als Alibi benutzt wurde, um aggressiv gegenüber verletzlichen Menschen aufzutreten (dicke oder schüchterne Menschen, Journalisten in prekären Lebenssituationen, Frauen, die keinen Sex wollten etc.). Das Erschreckendste in dieser absurden Angelegenheit war der gewählte Name: *Ligue du LOL*, der Anklänge an die italienische Regierung enthält, an die Koalition aus Lega Nord (extrem rechts) und Fünf-Sterne-Bewegung (*Movimento 5 Stelle*, die Partei, die den Komiker-Populismus ins Leben gerufen hat). Eine bisher unbekannte Form humoristischer Macht schien geboren: Als würden sich ein paar Clowns, in Anlehnung an Stephen Kings Roman *Es*, daranmachen, Panik zu verbreiten. Im echten Leben (*IRL*, wie sie sagen) hatten darüber hinaus andere, als Clowns verkleidete Typen ihren Spaß, auf Facebook mit Filmchen live zu gehen, die zeigten, wie sie an Halloween Kinder, die zufällig auf der Straße unterwegs waren, in Angst und Schrecken versetzten. Man sprach vom Rätsel um die »Horror-Clowns«. Eine Rap-Gruppe ließ sich von diesem Phänomen inspirieren: Insane Clown Posse, die Bande der durchgeknallten Clowns. Guckt euch deren Clips an, und ihr werdet schlechter schlafen. Das Grauen geht von ihrem grotesken, aufgemalten Dauergrinsen aus.

Die LOL-Liga billigte in gewisser Weise das Aufkommen einer neuen Diktatur: Sie akzeptierte das Umschlagen von Lachen in Gewalt durch einen Haufen psychopathischer Clowns, die sich an ihrer vermeintlichen Macht berauschten, widerliche Nerds, die ihren Mangel an Männlichkeit auszugleichen versuchten, indem sie Frauen, die für sie unerreichbar blieben, herabwürdigten. Ich konnte mir damals gut vorstellen, dass ein Serienmörder diese Maske trägt:

🤣

Es war Paul-Loup Sulitzer, der in den 1960er-Jahren das erste Smiley nach Frankreich importierte. Das Smiley ist ein gezeichnetes Onomatopoetikon, ein illustrierter Borborygmus, die Reduktion der Sprache auf ein Minimum. Die Feinde der Intelligenz werden gewonnen haben, wenn Romane diese kleinen, einfältig gestalteten Fratzen als Titel tragen. Hihiho.

Zu den beliebtesten Emoticons zählt das schräge Gesicht, das Tränen lacht. Es erinnert an den Protagonisten aus Victor Hugos *Der Mann mit dem Lachen*, dem Gaukler das Gesicht entstellen, indem sie ihm ein immerwährendes Grinsen ins Fleisch schneiden, eine riesige klaffende Wunde, die von einem Ohr zum anderen reicht. Gewalt und Lachen liegen nahe beieinander, wie beim Joker (eine Figur übrigens, die auf *Der Mann mit dem Lachen* zurückgeht).

Warum schicken wir unseren Lieben andauernd dieses Smiley-Icon, das Tränen lacht, obwohl es so unheimlich ist?

Mitternacht

Ich bin wie eine Karikatur meiner selbst. Für mich ist das ganze Jahr über der Karneval von Venedig.

Karl Lagerfeld

1

Wissenschaftliche Studien vermelden das fortschreitende Verschwinden des sexuellen Begehrens im 21. Jahrhundert. Junge Leute vögeln fünfundzwanzig Prozent weniger als ältere Menschen. Octave versteht das nicht. Er muss jeden Abend mit einer Frau schlafen, das ist eine nicht zu verhandelnde Notwendigkeit. Sein Tagesziel ist Sex, alles andere ist nebensächlich. Octave ist vielleicht der letzte Mann, der so erzogen wurde. Die Arbeit zählt nicht. Die Außenwelt ist allein dazu da, ihm einen Orgasmus zu verschaffen. Sein Leben kreist einzig und allein um die Frage: Was muss ich tun, um heute Abend zu ficken? Stellt euch einen Helden vor, dessen ganze Existenz nur diesem einen Ziel gilt. Das erfordert eine gründliche Organisation: Man muss immer präsentabel aussehen, immer korrekt angezogen sein, Kondome und Viagra zur Hand haben … Früher sprach man in einem solchen Fall von einem normalen Mann, heute heißt es: ein Sex-Maniac. Seit Octave die fünfzig überschritten hat, ist seine tägliche Befriedigung aus zwei Gründen schwieriger geworden: Er ist auf dem besten Weg, ein großer, buckliger, dürrer Alter mit grauem Bart zu werden. Abgesehen davon hat die #MeToo-Bewegung die Spanne zwischen Begegnung und Penetration erheblich verlängert. Das ganze Unglück der Männer hat ihnen Harvey Weinstein eingebrockt, weil er nicht allein in seinem Zimmer ausspannen konnte. Trotzdem gibt Octave seinen Bettgeschichten weiterhin den Vorrang vor jeder anderen Beschäftigung. Womöglich ist er der letzte sexgeile Franzose?

Schon früh hat er begriffen, was einen Mann ausmacht: geballter Frust. Der natürliche Zustand des Mannes ist die Resignation. Er muss sich damit abfinden zu begehren, was er nicht haben wird. Ein Dialog zwischen einem Mann und einer Frau verläuft üblicherweise nicht so:

Der Mann: »Guten Tag, ich bin total scharf auf Sie.«

Die Frau: »Das ist toll! Wo können wir auf einen schnellen Fick hingehen?«

No sir.

Der normale Dialog zwischen einem Mann und einer Frau ist dieser:

Der Mann: »Guten Tag, ich bin total scharf auf Sie.«

Die Frau: »Und was geht mich das an, du Vollidiot?«

Die Rolle des heterosexuellen Mannes besteht darin, eine Frau zu begehren, keine Befriedigung für dieses Begehren zu finden und über diese Zerreißprobe hinauszuwachsen. Die logische und universelle Konsequenz des männlichen Begehrens ist es, sich eine Abfuhr einzuhandeln. Solange er nicht aussieht wie Matthew McConaughey, muss der Heteromann also seine gesamte Existenz darauf ausrichten, eine Frau mit allen Mitteln der Kunst davon zu überzeugen, mit ihm zu schlafen. Sich begehrenswert zu machen ist das Ziel all dessen, was der Hetero unternimmt. Die Funktion hübscher Frauen lässt sich demnach wie folgt zusammenfassen: Indem sie die Heteros frustrieren, sorgen sie dafür, dass aus ihnen Dichter, Fußballer, Gelehrte und Milliardäre werden.

Als Octave das *Crazy Horse* betritt, wird er vom Pförtner in kanadischer Mounties-Uniform respektvoll begrüßt. Er geht die Treppe zur Garderobe hinunter und fühlt sich geborgen. In diesem schummrigen Varieté kann er bei einem Rosé-Champagner die aufregendsten Kurven der Welt bewundern. Er spricht die junge Garderobiere im Zwischengeschoss an.

»Ich habe gerade eine Sildenafil genommen und werde die ganze Nacht einen Ständer haben. Geben Sie zu, es wäre schade, sich eine solche Gelegenheit entgehen zu lassen.«

»Die Show fängt jeden Moment an, Monsieur.« Die hübsche Frau streckt ihm mit kühlem Lächeln sein Abholticket entgegen. »Ich empfehle Ihnen, sich jetzt einen Platz im Saal zu suchen.«

Sie zögert, auf den Knopf unter dem Tresen zu drücken, um den Sicherheitsdienst zu alarmieren. Octave verzichtet darauf, ihr den grandiosen Satz Walter Benjamins zu zitieren: »Nur um der Hoffnungslosen willen ist uns die Hoffnung gegeben.« Die Demonstranten da draußen sollten diese geniale Parole auf die Fassade des *Prince-de-Galles*-Hotels sprühen. Wenn möglich, ohne Rechtschreibfehler.

2

Vögelt ihr jeden Tag? Stellt euch diese Frage. Wie oft pro Tag, pro Woche, pro Monat? Findet ihr auch, dass ein Tag ohne Sex ein total mieser Tag ist? Habt ihr *Der eindimensionale Mensch* von Herbert Marcuse gelesen? Kennt ihr das Konzept der »Wunschmaschine« von Gilles Deleuze? Octave findet sich darin wieder. Jeder Arzt sagt, dass man sich regelmäßig körperlich betätigen sollte, um fit zu bleiben. Eine Stunde täglich Ficken entspricht einer Stunde Jogging oder Schwimmen, nur in weniger öde. Aber das Leben eines Mannes besteht nun mal aus lauter Neins, die er von den Frauen zu hören bekommt. Was zwangsläufig zu Frust führt. Manche entwickeln deswegen einen gewissen Groll. Die Incels *(involuntary celibates)* schießen wahllos mit einem Maschinengewehr auf Frauen. Andere heiraten, um sicherzugehen, keine demütigenden Enttäuschungen mehr einstecken zu müssen. Wieder andere entscheiden sich fürs lebenslängliche Masturbieren vor Videos mit gefesselten und geknebelten Sexsklavinnen, die sich von *Fucking Machines* penetrieren lassen. Und der Rest ist schwul.

Wieso gerät Octave immer gleich aus der Fassung,

sobald jemand mit »lachendem Gesicht, lebhaften Augen, stumpfer Nase dahingeht«, wie Diderot schrieb? Ist es verwerflich, dauernd Lust zu empfinden? Muss er sich zu einer sexuellen Entziehungskur in eine Spezialklinik begeben, wo man seinen Schwanz mit Elektroschocks behandelt?

Er läuft vor dem Alter davon, und deswegen wacht er jeden Morgen mit zehn Jahren mehr auf dem Buckel auf.

Octaves Ruhm ist ein erloschener Stern. Das *Crazy Horse* gibt es seit neunundsechzig Jahren; bald wird er genauso alt sein. Er erinnert sich noch an den Skandal, den er vor zehn Jahren mit Ali Mahdavi während der Generalprobe für die Show von Dita Von Teese verursachte, weil er wie Tex Averys Wolf heulte, als die Burlesque-Königin auf der Bühne ans Telefon ging und *»wrong number«* rief, bevor sie wieder auflegte. Das Management hatte dem künstlerischen Leiter daraufhin eine Rüge erteilt und Octave aufgefordert, auf der Stelle zu verschwinden.

Heute glänzt Octave nur noch sporadisch; er blinkt wie ein kaputtes Ampellicht an einer Kreuzung, ein nutzloses Signal, das bedeutet: langsamer fahren. Er hat seine Chance gehabt, seine glorreiche Stunde, aber sie liegt hinter ihm. Immerhin sind zwei Filme über ihn entstanden. »They had made a movie about us«, schreibt Bret Easton Ellis in *Imperial Bedrooms*. Octave könnte sich rühmen: »They had made two movies about me!« Aber dieser vergangene Ruhm bringt ihm nichts. Er wird sich ja deswegen nicht den ganzen Tag seine DVDs in Endlosschleife ansehen. Stattdessen beugt er sich zum Ventilator vor, um sich die Haare zerzausen zu lassen.

Er muss weitergehen wie alle, aber wenn man die fünfzig überschritten hat, bedeutet weitergehen, dass man nachlässt, kleiner wird, verblasst. Octave kann noch so sehr große Töne spucken, es ist offensichtlich, dass er nur mehr ein Schatten seiner selbst ist. Er hat die Hoffnungen, die man in ihn als Zwanzigjährigen setzte, nicht erfüllt. Sondern sich damit begnügt, seine Reserven zu verschwenden, und dann auf Pump gelebt, wie die reichen Länder es tun. Als junger Mann verkörperte er den *Homo festivus* eines Philippe Muray oder auch den materialistischen Hedonisten, die ultimative Utopie Michel Onfrays. Er beweihräucherte sich als Hyperkonsumenten, der sich seiner Ohnmacht bewusst und in seiner Arroganz gefangen ist. Ein globalistischer Genussmensch, der zum bettelnden Gaukler wurde. Octave glaubte, er gehöre zu den Oligarchen, dabei war er nie mehr als ihr Laufbursche. Erinnern wir uns aber, dass er der Erfinder des Ausdrucks »einen *bad* haben« war. Früher sagte man »ich hatte einen schlechten Trip«, Octave schlug dem Schauspieler, der ihn darstellte, hingegen vor, »ich hab 'nen *bad*« zu sagen. Darin besteht sein entscheidender Beitrag zur Landessprache. Wenn er eines Tages in die Akademie berufen wird, dann für diese Trouvaille.

Man kann zusehen, wie er immer magerer wird. Seine Hosen sind zu weit, seine Jacken flattern ihm um die Schultern. Er wird nicht älter, nein: Er schmilzt dahin wie ein Schneemann im Frühling. An seinen Schläfen sammeln sich Schweißperlen, sein Bart riecht nach dem Hühnchen, das es mittags gab, und anstatt sich die Zähne zu putzen, gurgelt er mit Get 27. Von Zeit zu Zeit legt sich, inmitten dieses ganzen Wahnsinns, eine flüchtige

Verzweiflung wie ein Schleier der Traurigkeit über Octaves Gesicht, die er schnell mit einem schallenden Lachen vertreibt. Octaves Lachen klingt wie die aufgezeichneten Lacher in amerikanischen Sitcoms; es ist seine Coué-Methode, mit der er die Dinge ins Lot bringt.

Octave trägt mittlerweile wieder eine Brille mit dickem Gestell. Dank eines Netzhautschnitts per Laser war er seine Kurzsichtigkeit für zwanzig Jahre losgeworden, nun aber hatte die Zeit ihr Werk getan, und die Weitsichtigkeit zwang ihn, sich eine Moscot aus Schildpattimitat zuzulegen, um weiter die Cocktailkarte im *Crazy Horse Saloon* entziffern zu können. Allerdings serviert der Barkeeper hier keine Gin Tonics, Vorsicht, er betreibt »liquid art«. Jedes Glas ist eine maßgeschneiderte Kreation. Octave wird ihn anflehen müssen, damit er ihm keinen Rosmarin-Peperoni-Mix vorsetzt.

Er weiß nicht mehr genau, warum er unbedingt ficken will. Er ist sich nicht einmal sicher, ob er überhaupt Lust darauf hat. Von Geburt an war ihm beigebracht worden, dass Ficken glücklich macht, also gab er sein Bestes, um an diesem Glück teilzuhaben. Er hatte Zugang zu einer Art Dauer-Sex-Spa. In Moskau fühlte sich sein Leben manchmal an wie eine Pornoparade, es gab Nächte, da saß er im Whirlpool oder auf einem Rooftop, umgeben von spritzenden, glatt rasierten Spalten, winselnden, engelsgleichen Gesichtern und gepiercten Zungen/gewölbten Rücken/lackierten Zehen/geschwollenen Klitoris/Fingern, an denen herumgeknabbert wurde/mit Lippenstiftspuren auf seinem Schwanz/Haaren, die sich um seine Eichel wickelten/dickflüssigem Sperma, das sich auf geschlossene Augenlider und weiße Zähne ergoss.

Aber er ist älter und müder nach Frankreich zurückgekehrt. Und er muss wieder mit seiner genuinen, unvermeidlichen und permanenten Unzufriedenheit fertigwerden. Er skizziert in seinem Heft den Anfang einer Kolumne über toxische Männlichkeit.

»Ich bin ein weißer, heterosexueller Mann, ja, ich bin ein Haufen Scheiße, der sich für Gott hält, ich möchte alle Frauen flachlegen, obwohl das Patriarchat gerade abtritt. Jeder Mann ist geprägt von der Summe der Abfuhren, die er durch Frauen erfahren hat. Wir sind eine Liste, die sich aus weiblichen Zurückweisungen zusammensetzt, eine Anhäufung von nicht erreichten Zielen. Was uns charakterisiert, ist, dass wir die Ablehnung der Frauen überwunden haben. Wir schöpfen unsere Kraft aus jeder vergeblichen Hartnäckigkeit, jedem gescheiterten Versuch und jedem nutzlosen Flehen, unser Selbstwertgefühl ist das Ergebnis verdauter Rückschläge und unser Stolz ein Zeichen aller bewältigten Demütigungen. Die völlig legitime und unbedingt notwendige Verpflichtung, unmissverständlich die Zustimmung der Frau einzuholen, bevor es zu einer erotischen Handlung kommt, versetzt den Mann dauerhaft und in jeder Phase der Annäherung in die Situation eines Prätendenten, der im Dreiteiler vor einem Bürgermeister in Trikolore-Schal steht.

– Mademoiselle Estelle Marivaux, willigen Sie ein, den hier anwesenden Octave Parango zu küssen?

– Ja.

– Mademoiselle Olivia du Deffand, nehmen Sie es hin, dass Octave Parango sich in dieser Diskothek an Ihren Körper und Sie dabei gegen die Wand presst?

– Nein, nach bestem Wissen und Gewissen.

– Mademoiselle Caroline de Tourvel, erklären Sie sich bereit, Octave Parango in den Mund zu nehmen und ihm einen intensiven Orgasmus zu verschaffen, während sehr fest und ohne die geringste Freundlichkeit an Ihren Haaren gezogen wird?

– Nur wenn er mich gleichzeitig leckt, und zwar in der Kopf-an-Fuß-Position – auch 69 genannt –, bis ihm der Liebessaft auf die Zunge und in den Bart spritzt.

– Mademoiselle Ophélie Choderlos, bei allem Respekt vor Ihrer körperlichen Unbescholtenheit, wäre es möglich, dass Octave diese mit Ihrer vorläufigen Zustimmung völlig außer Acht lässt?

– Äh … Joker?«

Als Octave einmal, das Gesicht hinter einem Schal versteckt, den Lidl betrat, um Produkte von Marken einzukaufen, für die man nie Werbung sieht, wurde ihm klar, dass sich etwas verändert hatte. Die Ware wurde nirgends besonders zur Geltung gebracht, sie stand einfach in Kisten und Kartons gestapelt da. Es gab wenig Auswahl und fast keine Mitarbeiter. In den meisten Fällen handelte es sich um *No-Name*-Artikel: Lovilio-Mozzarella, Floralys-Toilettenpapier, Saint-Alby-Salami, Envia-Joghurts und Gelatelli-Eis … Die deutsche Discounterkette ist der Beweis dafür, dass die Konsumgesellschaft der zweiten Hälfte des 20. Jahrhunderts am Ende ist. Die Kunden interessiert das Logo herzlich wenig, solange das entsprechende Produkt für einen Euro zu haben ist. Sie konsumieren nicht mehr aus ostentativem Vergnügen oder aus Gehorsam einem Werbediktat gegenüber, sondern nur noch, um zu überleben. Du weißt, dass du arm bist, wenn auf den Schildchen in deinen Pullis nicht mehr Éric Bompard steht, sondern Massimo Dutti, und wenn du Joghurts isst, die ihr Haltbarkeitsdatum um zwei Wochen überschritten haben. Octaves Problem ist, dass niemand auf Erden ihn jemals als Opfer betrachten wird. Er würde sich gern wie jeder andere beschweren, aber niemand hört ihm zu. Dabei ist er gleich in fünffacher Hinsicht ein Opfer.

Opfer eines jahrhundertelangen Patriarchats, das der Männlichkeit das beschissene Image von krassen schwanzgesteuerten und herrischen Ekelpaketen verliehen hat.

Opfer (und Komplize) der Kommunikationsgesellschaft, die ihn in einen Zombie verwandelt hat, der sklavisch befolgt, was ihm der Luxus und das sexuelle Begehren realitätsferner Models einflüstern.

Opfer (und Kollaborateur) der Medien, die ihn in einen Wettstreit um Ruhm und Glanz gezwungen haben, dem sein kindischer Narzissmus nicht widerstehen konnte.

Opfer seines bürgerlichen Milieus, das ihn materialistisch überfüttert hat, um den Preis der Zerstörung der Natur, der Tierwelt und jeglichen geistigen Tiefgangs.

Und jetzt ist es zu spät: Er wird bald, wie alle anderen auch, ein Opfer des bevorstehenden und verdienten Endes der Menschheit sein.

Diesen Versuch, einen Täter zum Opfer zu stilisieren, kann man unmöglich zur Primetime auf France Publique senden. Octave zerknüllt ein weiteres Mal, was er zu Papier gebracht hat, und zielt damit auf den Champagnerkübel. Er trifft daneben, wie Lionel Jospin damals,

als er mit einem Papierkorb Basketball spielte und rief: »Wenn ich ihn reinkriege, werde ich Präsident.«

3

Dea hat nicht auf seine Nachricht geantwortet. Er muss sich gedulden, bis das Licht ausgeht, um zu erfahren, ob sie auf der Bühne sein wird. Dea ist verheiratet: Das hat ihm gefallen. Seit einiger Zeit interessiert sich Octave nur noch für verheiratete Frauen. So verschafft er sich kleine Glücksmomente ohne Hochzeitspläne, Befriedigung ohne eine langfristige Beziehung, Sex ohne eheliches Zusammenleben. »Wenn ihre Gatten wüssten, wie viele Ehen ich schon gerettet habe, würden sie mir nicht mehr den Tod wünschen«, tönt er bei seinen Single-Freunden herum. Und auch: »Verheiratete Frauen sind nicht einfach nur Frauen. Sie sind reine Seelen in einem vernachlässigten Körper, Herzen, die nach Liebkosungen lechzen, Prinzessinnen, die weder dem Märchen noch der Pornografie abgeschworen haben.« Octave ist kein Frauenheld, sondern ein gefallener Mann. Er fällt den verschreckten Gattinnen zu Füßen, weil er denkt, dass ihnen nichts Erotisches mehr widerfährt. Und dann widerfährt ihnen Octave: schlimmer als das Nichts. Manche Männer lassen sich den Ausweis junger Mädchen zeigen, um hinterher nicht der Verführung Minderjähriger bezichtigt zu werden; Octave schläft erst nach Sichtung ihres Stammbuchs mit einer Frau. Wenn man regelmäßigen Sex haben will, sollte man sich an Ehefrauen halten, sie sind nicht so kompliziert und haben mehr Appetit. Octave begeht oft die Todsünde, gegen das zehnte Gebot zu verstoßen: »Du sollst nicht eines anderen Mannes Frau begehren.« Zur Strafe schmort er schon zu Lebzeiten in der Hölle: Auf den Champs-Élysées, den Elysischen Gefilden, wirst du brennen, für immer und ewig.

Im Radio hat Octave mit einer einzigen Idee geglänzt, die seit drei Jahren funktioniert: Er beginnt jede Kolumne mit einem »Guten Abend«. Morgens um fünf vor neun. Ein einfacher, idiotischer, effektvoller Kniff. Danach spult er ungestraft so ziemlich alles ab, was ihm durch den Kopf geht. Octave versinkt in der Betrachtung des steigenden Hasspegels. Er weiß, was er für morgen früh schreiben wird: eine Kolumne über die Neonwesten aus der Sicht eines Privilegierten.

In den meisten Ländern der Erde ist die soziale Ungerechtigkeit unendlich viel himmelschreiender als in Frankreich, aber die jeweilige Bevölkerung verhält sich still und »zahnlos«. In Marokko liegen die marmorverzierten Paläste aus Tausendundeiner Nacht und das abscheulichste Elend dicht beieinander, und zwar in Ruhe und Frieden. In Russland amüsiert sich die Oligarchie prächtig mit Kaviar und Nutten, ohne dass auch nur der geringste Protest laut würde. Sicher, diese Länder sind keine Demokratien. In Frankreich zeigt man Schwäche, indem man den Benachteiligten das Recht zugesteht, sich zu beschweren. Aber dieser Luxus namens Meinungsfreiheit ist in allen westlichen Ländern in Gefahr, seit Bürger durch Konsumenten und Journalisten durch Mythomanen ersetzt wurden. Octave hat die fruchtlosen Debatten über das Teilen von Reichtum satt. Er hasst den Hyperindividualismus ebenso wie Julien Coupat, aber das hält ihn nicht davon ab, sich allein im Keller des *Crazy Horse* volllaufen zu lassen. Die Antiglobalisierungswestenträger verabreden sich ja auch über Facebook, das Unternehmen im Silicon Valley, das es mit der Globalisierung am weitesten gebracht hat. Ohnehin wird eine illiberale Diktatur diesem ewigen Aneinandervorbeireden und seinen eigenen selbstgefälligen Freuden bald ein Ende setzen. Die Demokratie muss sterben, denn sie ist gescheitert. Octave wird zu den Ersten gehören, die vom Plebs gelyncht werden. Und bis zu diesem glücklichen Tag sorgt das Tränengas zumindest dafür, dass die sonst für Emotionen so unempfänglichen Kellner des *Crazy Horse* mit feuchten Augen von ihrer Zigarettenpause zurückkehren. Octave wäre wohl kaum in der Lage, dem Schwarzen Block verständlich zu machen, dass auch er mit leeren Taschen dasteht, dass er es immer so gedeichselt hat, die glitzernden Jeroboam-Flaschen im VIP-Bereich nicht selbst zahlen zu müssen, dass er ein Lebemann ist und kein Symbol der Aristokratie (höchstens der verwahrlosten), dass er 2002 den kommunistischen Präsidentschaftskandidaten unterstützt hat und dass er ihren tapferen Körpereinsatz bewundert. Obwohl sie mitten im Winter von Kopf bis Fuß von den Wasserwerfern der Polizei durchnässt werden, unter Dauerbeschuss mit Tränengas stehen, sich mit Flashballs die Augen zerschießen und dann zu Boden knüppeln lassen, skandieren die Jugendlichen weiter lustige Parolen wie »Macron, du bist am Ende, die *Tuschs* umzingeln das Gelände« und ramponieren dabei Buswartehäuschen mit gestohlenen Flaschen aus dem Monoprix auf den Champs-Élysées. Sie sind so schizophren wie Octave, wenn sie »Nieder mit dem Staat« an die Fassaden sprühen und zugleich vom Staat Lohnerhöhungen fordern. Octaves Lachen ist so gelb wie die Westen der Demonstranten. Wenn die Punks mit den Dreadlocks Spaß daran haben, den Neureichen eins aufs Maul zu geben, kann er nur Beifall klatschen. Dieser Konflikt ist der Sieg des »Burning Man« über »Fuck Me I'm Famous«; es ist, als würde Patrick Bateman von Vernon Subutex k. o. geschlagen.

Als Octave seine Notizen noch einmal durchliest, sagt er sich, nein, eine solche Kolumne kann man bei France Publique immer noch nicht bringen. Er seufzt missmutig. Glücklicherweise wird jetzt das Licht abgedunkelt und der Vorhang angestrahlt. Die Stimme Eartha Kitts singt *Take My Love.* Die Tänzerinnen wechseln sich in militärischen Posen beim Playback ab; sie tragen die pelzigen Hüte der Scot Guards vom Buckingham Palace und gleiten über ein Laufband. Ihre perfekten Körper haben nichts Obszönes. Die Revue des *Crazy Horse* ist ungewöhnlich ästhetisch und asexuell. Sie zieht nur noch Reisebusse voller asiatischer Touristen an. Ein zehnjähriges Kind sieht tagtäglich mehr nackte Brüste auf dem elterlichen Computer. Octave liebt diesen Ort aus reiner Sehnsucht nach der alten Welt. Er erinnert sich an die Hochzeit von Alain Bernardin und Lova Moor: eine Kitsch-Party in Louveciennes 1985 mit Philippe Junot,

Jean Castel, Mireille Darc und dem Bildhauer César … Octave hatte sich mit seiner Truppe vom Caca's Club ohne Einladung unter die Gäste gemischt. Am Ende hatten sie die Braut triumphierend auf ihren Schultern in ein Haus mit bunten Wänden getragen, das wie die Playboy Mansion aussah. Mit seinem zügellosen Leben würde der Gründer des *Crazy Horse* heute jeden Abend Gefahr laufen, in Polizeigewahrsam genommen zu werden. Octave denkt darüber nach, eine Post-#MeToo-Kolumne zu schreiben, die als Hommage an François Furet den Titel »Das Ende der Herrschaft« tragen könnte. Dann denkt er nicht weiter darüber nach, denn Dea betritt die Bühne.

1 Uhr morgens

Hegel bemerkte irgendwo, daß alle großen weltgeschichtlichen Tatsachen und Personen sich sozusagen zweimal ereignen. Er hat vergessen, hinzuzufügen: das eine Mal als Tragödie, das andere Mal als Farce.

Karl Marx, *Der achtzehnte Brumaire des Louis Bonaparte,* 1852

1

Sofort wird es still. Dea hält sich gerade, das Kinn angehoben, den Hals gestreckt. Sie ist eine klassisch ausgebildete Tänzerin mit stolzem Gang und einer Kopfhaltung, die für sich spricht. Ihre Stupsnase hat die Form einer Skisprungschanze, wie die von Sylvie Guillem. Ihr Haar schimmert rot und schwarz.

»It's a small step for a man but a giant step for a mannequin«, kritzelt Octave auf seine Hand.

Es wäre klischeehaft zu sagen, dass Deas Aussehen Respekt gebietet. Eher wechselt die Scham die Seiten. Dem Publikum ist es peinlich, diese Königin der Königinnen anschauen zu dürfen. Wenn man Dea nackt auf der Bühne stehen sieht, möchte man um Verzeihung dafür bitten, ein jämmerlicher und abstoßender Mann zu sein, sich jahrtausendelang vulgär aufgeführt und es nie geschafft zu haben, einer Frau auf Augenhöhe zu begegnen. Deas Körper lässt das Patriarchat zu Kreuze kriechen. Ihre Nacktheit ist keine Schwäche, sondern eine Herrlichkeit, gleichsam ein Wolkenhimmel, der plötzlich aufreißt, um einen Strahl göttlichen Lichts durchzulassen. Selbstbewusst und von oben herab offenbart die Göttin auf der Bühne ihre Schönheit. Es scheint, als verneigten sich die Gäste am Tisch in der ersten Reihe vor ihr wie vor einem Idol. Das *Crazy Horse* ist kein von einem Erotomanen gegründetes Varieté mehr, in dem sich widerliche alte Spanner vergnügen: Hier hat sich eine Sekte versammelt, um einen postapokalyptischen Kult zu begehen und dem Engel der Versöhnung inmitten des Chaos zu huldigen. Octave ist Atheist, aber er merkt wohl, dass Gott hart daran arbeitet, ihn von seiner Existenz zu überzeugen. Seit sie sich zum ersten Mal begegnet sind, stockt Octave buchstäblich der Atem, sobald er Dea sieht. Er weint Tränen der Dankbarkeit. Er bläht sich nicht mehr auf, erstickt lieber an Asthma. Dea entspricht in jeder Hinsicht dem, was man »strahlend« nennt. Octave spürt am ganzen Leib, dass es wahr ist, was alle zügellosen Freigeister seit dem Vicomte de Valmont erkannt haben: Die aufregendsten Wesen sind die, die nicht verfügbar sind.

Es ist die elysische Hölle, durch die er im Angesicht dieser heiligen Erscheinung geht. Dea arbeitet in ihrer Freizeit als Model, doch Octave lernte sie nicht im beruflichen Kontext kennen, es war banaler: Er traf sie in seinem Fitnessstudio. Nie kam er sich schüchterner vor als in dem Moment, da er sie in ihren türkisfarbenen Frotteeshorts entdeckte. Sie stand aufrecht vor einem Spiegel, ihre stolzen Brüste unter einem weißen Tanktop, und trocknete sich ihr nasses Haar mit einem rosa Handtuch. Octave erholte sich gerade auf einer Liege von einer Stunde Strampeln auf dem Indoor-Rad. In einem Film sähe man die nächste Bildsequenz in Zeitlupe. Sie wandte sich langsam zu ihm um und lächelte. Octave hat nie erfahren, ob dieses Lächeln ihm galt oder ob sie sich nach dem Duschen einfach wohl in ihrer Haut fühlte. Er saß wie gelähmt da, überwältigt. Vergeblich bemühte er sich, nicht zu erröten. Wie gern hätte er seinen Mund gehalten, aber das überstieg seine Kräfte. Sein Leben lang wird er diese Szene als tragisches und herausragendes Ereignis vor Augen haben. Seit diesem Moment himmelt er sie an. Da Octave in keinem sozialen Netzwerk registriert war, bestand seine einzige Chance auf ein Wiedersehen mit dieser Schönheit darin, sich jede Woche zur gleichen Zeit in dem ranzigen Fitnessstudio einzufinden. Dea war immer da: sein wunderbares wöchentliches Leiden. Eine Donnerstagnachmittagsbürde vom Feinsten. Aber er traute sich nicht, sie anzusprechen, fand sich zu alt und mickrig. Es verging ein Monat des Schweigens, das Octave als Gleichgültigkeit deutete, bis Dea sich herabließ, ihrerseits auf ihn zuzugehen. Sie hockte sich rechts neben ihn, während er dabei war, sich auf einer schweißnassen Matratze zu sammeln. Das Timbre ihrer Stimme erfüllte all seine Hoffnungen. Dunkel und neugierig. Sie praktizierte Tantra-Yoga und Zen-Meditation. Sie ernährte sich vegan und hatte ihr ganzes Leben noch keine Droge angerührt. Tief in Octaves Herzen machte sich unendliche Verunsicherung breit, denn er fühlte sich gerettet. Stammelnd brachte er hervor: »Es ist nichts Hässliches an Ihnen, das ist schrecklich.«

»Hast du es schon mal mit Meditation versucht?«, fragte Dea zurück.

»Nein … Wirke ich irgendwie gestresst?«

Sie nahm seine Hand, damit er sich entspannte. Sein Herz schlug so laut wie Cerrones Trommel in *Give Me*

Love, sie konnte es aus drei Metern Entfernung hören. Sie empfahl ihm, die Beine auszustrecken.

»Schließ die Augen und atme tief ein. Versuch, dich auf deinen Körper zu konzentrieren. Scann ihn von unten nach oben. Sei dankbar für jedes einzelne deiner Körperteile. Sag danke zu deinen Füßen, deinen Waden, deinen Hüften …«

Octave kniff die Augen zusammen und versuchte, nicht loszuprusten.

»Ich empfinde vor allem Dankbarkeit für deinen Körper.«

»Lass los. Nimm das Leben, wie es ist. Stell dir vor, du schaust auf einen ruhigen, glatten See.«

»Ich sehe deinen Nacken vor mir. Oh: und einen Mann, der hineinbeißt. Was, wenn ich das wäre?«

»Lass dich nicht von deinen oberflächlichen Begierden ablenken. Löse dich davon. Umgib dich mit Leuten, die es gut mit dir meinen. Lass dich auf diesen inneren Frieden ein.«

»Meine Lust meint es ausgesprochen gut mit mir.«

»Gib dir ein bisschen Mühe, die Meditation schenkt uns die Kraft, unsere Frustrationen zu überwinden.«

»Ich spüre keine Frustration, sondern Anziehung – das ist schlimmer.«

»Du machst es mir nicht gerade leicht. Entspann dich, atme. Die Meditation soll dich von deinen Obsessionen befreien. Gebrauche deine Sinne.«

»Ich tue nichts anderes. Ich atme den Duft deines Haars, berühre sanft deine Handfläche. Deine Stimme streichelt meine Schläfe. Alle meine Sinne sind auf dich scharf gestellt.«

»Okay, vergiss es, du bist untauglich fürs Zen.«

Octave hatte es wieder einmal übertrieben. Weil er wollte, dass der Moment ewig währte. Und übrigens, er währt noch. Octave sitzt immer noch regelmäßig in dem nach Schweiß stinkenden Fitnessraum, wo Dea sich ihm anvertraut, während sie irgendwelche Verrenkungen macht, zwischen zwei Pilates-Übungen erzählt sie ihm von ihrem Tanzunterricht und in der Haltung des herabschauenden Hundes, dann des Bretts, dann des Kriegers spricht sie davon, wie sie als Jugendliche auf Korsika ausriss, und er betrachtet sie dabei mit einem seligen Lächeln und ist glücklich. Ein Zustand, der nie vergehen wird. Dea war es auch, die ihn auf die Idee für sein akustisches Spa brachte. Sie hatte ihm einen freundschaftlichen Rat gegeben, und er machte daraus einen Radiogag.

»Warum willst du unbedingt weiterleben wie früher?«, hatte Dea ihn gefragt. »Niemand lebt einfach immer so weiter. Das Vergangene ist vergangen, wenn du das irgendwann akzeptierst, wird es dir besser gehen …«

Was auch geschehen mag, er wird bis in alle Ewigkeit mit Dea auf einer Yogamatte hocken. Gerade sitzt er auf einem Lehnstuhl im *Crazy Horse,* sie bewegt sich hin und her vor ihm, die Laser malen Streifen auf ihre Schenkel, auf ihren von Lederriemen gehaltenen nackten Brüsten glänzt der Schweiß, aber Zeit und Raum existieren nicht: Er ist erstarrt, wie bei ihrer ersten Begegnung. Kein Zweifel: Octave konnte nicht anders, als Dea zu begehren, Dea mit ihren Muttermalen, die wie Pfefferkörner über ihre Haut verstreut sind. Dea ist die Klugheit mit einem runden Nabel, mit schmalen Füßen, einem gewölbten Hintern und smaragdgrünen Augen. Dea versteht alles, fühlt alles, errät, was er verbirgt. Sie nimmt sich vor Octave in Acht, er hat sie zu schnell begehrt. Sie hat gespürt, dass er sich selbst immerzu belogen hat. Sie kennt ihn und versteht ihn. Sie weiß, wie er tickt, und weicht ihm aus, aber er amüsiert sie auch, der Arme.

An dieser Stelle ist es womöglich nützlich, unseren Lesern genauer zu erklären, wieso Octave davon überzeugt ist, in die Hölle eingezogen zu sein. Dea nämlich, so altmodisch und überraschend es erscheinen mag, ist ihrem Ehemann unwiderruflich, unerschütterlich, hoffnungslos, schrecklich treu.

2

Plötzlich hört Dea auf zu tanzen. Sie greift nach einem Mikro und verkündet, dass die Tänzerinnen des *Crazy Horse Saloon* ab sofort in einen zeitlich unbegrenzten Streik treten.

»Wir fordern die Direktion auf, unsere befristeten Arbeitsverträge in unbefristete umzuwandeln. Wir bekommen hundertsiebzig Euro netto pro Vorstellung und treten zweimal am Abend auf, ohne die geringste Arbeitsplatzsicherheit: Das ist nicht länger tragbar. Wir fordern die Abschaffung des wöchentlichen ›Abwiegens‹ sowie die Erhöhung unserer Gagen. Die Vorstellung ist zu Ende, guten Abend.«

Weil die Louise Michel des *Crazy Horse* runde, weiße Brüste mit blassrosa Nippeln hat, glauben die chinesischen Touristen an eine scherzhafte Einlage und brechen, während der Vorhang fällt, in schallendes Gelächter aus. Doch Octave weiß, dass es Dea ernst ist. Sie hat ihm schon vom Ritual des Abwiegens erzählt. Jede Woche müssen die Tänzerinnen des *Crazy Horse* antreten, um ihr Gewicht vom Haus überprüfen zu lassen. Sobald eine von ihnen zwei Kilo ab- oder zunimmt, steht ihr Engagement auf dem Prüfstand. Damit alle Frauen gleich groß aussehen, bekommen sie Schuhe mit unterschiedlich hohen Absätzen. Octave dämmert allmählich, warum Dea seine Nachrichten nicht beantwortet hat. Der Aufstand, der in ganz Frankreich um sich greift, macht vor den Toren des Verrückten Pferdes nicht halt. Octave fragt sich, warum die Tänzerinnen nicht auch die Abschaffung des Bleistifttests und der Vorschrift des gleichschenkligen Dreiecks in ihre Forderungen aufgenommen haben. Regelmäßig schiebt die Chefetage ihren Tänzerinnen einen Bleistift unter den Busen. Hält der Bleistift, droht die Kündigung. Außerdem wird die Spanne zwischen beiden Brüsten fein säuberlich mit einem Zwanzig-Zentimeter-Lineal gemessen: Sie muss dem Abstand zwischen Brust und Bauchnabel entsprechen (einundzwanzig Zentimeter zwischen beiden Brüsten, elf Zentimeter zwischen Bauchnabel und Schambein). Sollte dieses Dreieck aus Brüsten und Nabel nicht gleichschenklig sein, werden die Kandidatinnen gar nicht erst verpflichtet. »Das *Crazy Horse* ist der reinste Viehmarkt«, sagt Dea oft. Octave (der bei France Publique seit drei Jahren einen verlängerbaren befristeten Vertrag hat) antwortet dann gern, dass alle Castings für Modeschauen Übungen in öffentlicher Demütigung seien. »Hast du *L'Idéal* gelesen? Man müsste das ganze *fashistische* System von Grund auf erneuern.« Andererseits weiß Octave, dass er die Einhaltung bestimmter Regeln nur ungern missen möchte: Beine, die zwei Drittel des gesamten Körpers ausmachen, flache Bäuche, hohe Brüste, symmetrische Wangenknochen gehören nun mal zu einer Diktatur, die seinen Segen hat.

Das Licht geht wieder an, und diesmal ist der Protest unter den Zuschauern sehr entschlossen. Auf dem Weg zum Ausgang wird das Stimmengewirr immer lauter. Octave eilt in die Garderobe, um Dea, der Revolutionärin in Overknees, zu gratulieren. Er hat heute Abend begriffen, dass die Idee dieses Revuetheaters (man zahlt, um Frauen dabei zuzusehen, wie sie sich entkleiden) für ein vergangenes Jahrhundert steht. Der 1951 eröffnete Tempel wird in der neuen Welt nicht lange überleben. Er erinnert ihn an seinen letzten Besuch im Élysée-Palast. Octave mauschelt zu viel an den Orten der Macht im 8. Arrondissement.

3

Der Kies knirschte unter seinen Mokassins, als er über den Hof des Palastes schritt. Man läuft in Paris selten über Kies, wenn man zu einem Empfang geht. Was bedauerlich ist, denn das Geräusch klingt angenehm, besonders wenn der Himmel blau ist und man soeben drei Kontrollen hinter Schranken, Metallpollern und Lastern mit bis an die Zähne bewaffneten Polizisten passiert hat. Octave hatte sich vorsichtshalber für einen blauen Anzug mit blauem Hemd, blauer Krawatte und blauen Schuhen entschieden. Er würde als Jean d'Ormesson verkleidet an den Feierlichkeiten teilnehmen, die der Staatspräsident zur Verleihung des Ordens der Ehrenlegion an Michel Houellebecq ausrichtete. Es war achtzehn Uhr, gerade eben hatte er eine Anfrage an *Charlie Hebdo* geschickt, ob sie Interesse an einer Gonzo-Reportage über Emmanuel und Brigitte Macron hätten. Die Antwort lautete: Ja. Octave fühlte sich wahnsinnig *embedded.* Wie eine Art mondäner Spion, genau das war seine Rolle, und er würde sie zeit seines Lebens spielen. Ein Verräter in Schlips und Kragen, der von einem Amtsdiener mit Goldkette die Treppe hinaufgeführt wurde. Ein Spitzel, den man in den Garten geleitete, wo er die Wahl zwischen einem Glas stillen Wasser oder Sprudel hatte. Zum Spaß bat er den Oberkellner um einen Gin Tonic. Der Mann verzog keine Miene. »Nach der Rede wird Champagner ausgeschenkt.« Octave war beruhigt: In Frankreich scheute man sich immerhin, die Bürger vor Präsidentschaftsreden abzufüllen. Der Élysée-Park war riesig, in der Ferne plätscherte ein Springbrunnen. Es sind Details wie diese, die einem das Leben im Land von LVMH versüßen: Kies, der unter den Sohlen knirscht, ein Wasserstrahl, der in die Tiefe fällt, zwitschernde Amseln, ein blühender Garten mit roten Tulpen und weißen Narzissen und akkurat geschnittenen Buchsbäumen, ja, verdammt, Octave konnte verstehen, warum so viele Typen sich darum rissen, in einem solchen Schloss zu leben. Er ging hinunter in diesen riesigen Park mit den imposanten Eichen. Er hätte sich ausziehen und nackt auf dem Rasen wälzen mögen, wie ein Hippie in Woodstock: Das wäre bei diesem sonnigen Wetter genau das Richtige gewesen. Er tat es jedoch nicht, aus Respekt gegenüber den Regeln des Anstands. Stattdessen fragte er Jean-Louis Aubert, ob er auch im Besitz des Verdienstordens sei, der Sänger von Téléphone verneinte. »Aber ich habe hier schon einen Joint auf dem Klo geraucht. Das war unter François Mitterrand, mit Coluche.« Wenn man ein Rockstar ist, ist das Kiffen auf den Toiletten des Élysée quasi gleichbedeutend mit der höchsten französischen Auszeichnung. Nicolas Sarkozy war ebenfalls da, ohne Carla. Er rief den Oberkellner beim Vornamen: »Alles klar, Joseph?« Und er begrüßte Octave, indem er ihm beinah die Hand zerquetschte. Wahnsinn, wie viel Energie man in einen Händedruck legen konnte. Octave hätte am liebsten aufgestöhnt, so sehr schmerzten ihn seine Finger, aber dann zuckte er kaum mit der Wimper. In den höheren Sphären darf man sich nicht anmerken lassen, wie furchtbar man leidet. So mutieren zynische Rebellen im Umgang mit der Macht zu butterweichen Schleimern. Oh, ich weiß, was ihr jetzt denkt: Octave hätte Sarko nicht die Hand schütteln dürfen, er hätte mit einem Neonwestchen am Leib zur Revolution aufrufen sollen. Aber Parango ist weder François Bégaudeau noch Juan Branco. Er ist nicht mehr der Kommunist von 2002, auch wenn er der einzige Kolumnist des *Figaro Magazine* bleibt, der seine Reportagen bei *Charlie Hebdo* platzieren kann.

Der Teppich im Empfangssalon glich einem zeitgenössischen Kunstwerk, Octave bewegte sich auf bunten Parallelen vorwärts. Als Teresa Cremisi die Auslegware unter ihren Füßen bemerkte, rief sie: »Ah, das gab's beim letzten Mal aber noch nicht!« Octave erkundigte sich beim ehemaligen Präsidenten, ob dieser fancy Teppich schon zu seinen Zeiten dagelegen habe, was Sarkozy mit einem Nein beantwortete. »Das Update der Deko ist ziemlich frisch.« Die roten Wandbehänge waren grauer und weißer Farbe gewichen, ganz wie in dem großen Dior Flagship-Store in der Rue François Ier. Die Gäste defilierten vorbei, als präsentierten sie auf einem Laufsteg die neue Frühjahr-Sommer-Kollektion, gingen vor bis zur Wand und machten dann lächelnd kehrt. Nicolas Sarkozy wandte sich nun an Bruno Le Maire, den Minister für Wirtschaft und Finanzen: »Geht's dir gut? Na klar geht's dir gut, du wirst ja bald die Steuern senken.« Die beiden zogen sich zu einer Unterredung in eine Ecke zurück, sodass Octave, anders als Patrick Buisson damals, nichts von ihrem Gespräch mitschneiden konnte. Viele ehemalige Wirtschaftsminister waren später zum Präsidenten aufgestiegen: Giscard, Sarkozy, Macron … Bruno Le Maire schien über diesen Weg nach oben auf dem Laufenden zu sein.

Octave war gekommen, um Michel Houellebecq in jener schweren Stunde beizustehen, da er den republikanischen Orden entgegennehmen würde. Was keine leichte Aufgabe war: Man musste sich die Haare waschen, eine Krawatte umbinden, Komplimente über sich ergehen lassen, ohne dass einem vor aller Augen die Gesichtszüge entgleisten. Michel flanierte, lässig wie immer, in Begleitung seiner Ehefrau Lysis auf und ab. Lysis trug ein durchsichtiges gelbes Kleid. Die Sonnenstrahlen legten ihre Beine unter dem Stoff bloß, und auch ihr ebenfalls durchsichtiger BH war deutlich zu erkennen. Aubert beteuerte, dass sie aussehe wie eine Fee oder eine Prinzessin. Was sie mit einem »Danke, du auch« quittierte. Octave verschluckte sich fast an dem eiskalten Wasser in seinem Glas. Dann, endlich, wurde es ernst: Ein Mann in Anzug und Krawatte bat die Gäste, sich in den Saal mit dem geometrischen Teppichboden zu begeben, und einer der Nationalgardisten rief: »Der Staatspräsident!« – sofort nahmen alle Haltung an. Die Versammelten formten einen Halbkreis um das Rednerpult und warteten auf den Einzug des Königs. Die Coolness des jungen blonden Mannes, dessen Kopf Millionen von Franzosen forderten, verblüffte Octave über alle Maßen. Seine Rede bestand in dem langen Versuch, jede mögliche Kontroverse aus dem Weg zu räumen, die dadurch entstehen könnte, dass ein feministischer, progressiver und antirassistischer Staatschef einen Schriftsteller ehrte, der als Frauenhasser, Niedergangsbeschwörer und islamophob galt. Während Emmanuel Macron, sonnengebräunt, schlank und entspannt, über Literatur sprach und sich dabei so zu Hause fühlte wie bei einer siebenstündigen öffentlichen Debatte in Grand Bourgtheroulde, dachte Octave bei sich, dass es dem Mann gebührt hätte, an der École normale supérieure aufgenommen zu werden, anstatt die ENA zu besuchen, die er jetzt schließen wollte. Seine Perspektive auf den Preisträger war clever gewählt: Er betonte die Romantik des Autors von *Unterwerfung*, als Ausgleich für dessen reaktionären Charakter. Er hätte sich auch auf den Houellebecq'schen Humor stützen können, um die Kür gut zu verkaufen. Rechter Humor ist nicht die Höflichkeit der Verzweiflung, sondern die Entschuldigung für Pessimismus. Octave wusste nicht, welcher Berater diese Rede geschrieben hatte, jedenfalls hatte derjenige eines nicht bedacht: Satire ist überdies die Entschuldigung für viele Ausrutscher, und der vorliegende Roman bestätigt nicht gerade das Gegenteil. »Sie sind eine müde Madame de Staël«, lautet der Witz, der das Publikum und den zu Depressionen neigenden Schriftsteller am meisten erheitert. Als treuer Weggefährte des Preisträgers freute Octave sich über die Sternstunde dieser literarischen Bewegung, die Jean-Philippe Domecq in seinem am selben Tag in *Le Monde* veröffentlichten Artikel als »Abgrundismus« bezeichnet hatte. Domecq wollte die Gossenliteratur abqualifizieren und verpasste ihr deswegen einen Namen, wie Bernard

Frank, der 1952 in *Les Temps modernes* voller Verachtung die Bewegung der »Husaren« ausrief. Die düsteren (oder abgrundistischen) Schriftsteller befreien uns von der Knechtschaft schnulziger Gefühle gegenüber der Literatur. Der »Abgrundismus« ist das Äquivalent des 21. Jahrhunderts zum »Dekadentismus«, der am Ende des 19. Jahrhunderts reichlich verunglimpft wurde. Man muss sich Huysmans im Élysée vorstellen, wie er den Hund des Präsidenten streichelt, bevor er wieder seinen gewohnten Gang geht. Oder Octave, wie er sich auf dem Rasen ordentlich einen hinter die Binde kippt – im Dreiteiler, mit seinem grau melierten Bart und seinen langen Haaren hätte er etwas von der Pose eines Sâr Péladan.

Nach der Rede wurden endlich die Champagnerkelche gereicht. Octave nutzte die Gelegenheit, sich geschickt wie eine Torero-Hofschranze zwischen Alain Finkielkraut und François Samuelson zu schieben, um sich so dem Staatsoberhaupt zu nähern. Er wollte dem Präsidenten eine Idee zuflüstern, die es ihm ermöglichte, Frankreich zu retten und dabei das Gesicht zu wahren. Was Emmanuel Macron fehlte, war eine große Sozialreform. Seine Vorgänger hatten allesamt eine durchgesetzt, und in der Regel ist sie das einzig Positive, das uns vom Aufenthalt dieser Männer in der Rue du Faubourg Saint-Honoré 55 in Erinnerung geblieben ist: Bei Giscard war es die Legalisierung der Abtreibung, bei Mitterrand die Abschaffung der Todesstrafe, bei Chirac die Aufhebung der Wehrpflicht, bei Sarkozy das Werbeverbot im öffentlich-rechtlichen Fernsehen, bei Hollande die Homo-Ehe. Octave holte aus: »Herr Präsident, es gibt eine Maßnahme, die sehr viel Geld in die Staatskassen spülen und die französische Bevölkerung gleichzeitig von ihrem Leiden befreien würde.«

Über Emmanuel Macrons linkem blauen Auge zog sich seine Braue zu einem Zirkumflex zusammen.

»Ach ja? Und die wäre?«

»Verkünden Sie bei Ihrer Ansprache am nächsten Donnerstag, dass Sie Cannabis legalisieren.«

Der junge Präsident wich einen Schritt zurück, als hätte sich Octave vom elitären Schriftsteller zum Rastaman mit Dreadlocks gewandelt, aber er nahm sich die Zeit für eine Antwort.

»Ich bin aus zwei Gründen dagegen: Erstens werden die Dealer auf den Verkauf harter Drogen umsteigen, und zweitens führt Cannabis bei Kindern zu Gehirnerweichung.«

»Bei allem Respekt, Herr Präsident, seit es Facebook gibt, haben die Kinder sowieso kein Hirn mehr. Und was die Drogenhändler betrifft, sollen sie doch Läden aufmachen. Die Amerikaner haben es getan, die Kanadier haben es getan, die Israelis haben es getan, die Niederländer haben es getan, warum nicht auch wir?«

Aber der Präsident hatte sich bereits von ihm abgewandt und diskutierte mit Finkielkraut über die Abschaffung des Abiturs. Die Sache war gelaufen, Octave war unten durch, weggezappt, ein Paria, er musste nur noch hingehen und in einem finsteren Büro Selbstmord begehen wie François de Grossouvre. Um ihn aufzumuntern, bot die First Lady an, ihm den privaten Flügel zu zeigen, der zur Rue de l'Élysée hinausging. Einen nachhaltigen Eindruck hinterließ bei Octave vor allem die von Pierre Paulin entworfene Lounge, die aussah wie der Kontrollraum der Enterprise in *Star Trek,* und die Toiletten, die man genau so auf einer Mahagoni-Yacht hätte finden können. Brigitte Macron behauptete, Präsident Trump sei es nicht gelungen, die Klospülung zu bedienen, und Octave versuchte gar nicht erst herauszufinden, woran sie das bemerkt hatte. Das Parkett knarrte, als Marin de Viry mit seinen Church's darüberlief und sich zu fragen schien, wieso Octave auf demselben Empfang eingeladen war wie er. Ein verrückter Albatros neben einer ölverschmutzten Möwe, so konnte man meinen. Octave beschloss, das Dinner mit Michel Houellebecq im *Jockey Club* sausen zu lassen, aus Loyalität zum *Travellers,* wo man Nicht-Adlige tolerierte, die sich in einer Phase der Verwahrlosung befanden. In einem Land, das die Orientierung verliert, muss man sich für eine Seite entscheiden: die verarmten Aristokraten auf der Rue Rabelais oder die mittellosen Großbürger auf den Champs-Élysées. Unser Unglück hat dieselben Wurzeln, doch wird dies niemals Jahrhunderte der gegenseitigen Verachtung auslöschen.

2 Uhr morgens

Habt ihr jetzt begriffen, warum ich der traurigste unter allen Saufbrüdern bin? Warum ich leichtfertiger bin als jeder Idiot und schwermütiger als jeder dahergelaufene Scheißer?

Wenedikt Jerofejew, *Die Reise nach Petuschki*, 1973

1

Der Wachmann am Eingang zur Garderobe versperrte mir den Weg. »Im *Crazy* gibt es keinen Kontakt zwischen den Tänzerinnen und den Gästen.« Dea hatte sich aus dem Staub gemacht, offenbar durch den Geheimausgang, den Alain Bernardin immer genommen hatte, um seinen Ehefrauen zu entwischen. Ich las mein mit Füßen getretenes Herz auf dem schwarzen Teppichboden auf und ging hinaus auf die Avenue George V. Weiter oben, auf der Höhe des *Four Seasons*, hörte man die Detonationen des Endkampfs. Die Scherben der zerbrochenen Schaufenster reflektierten das Licht der Straßenlaternen wie eine Diamantkette, die jemand einer Ballerina vom Hals gerissen hatte. Einmal mehr scherte sich niemand um mein Begehr. Mein Hass auf das neue Jahrzehnt wuchs. Ich begann, meinen Weg aus den Augen zu verlieren. Die Russen sprechen von »topografischem Kretinismus« seit Wenedikt Jerofejews betrunkenem Erzähler aus *Die Reise nach Petuschki*, der den Weg zum Kreml niemals findet (je mehr er trinkt, desto öfter wacht er in einem ihm unbekannten Treppenhaus auf). Ich bin wie er: Jedes Mal, wenn ich die Studios von France Publique suche, lande ich bei der grauenhaften goldenen Flamme am Pont de l'Alma und sehe mich umringt von nekrophilen Touristen, die Fotos von der Stelle machen, an der Diana Spencer lebendig zerquetscht wurde.

Ich spüre, wie meine Energie in den Keller sinkt. Es ist seltsam, wenn man das Gefühl hat, *mit beiden Beinen zu hinken.* Ich würde mich am liebsten auf die Erde setzen, aber ich habe Angst, dass ich es dann nicht mehr schaffe aufzustehen. Der Sandmann ist vorbeigekommen, um seine illegale Fracht bei mir abzuliefern; er ist total ausgeflippt wegen der vielen Polizeiwagen, bis ich ihm erklärte, dass die Bullen heute Abend andere Prioritäten hätten, zum Beispiel die Rettung der Französischen Republik. Ein Geruch von verkohlten Ledersitzen hängt über dem Platz. Explosionen lassen den Boden unter meinen Füßen immer wieder vibrieren, wie früher die Tracks von Prodigy auf dem Baugelände der Autobahn bei La Défense während der wilden Raves von Pat Cash.

Pat Cash nennt sich inzwischen Uri, er trägt einen Bart, einen schwarzen Hut und widmet sich dem Talmud- und Thora-Studium an einer Jeschiwa in Israel. Es erklärt sich mit dem natürlichen Fortschreiten des Alters, dass alle Hipster der 1990er-Jahre in den 2020er-Jahren konservativ geworden sind. Es sind dieselben Leute, nur dreißig Jahre später: Die drei Jahrzehnte, in denen sie die Konsumgesellschaft kritisiert haben und es sich gleichzeitig auf Kosten der Staatsverschuldung gut gehen ließen, haben sie allergisch gegen Veränderungen gemacht. Mit zwanzig liegt die Zukunft wie ein unbekannter und faszinierender Ozean vor einem; mit fünfzig hat man es mit militanten, kapuzentragenden Umweltschützern zu tun, mit Hashtag-Kleinkriegen oder Handgreiflichkeiten zwischen Booba und Kaaris, die sich mit *Allure*-Flakons von Chanel im Duty-free-Shop am Flughafen Paris Orly die Köpfe einschlagen. Man versteht gar nichts mehr. Es ist so, als würde der müdeste Partylöwe von Paris mit Bluthochdruck, Diabetes Typ 2 und Arthrose in den Fingern auf die Unisex-Toiletten in den Galeries Lafayette schimpfen (»Können Männer und Frauen unterschiedlich sein, ohne sich gegenseitig den Krieg zu erklären?«).

Meine langen Haare verbergen meine Stirn, mein Bart bedeckt mein vorspringendes Kinn. Meine Augenbrauen sind struppig, meine Augen versinken in ihren Höhlen mit den dunklen Ringen, meine Lippen sind zu schmal, meine Zähne aus Keramik und meine Ohren behaart wie die eines Hobbit; eigentlich bin ich nur eine Nase. Wenn man mir auf den Champs-Élysées begegnet, fällt einem als Erstes meine Nase auf, die zwischen Stoppeln und Haarbüscheln hervorragt und auf einer in mottenzerfressene Vikunjawolle gehüllten Bohnenstange sitzt. Vor den geschlossenen Boutiquen auf der Avenue Montaigne flanieren ein paar Saudis mit Knopf im Ohr und perlenbehängter Begleitung, die eilig Richtung *Plaza Athénée* strebt. Und meine Nase schlängelt sich zwischen lauter Nutten auf E-Rollern hindurch. Die Schauspieler, die mich auf der Leinwand dargestellt haben, waren viel zu schön. Ich bin umgeben von vermummtem Gesindel und geplünderten Auslagen, ich steige über Obdachlose und Trümmer. Ich meide die Avenue Marceau, bewege mich durch kleine Gassen vom *Crazy Horse* zum Arc de Triomphe, wo ich verabredet bin, halte mich aber aufrecht, denn ich bin der einzige Passant, der nicht auf sein iPhone 52 starrt.

2

Ich verliere mein Gedächtnis für Gesichter, aber mein Körper erinnert sich an Orte. Was mir an dem Viertel um die Champs-Élysées gefällt, ist, dass hier alles glänzt und glitzert. Genau deswegen will das Volk die Prachtstraße ja auch brennen sehen. Seit jeher haben sich die freizügigsten Orte des Lasters in dieser Gegend angesiedelt. *Chez Régine*, die *Mathis Bar* und das *Studio A* in der Rue de Ponthieu, das *Élysée Matignon* und das *Safari* in der Avenue Matignon, das *Apocalypse* und das *Apoplexy* in der Rue François Ier, das *78* und das *Central*, inzwischen umbenannt in *Le Queen*, auf den Champs-Élysées 102, das *Keur Samba* in der Rue La Boétie, das *Raspoutine* in der Rue de Bassano, *La Piscine* in der Rue de Tilsitt, das *Niel's* in der Avenue des Ternes, das *Puzzle* in der Rue Balzac, *La Suite* in der Avenue George V, das *Man Ray* in der Rue Marbeuf, das *Titty Twister* in der Rue de Berri. Ich gehe heute oft ins *Manko* und in die Bar des *Plaza Athénée*, zu den Rooftop-Partys von Thomas de la Villejégu (dem Sohn Philippe Lavils) im *Fouquet's*, ins *Baron* in der Avenue Marceau 6, das jetzt *Medellín* heißt, ins *Piaf* in der Rue Jean Mermoz, in die *Bar Apicius* in der Rue d'Artois, ins *Madam* in der Rue La Boétie, ins *Roxie* von Sandra Sisley in der Rue de Ponthieu, ins *Noto* über der Salle Pleyel, ins *Matignon* in der Avenue Matignon und in das von Lenny Kravitz ausgestattete *Arc* in der Rue de Presbourg. Die Adressen bleiben gleich, die Locations ändern ihre Namen, aber im Kern geht es damals wie heute um dasselbe: der eigenen Einsamkeit an der Place de l'Étoile mit allen Mitteln zu entfliehen. Sich in der Menge zu verlieren, sich ins Dunkel zu stürzen, lauter besoffenen Menschen um den Hals zu fallen oder an die Tiefen der Einsamkeit zu rühren, ein paar Minuten lang zu leuchten, bevor man sich am Tresen oder auf den Toiletten abschießt. Ich gehe an leeren Bürogebäuden vorbei, die Erinnerungen aufleben lassen, ich gehe durch Straßen, die mich wie Zeitmaschinen in die Vergangenheit zurückversetzen. In diesem seelenlosen Viertel voll wohlhabender Touristen fanden früher die Kostümpartys des Caca's Club statt. Warum laufen alle Typen im 8. Arrondissement mit Hemd in der Hose, nach hinten gekämmtem Haar und triefenden Schläfen herum? Warum sprechen alle auf den Champs Englisch, Russisch oder Arabisch, aber nie Französisch?

Als Sex Pistols verkleidet, hackten wir zum Sound von Gogol Premier et la Horde mit Gabeln auf den Bänken des *Régine* herum. Wir gingen in Tauchermontur, mit Maske, Schnorchel und Flossen die Treppen des Élysée Mat' hinunter. Wir pissten in die Flaschen und stellten sie wieder auf die Tische. Wir nahmen Hühner, Schafe, Mäuse und Schweine mit ins *Puzzle*, sogar eine Kuh aus den Landes (allerdings ist es mir nie gelungen, den Zirkus Bouglione davon zu überzeugen, mir einen Elefanten für die Nacht zu leihen). Wir waren Schiedsrichter bei einem Fußballspiel, bei dem Jeeps gegen einen Metallmülleimer als Ball kickten. Wir improvisierten vor dem Pavillon Ledoyen Gemüse-Boule-Wettbewerbe mit einem Radieschen als Cochonnet und Salatköpfen anstelle der Kugeln. Die meisten Tanzflächen verwandelten wir in Schwimmbäder. Wir komponierten zusammen mit Julien Baer und Bruce Meritte Hymnen auf dem Klavier des *Safari Clubs*:

La réponse tu le sais
Se trouve au Safari
Et son visage ressemble à Stéphanie …

Die Antwort, das weißt du,
Findest du im Safari,
Und ihr Gesicht sieht aus wie Stéphanie.

Was wohl aus Stéphanie, der Barfrau des *Safari*, geworden ist? Ich muss Bruce fragen, ob sie noch lebt.

Wie für alle Castel-Mitglieder endeten unsere Nächte in den Armen der senegalesischen Schönheiten aus dem *Keur Samba*, die uns in den frühen Morgenstunden beim Ndombolo-Tanzen massive Erektionen verpassten, bevor sie wieder auf den Schoß von Carlos Dolto, Claude Brasseur, Pierre Bénichou und Patrick Balkany kletterten. Es kam auch vor, dass wir um sechs Uhr morgens mit Dani, der gerade aus dem *Aventure* in der Avenue Victor Hugo kam, an Joe Turners Flügel im *Calavados* strandeten, um Penne mit Wodka zu probieren.

Während meine Kameraden aus vergangenen Tagen

friedlich bei ihren Frauen und Kindern schlafen, streife ich weiterhin in dieser Gegend herum, die den Spitznamen »Goldenes Dreieck« trägt, weil Gold und Glitter das Einzige sind, was hier Orientierung gibt … abgesehen von rasierten Pussys. Es ist einer der letzten Bezirke in Paris, wo ein einsamer Mann keinen Verdacht erregt, es sei denn, er trägt eine farbige Weste oder einen Motorradhelm. Und es ist ziemlich paradox, dass der Präsident der Neuen Welt geografisch im Herzen des Ancien Régime residiert.

3

Früher war es nicht besser; es war genauso, nur dass es damals mehr von meiner Sorte gab. Zu Madame Martinis Zeiten hatte ich immer dreißig Kumpel im Schlepptau, wenn ich ins *Raspoutine* ging, wir belagerten das von Erté gestaltete russische Kabarett mit dem roten und goldenen Stuck, um einen betrunkenen Messerwerfer zu bewundern, einen Zauberer, dessen Nummer kein Ende nahm, und kolumbianische Musiker, die sich als Zigeuner ausgaben. Meistens fand sich irgendein Reicher, der ein paar Scheinchen mit Blaise-Pascal-Konterfei zwischen die Saiten der Balalaikas steckte, damit sie *Otchi tchornye* spielten. Wir übten uns auf der mit rot-schwarz gefliesten Tanzfläche bis zum Umfallen im Kasatschok. Und wir verließen den Laden erst wieder im Morgengrauen, in jeder Hinsicht ruiniert, mit einem Lampenschirm oder einem Kronleuchtergehänge als Trophäe im Knopfloch. Damals habe ich unter großem Applaus beachtliche Drinks geext, heute ernte ich nur mitleidiges Schulterzucken, wenn ich das Spielchen wiederhole und ein randvolles Glas Alkohol in acht großen Schlucken leere, ohne es abzusetzen. In welchem

Alter verwirkt man eigentlich das Recht, erbärmlich zu sein?

Vor dreißig Jahren hatte ich einen Herdentrieb. Die ganzen Achtziger und Neunziger hindurch bin ich immer im Trupp unterwegs gewesen. Und dann, eines Morgens, hatte sich meine Entourage in Luft aufgelöst. Nach dem lauten Getöse der Menge kam die stille Einsamkeit. Aber wogegen sollte ich protestieren: Was da vor sich ging, hieß Leben. Als Kind verbringst du deine Tage und Nächte mit deinen Geschwistern, bis sie plötzlich aus dem Haus sind. Du ersetzt sie durch einen Haufen Freunde, in der festen Überzeugung, dass diese nun deine wahre, weil Wahlfamilie sind, aber auch sie treibt es weiter. Man umgibt sich im Leben immer wieder mit Menschen, die sich schrittweise entfernen, abschotten, zurückziehen. Irgendwann haben sie einen Job, eine Frau, Kinder, ein Haus, eine Scheidung am Hals, Krebs, sind einfach zu beschäftigt, um sich mitten im Winter mit einem mentalen Nachzügler, dessen Bart zusehends weiß wird, auf Sauftour zu begeben. Die Welt wird in zehn Jahren untergehen, keiner hat mehr Zeit zu verlieren.

Die Bedingung für das Überleben in Zeiten der Apokalypse ist die Isolation, grübelte ich laut, wie ein Penner, der sich durch die spiralförmig auf die die Place de l'Étoile zulaufenden Gassen in Richtung *Victoria* schleppt, dem Restaurant am Arc de Triomphe. Vielleicht liegt es an mir, dass ich meine Freunde verloren habe. Ich konnte sie nicht halten, ich habe sie ziehen lassen, weil ich mich zu oft ausgeklinkt, mich so gern vom Acker gemacht habe. Wenn du glaubst, die anderen werden dich schon vermissen, bist du bereit, sie zu verlieren.

Dies ist die Nacht meines letzten Ehrengefechts. Irgendetwas in mir blockiert. Ich spotte nicht mehr. Dass Spotten eine Flucht ist, davon kann ich ein Lied singen. Was ist schon so bequem, wie niemals zu offenbaren, was man auf dem Herzen hat? Humor ist passiv-aggressives Verhalten. Im Grunde beneiden die Satiriker die Neonwesten. Sie üben Kritik, ohne Gegenvorschläge zu machen. Sie legen alles in Schutt und Asche, ohne zu erklären, was stattdessen dort hinsoll. Sie lassen ihrem Ärger freien Lauf, aber der führt ins Nichts. Man wählt Mélenchon, weil man weiß, dass er niemals an die Macht kommt. Und er selbst weiß es auch. Es ist einfach, ständig alles Mögliche zu behaupten, wenn man nie die Verantwortung dafür übernehmen muss. Das war lange mein heiliges Amt: auf Kommando und ohne Konsequenzen Sand ins Getriebe streuen. Ich bin ein vereidigter Unverantwortlicher, seit meinem achtzehnten Lebensjahr. Das Volk ist sich dessen nicht bewusst: Es glaubt, dass Karikaturisten anmaßende, selbstbewusste Menschen sind, dabei ist ihre Unsicherheit eklatant. Ich habe drei Jahre lang jede Woche bei France Publique Hilferufe senden können, ohne ein einziges Mal gehört zu werden. Um Klartext zu reden: Im neuen Bürgerkrieg stehen Franzosen, die nicht France Publique hören, gegen solche, die France Publique hören. Die treuen Anhänger des führenden französischen Radiosenders fühlen sich anderen Mitbürgern überlegen. Sie sprechen eine elegantere Sprache, ohne mediterranen Akzent oder Pariser Zungenschlag. Ihre Lippen sind schmal, ihre Aussprache ist spitz. Sie argumentieren intelligent, warten mit gelehrten Referenzen auf, finden im Handumdrehen eine schlaue Lösung für jedes Problem. Sie werden nicht von Not und Existenzangst niedergewalzt. Sie sind Pazifisten und verhalten sich ökologisch verantwortungsbewusst. Oft haben sie eine sichere Anstellung im öffentlichen Dienst und hassen LKW-Fahrer. Umgekehrt haben die Leute, die nicht France Publique hören, nicht das Gefühl, im selben Land zu leben. Sie sind arm, ihre Situation ist prekär, sie haben keine andere Wahl, als endokrine Disruptoren zu schlucken. Sie schuften sich für ein lächerliches Einkommen ab, und wenn sie sich beschweren, verprügelt sie die Polizei, sticht ihnen ein Auge aus oder reißt ihnen die Hand ab. Sie verstehen das auf France Publique gängige Vokabular nicht, sie haben keine Ahnung, was »Avocado Toasts« sind. Sie schämen sich, dass sie die subtilen Kolumnen und das intellektuelle Wording der Moderatoren des öffentlich-rechtlichen Rundfunks nicht durchsteigen. Sie fühlen sich deswegen nicht minderwertig, aber ausgeschlossen. Frankreich hat seine gemeinsame Sprache verloren. Das Tischtuch ist zerschnitten. Und all das können wir nun schon seit mehreren Samstagen sehr konkret in Paris mitverfolgen, immer im selben schicken Stadtviertel. Das Funkhaus befindet sich im 16. Pariser Arrondissement, in der Allee, die nach einem ermordeten Präsidenten benannt ist. Um in ein paar Stunden wieder dorthin zu gelangen, muss ich die Avenue Kléber hinuntergehen, wo die Protestler vor dem *Peninsula*-Hotel gerade ein paar Mercedes abfackeln. Und jetzt hört euch mal die völlig abgehobene Frage an, die Nathan um sieben Uhr morgens einem Essayisten stellte: »Wie analysieren Sie diese Verschiebung und das, was dieser Tropismus in Bezug auf uns und die Gesellschaft infrage stellt?« Die Sprache, die ich an der Pariser Sciences Po gelernt habe – und Nathan an der Normale sup –, ist kein Französisch, sondern ein Morsecode für sartrianische Arschgeigen. Ein Fachchinesisch, an dem sich die »Besserwisser« gegenseitig berauschen. Eine Beleidigung für das Volk. Wann immer ein Manager einen Anglizismus verwendet wie »die Challenge annehmen« statt »machen« oder ein Problem »adressieren« statt »ansprechen«, tut er das, um einen Wandel zu rechtfertigen. Die Neo-Elenden sehen sich lieber russisches Verschwörungsfernsehen an, als eine Sendung im französischen öffentlich-rechtlichen Rundfunk zu hören. Und wenn der Präsident die Idee einer »großen nationalen Debatte« äußert, fällt niemandem die begriffliche Doppelbödigkeit auf: Da sitzt auf der einen Seite ein disputierender ENA-Absolvent, und ihm gegenüber sitzen Bürger, die einen Disput um ihr Leben austragen.

4

Das Gebot der Stunde lautet: »Nimm dich selbst nicht ernst.« Aber wenn niemand etwas ernst nimmt, in was für einer Welt leben wir dann? Es ist an der Zeit, dass ich es eingestehe: Diese Maskerade existiert für mich seit der Gründung des Caca's Club 1984.

Normalerweise hat ein Klub immer ein bestimmtes Ziel: Golf oder Tennis spielen, über die Zukunft Frankreichs nachdenken, sich mit Geschäftsleuten zum Abendessen treffen oder mit Jazzfans auf ein Konzert gehen … Ich verfolgte mit meinem Klub keinen bestimmten Plan, außer alle angesagten Nachtclubs zu zerstören und Paris mit einem riesigen Haufen Scheiße zu überziehen. Abgesehen von den Dada-Treffen im *Cabaret Voltaire* (Zürich) kennt man nicht viele Klubs, deren Daseinsberechtigung so breitspurig auf Sinnlosigkeit gründet. Das Interesse der Print- und Rundfunkmedien am Caca's Club steigerte die Absurdität meiner Situation. Je häufiger ich mich öffentlich äußerte, desto mehr verkehrte sich das Lächerliche in eine künstlerische Performance. Wenn ihr zwanzig seid und euer Ruhm im Wesentlichen darauf beruht, dass ihr bei *Bains de minuit* ein Glas Champagner mit dem Ohr getrunken habt, dann läuft etwas nicht ganz rund in dieser Welt. Wir bildeten uns etwas darauf ein, skurril zu sein, und die ganze Gesellschaft ermutigte uns dazu. Ich hatte, von meinem Nihilismus abgesehen, absolut nichts zu verkaufen. Keiner aus dem Caca's hat je auch nur einen Franc mit der Unternehmung verdient. Der Eintritt war frei, das Geld für die Getränke verblieb in den Kassen der Locations, die sich bereit erklärt hatten, meinen Sauhaufen in ihren Räumen zu empfangen. Nie war ein Partyverein so selbstlos und so pleite. Es war mein ganzer Stolz: Alle Führungskräfte des Caca's machten ein Minus, und der Klub schrieb dauerhaft Verluste, genau wie Frankreich.

Jahre nach dem Ende des Caca's Club habe ich Tom Wolfes Roman *Ich bin Charlotte Simmons* gelesen, und erst da begriff ich, was ich selbst erlebt hatte. Das Buch erzählt von der moralischen Verwahrlosung der Studenten an amerikanischen Elite-Highschools. Charlotte Simmons, eine süße, unschuldige Provinzgans, landet vollkommen naiv und als Jungfrau auf dem Campus der zur Ivy League zählenden Dupont-Universität, wo sie sich mit der Sexbesessenheit und dem Alkoholismus einer Horde pickliger Postpubertärer konfrontiert sieht. Keiner lernt für irgendein Fach, alle denken nur ans Saufen und an die nächste Kostümparty. Dabei sind sie allesamt erwachsen, stammen aus den vornehmsten Familien der Vereinigten Staaten, sind exzellente Schüler mit bester Kinderstube, kurzum: Sie stehen an der Spitze der Gesellschaft – doch ihr Hauptanliegen ist es, möglichst viel zu ficken, und zwar mit möglichst vielen verschiedenen Menschen, am besten im Vollrausch. Der Satiriker

Tom Wolfe stellte das Lotterleben zukünftiger CEOs von Großunternehmen zwischen Schulabschluss und erstem Lehman-Brothers-Praktikum dar und wollte damit das dekadente Verhalten der goldenen Jugend Amerikas anprangern. Wenn ich mir heute die Fotos vom Caca's ansehe, wird mir klar, dass mein Klub ein ähnlich ausschweifendes Intermezzo im Leben der meisten seiner Mitglieder war. Eine Art Initiationsritus. Bevor man CEO, Banker, Wirtschaftsanwalt, Werber oder Minister wurde, musste man sich zunächst ordentlich die Kante geben, sich verkleiden, alles flachlegen, was nicht bei drei auf den Bäumen war, in fremde Betten kotzen, um dann wieder ins Glied zurücktreten zu können und ein »Mädchen aus gutem Hause« zu heiraten, Geld zu scheffeln und sich fortzupflanzen. Gewiss ist das ein Kollateralschaden des Inzuchtsystems der Grandes Écoles. Die furchtbare Paukerei in den Vorbereitungsklassen (HEC, Sciences Po, Hypokhâgne oder Maths Sup) verwandelt die französische Elite in eine Schar von Robotern, die erst eine Sicherung durchbrennen lassen müssen, um wieder menschliche Gestalt anzunehmen. Der Caca's Club war für die Pariser Bourgeoisie das, was die Universität von Dupont für Charlotte Simmons bedeutet: eine Orgie, die den Wahnsinn eines bestimmten privilegierten Milieus festigte, indem sie ihn kanalisierte. Im weiteren Sinne kann man den Caca's Club – wie auch die Humoristen im öffentlichen Dienst – als eine Störung betrachten, die von der Pariser High Society toleriert wurde, um die Ordnung des Systems aufrechtzuerhalten. In einem Leben, das etwa achtzig Jahre dauert, gesteht der Kapitalismus seinen künftigen Chefs zwischen Abitur und

Übernahme der Schalthebel ein knappes Jahrzehnt der Sauferei zu. Aus diesem Grund räumen die meisten Mitglieder des Caca's Club, wenn man sie danach fragt, aufrichtig ein, sich an nichts mehr zu erinnern. Dies sagen sie nicht aus Scham oder Schuldgefühl: Amnesie ist Teil des Ehrenkodex, wie beim Karneval in Venedig, wo alle Exzesse erlaubt sind, solange jeder die Maske im Gesicht behält.

Als Sohn großbürgerlicher Achtundsechziger glaubte ich tatsächlich, dass Ironie eine Form der Revolte sei. Dazu muss man verstehen, was es hieß, in den 1980er-Jahren zwanzig zu sein. Meine Eltern hatten als Kinder den Krieg erlebt, danach die *Trente Glorieuses*, die glorreichen dreißig Jahre nach 1945 samt Wiederaufbau und Amerikanisierung der französischen Gesellschaft. Nach den gescheiterten Utopien der Siebzigerjahre (Larzac-Schafe, Grateful-Dead-Platten, freie Liebe und damit einhergehende, üblich gewordene Scheidungen) kam es in den Achtzigern zu einer explosionsartigen Ausbreitung von Werbung, Punk und Synthiepop, von Ska und Marketing. Es war das bei Weitem zynischste Jahrzehnt des vergangenen Jahrhunderts und zugleich auch das frivolste, neben den *Années folles* zwischen den beiden Weltkriegen. Disco, New Wave, Kokain und die selbstironische Art der 1980er-Jahre kamen den letzten Zuckungen der Freiheit gleich: der Gesang der Grille, bevor das Ameisenleben Einzug hielt. Ich war zwanzig, als die Luxusindustrie als einziger Hoffnungsschimmer am französischen Horizont aufkam. Der Konsum war totalitär, das Lächeln obligatorisch: Dieser Wahnsinn stammt aus den Achtzigern. Sich politisch zu äußern galt entweder als nervig oder als altmodisch. Ich möchte dem schlimmsten Feind meiner sozialen Klasse Anerkennung zollen: François Mitterrand. Seine Wahl im Jahr 1981 veränderte mein Land tiefgreifend. Plötzlich wurde in den Radiosendern frei heraus herumgealbert: Ich zog mir die absurdesten Spinnereien, Fäkalwitze, überdrehte Kolumnen und Tanzmusik auf Carbone 14, Radio Nova, Kiss FM, Radio Tour Eiffel rein … Der Caca's Club wurde im selben Jahr gegründet wie der Fernsehkanal TF+. Mit Zeitschriften wie *Globe, Actuel, City, Façade, Égoïste,* den Bars in der Rue Quincampoix, der Diskothek *Les Bains Douches,* den Stylisten und Fotografen Jean-Paul Goude und Jean-Baptiste Mondino, den Modeschöpfern Claude Montana, Thierry Mugler und Jean-Paul Gaultier und den blauen Cocktails in V-förmigen Gläsern riefen die Achtzigerjahre eine Art französische *Movida* ins Leben. Es tummelten sich so viele Menschen auf den Tanzflächen, dass man mit zusammengepressten Füßen tanzen musste, praktisch ohne sich zu bewegen, und stattdessen mit den Armen Wellen in die Luft malte, um weniger Platz in Anspruch zu nehmen. Die Tanzenden sahen so aus wie ihre dreieckigen Cocktailgläser. Ein Rap-Song (der erste auf Französisch) der Gruppe Chagrin d'amour fasst diese Ära zusammen:

Chacun fait, fait, fait,
C'qui lui plaît, plaît, plaît.

Jeder macht, macht, macht,
Was ihm gefällt, -fällt, -fällt.

Das Stück erzählt von einer durchkoksten Nacht, die mit einer Prostituierten in einem Hotel endet:

L'précipice est au bout,
L'précipice on s'en fout.

Am Ende kommt der Absturz,
Doch der Absturz ist uns schnurz.

Was war das für eine Party! Ich habe wirklich geglaubt, dass sie nie enden würde.

5

Anfang der 1990er-Jahre, mit der Ablösung der New-Wave-Bewegung durch den Techno, begannen die Dinge sich zu verändern. Ich wurde mit einem Schlag alt, als Yazoo und Orchestral Manoeuvres in the Dark die Bühne für Stardust und Daft Punk räumen mussten. Die Musik war fast die gleiche … nur: Es war nicht mehr meine Generation. (Wenn jemand den Unterschied zwischen Deutsch-Amerikanischer Freundschaft und Gesaffelstein erklären kann, erhebe er sich auf der Stelle oder schweige für immer!) Oder lag es an dieser neuen Krankheit, die einen nötigte, sich ein Gummi über den Schwanz zu ziehen, bevor man ein bisschen Spaß unter Freunden auch nur in Erwägung ziehen durfte? Mit der Erfindung des Mobiltelefons gestaltete sich das Feiern außerdem völlig neu. Es ist unmöglich, sich hundertprozentig gehen zu lassen, wenn man jederzeit mit einem »Wo bist du? Was machst du?« von seiner Freundin zurückgepfiffen werden kann. Seit es das Handy und das Internet gibt, glaubt jeder Nachtschwärmer, dass *woanders* mehr los ist. Und vielleicht stimmte es sogar, dass woanders die besseren Partys stattfanden? Ich verkörperte etwas

Ranziges, Überkommenes, eine unerträgliche Selbstherrlichkeit, ein Netzwerk, über das man die Nase rümpfte. Seien wir ehrlich: Schon Mitte der Neunziger war der Caca's Club ein Auslaufmodell. Ich hatte im Nachtleben nichts mehr zu melden; mir blieb nur noch die künstlerische Verwertung meines dekadenten Images. Man improvisierte jetzt demokratische »Raves« auf der Straße, auf Parkplätzen, auf Brachflächen und in Steinbrüchen in der Nähe von Paris. Die Jugend ließ sich von dieser neuen Form des Feierns in den Bann ziehen, bei der man eintauchte in eine schäumende Masse aus Unbekannten. Und dann die Entdeckung von Ecstasy … einer Pille, die neue Horizonte eröffnete. Die keine Lust auf geschlossene Clubs weckte, sondern auf chemische Osmose mit Tausenden schwitzenden Menschen.

Ich bin nicht stolz darauf, dass ich nicht in der Lage war, die bestehende Ordnung auch nur ansatzweise umzukrempeln, aber es erstaunt mich, wie extrem geschmeidig sich meine ganze Generation in die individualistischste Gesellschaft aller Zeiten eingefügt und die Pflastersteine von '68 durch eine Handvoll Konfetti ersetzt hat. Ich gehöre zu den letzten Jahrgängen, die relativ leicht einen Job gefunden haben. War das der Grund, warum wir ständig auf unsere Arbeitgeber spuckten? Die Revolution, die echte, die wir nicht vollzogen haben, ist nun eingetroffen. Alles, was ich noch tun kann, ist, mein Haupt vor den Richtern des Volkstribunals zu senken, damit sie mich sauberer köpfen können. Damals wussten wir noch nicht, dass Selbstironie bloß eine Form der Resignation ist. Ich erinnere mich an eine meiner Partys, auf der sämtliche Gäste als Piraten verkleidet waren;

ich hoffe, ich bin es immer noch. Eine Sache jedenfalls habe ich mir seit dem Caca's bewahrt, nämlich, dass mich ab einer bestimmten Uhrzeit nichts mehr schockieren kann. Ich habe alles gesehen, alles erlebt, und doch werde ich mein Leben lang auf der Suche nach dem MIB (Maximaler Intergalaktischer Bullshit) bleiben. Einige aus dem Caca's haben lieber J. D. Salinger als Alain Minc gelesen: Sie wurden Schriftsteller oder begingen Selbstmord. Die anderen Mitglieder des Clubs lenken als Steuerflüchtlinge in London, Singapur, Genf, Hongkong oder Brüssel den westlichen Kapitalismus, haben sich jedoch diesen tief verwurzelten Überlebensreflex erhalten: Nimm niemals etwas tragisch, solange es noch eine Flasche gekühlten Champagner gibt. Es geht nicht darum, die Kameraden, die »zurück ins Glied getreten sind«, gegen die in der analen Phase Steckengebliebenen auszuspielen. Jeder hat die Last dieses flirrenden Erbes getragen, so gut er konnte. Es wegzuwerfen oder darin zu schwelgen sind zwei gleichermaßen nutzlose Ansätze. Heute weiß ich, dass das verlorene Paradies darin besteht, losgelöst von der Realität in einer unverantwortlichen Welt zu leben, in der es erlaubt ist, jung, dumm, hässlich und betrunken zu sein. Mein ganzes Leben habe ich an die festliche Lösung geglaubt, in der Überzeugung, dass der Kater mich jung halten und ich niemals fünfzig werden würde. Inzwischen bin ich über die Fünfzig hinaus und zahle, fluchend wie alle, meine Steuern … Auch wenn ich heute anders auf das Vergangene blicke, muss ich dabei lächeln und hebe trotzig mein markantes Kinn, denn die Schätze, die ich in meiner Erinnerung trage, lasse ich mir weder von La France insoumise noch vom Rassemblement National nehmen. Und wenn mich meine Enkelkinder in ein paar Jahren fragen, was der Caca's Club war, werde ich ihnen mit Tränen in den Augen antworten: meine Noblesse.

3 Uhr morgens

Damit es Kunst gibt, damit es irgendein ästhetisches Tun und Schauen gibt, dazu ist eine physiologische Vorbedingung unumgänglich: der Rausch.

Friedrich Nietzsche, *Götzen-Dämmerung oder Wie man mit dem Hammer philosophiert*, 1889

1

Ab einem bestimmten Alter muss man darauf verzichten, gratis zu ficken. Die Eroberung von Frauen erfordert eine zu hohe körperliche Kraftanstrengung: Wodka-Karamell-Shots, Nasenpuder, spätes Zubettgehen, wilden Sex ohne Kondom und Ejakulation, regelmäßiges Einwerfen von Cialis ... Zu viele Herzinfarktrisiken. Lange Zeit war ich ein Fan von Escort-Wettbewerben in den Clubs des 8. Arrondissements. Wer im *Raspoutine, Noto, Victoria* oder *Matignon* die meisten scharfen Bräute an seinem Tisch versammelte, hatte gewonnen. Das war ein Riesenspaß, kostete eine Stange Geld und ersparte einem eine schmerzliche Abfuhr. Es ist beruhigend, wenn du weißt, du kannst alle Moldauerinnen am Tisch haben. Schluss mit den Ängsten und Demütigungen. Du bist der Größte, wenn du auf über ein Dutzend Nutten kommst. Im *Arc* kriegen die Mädels die Getränke umsonst, das heißt, sie sind betrunkener als du selbst. Wenn ich mir überlege, dass manche Fünfzigjährige sich schämen, mit Zwanzigjährigen durch die Nacht zu ziehen! Ich nicht! Mir graut am meisten davor, allein nach Hause zu gehen; ich fürchte mich vor meiner rechten Hand.

Definition von Kapitalismus: Du hast es geschafft, wenn es deinen Freunden schlechter geht als dir. Inzwischen sitze ich an einem Tisch im *Victoria* mit Milica, einer gebürtigen St. Petersburgerin, die mich für einen Raskolnikow hält, der nicht die Eier hätte, seine Hausmeisterin kaltzumachen. Wir unterhalten uns, ohne einander anzusehen, unsere Gesichter sind dem rauchenden Arc de Triomphe zugewandt.

»Trump is sexy«, sagt Milica.

»What??! Dieses dumme Schwein?«

»Ja, er erregt mich sexuell, ich schwöre dir, wenn ich mir selbst das Blümchen streichle, denke ich oft an ihn.«

»An diesen rotgesichtigen Fettsack mit der blonden Perücke?«

»Meistens komme ich, wenn ich mir vorstelle, dass seine Frau ihn anpinkelt. Oder wenn ich mir einen Dreier mit Ivanka, Melania und Jared Kushner ausmale.«

»Obama sah tausendmal besser aus.«

»Der hagere Schwarze mit seiner schnuckligen Misses, also … *No way!* Trump ist viel, viel reicher, er und seine ganze Familie, die sehen aus wie tschechische Pornostars. Du weißt, dass Ivana, die Mutter von Ivanka, Tschechin ist? Und jeder mit Föhnfrisur und einem Haufen Kohle, bestimmt duften sie nach Giorgio, und alle haben anscheinend eine Macke …«

»Mein Kumpel Alé de Basseville hat Melania mal nackt mit einem schwedischen Model fotografiert, die muss ganz schön schnippisch sein. Irgendwie lustig, dass ausgerechnet eine geliftete Slowenin die freie Welt anführt.«

»*Oh my God*, ich fände es so geil, wenn die mir in den Mund pullern würde.«

Für Milica sprachen eigentlich nur ihre Fotogenität auf Instagram, ihre Pünktlichkeit, wenn ich mich in letzter Minute per SMS mit ihr verabredete, und ihre Beine. Zwei unendlich lange Stelzen, je ein Meter sechsundfünfzig (ich habe mit einem Zollstock nachgemessen). Ihr werdet fragen: Was zum Teufel hattest du mit diesem Garderobenständer zu schaffen? Und ich werde euch sagen: Ich hörte ihr zu. Unsere Beziehung funktionierte über intellektuelle Osmose. Ich wusste, dass sie reichlich Drogen nahm und mich bei ihren bisexuellen Freundinnen schlechtmachte – sie hatte mir mal den Spitznamen »Mister Bean« gegeben, als ich so dicht war, dass ich über alle Möbel stolperte –, aber das war nicht das Aufregendste an ihr. Was mich richtig heißmachte, war, dass sie mich nicht liebte, nie geliebt hatte und nie lieben würde. Und sie war unglaublich komisch! Ich habe es ihr nie gesagt, aber um zu kommen, schloss ich manchmal die Augen und dachte an das Cover der März-Ausgabe von *Numéro*, auf dem sie in kontrastreichem Schwarz-Weiß nackt von oben zu sehen war. Sie stand im Hohlkreuz unter der Dusche und hatte Gänsehaut, eine Locke ihres langen schwarzen Haars klebte zwischen den dunklen Brustwarzen. Ihre Boshaftigkeit trieb mich zum Höhepunkt.

Auf dem lila ummauerten Balkon zur Place de l'Étoile fülle ich sie nach allen Regeln der Kunst ab. Nach jeder Line knutschen wir wild herum, aber unsere schweren, trockenen Zungen pappen ohne einen Funken Leidenschaft aneinander.

Wo oben kein Speichel ist, ist unten auch kein Saft. Koks macht dich scharf, kommt dir beim Vögeln aber in die Quere. Kein Wunder, dass dieses Pulver die Eliten schizophren werden lässt. Milica sagt, sie wolle sich umbringen, weil es keinen Patrón-Tequila mehr gibt. Die Autos kreisen um den im Inneren schwer beschädigten Arc de Triomphe wie Planeten, die in ein schwarzes Loch gesaugt werden. Ich habe mir beim Sniffen eine Erkältung geholt. Polizeihubschrauber durchbohren den Himmel, sie beobachten die brennenden BMWs, die die Fassaden der Gebäude auf der Avenue Foch erleuchten. Ich habe das Gefühl, dass ich zwei Wochen brauche, um die Treppe zu den Toiletten hinunterzugehen.

Da ich nicht mehr sprechen kann, schreibe ich das Folgende auf einen EC-Kartenbeleg: »Die Champs-Élysées haben es seit der Schließung des *Queen* auf jeden Fall verdient, niedergebrannt zu werden. Du siehst aus wie Faye Dunaway in *Die drei Tage des Condor*, als Robert Redford sie in seinem Badezimmer an den Heizkörper fesselt und einsperrt.«

Sie nennt mich »schräg«. Alle Millennials, sogar die aus Russland, benutzen dieses Wort, um etwas oder jemanden herabzuwürdigen. Wie »weird« im Englischen wird es synonym gebraucht für »verrückt«, »bizarr«, »krank«, »kompliziert«, »beängstigend«, »irre«, »pervers«, »besessen«, »originell«, »anders«, »frei«, »menschlich«.

Es ist fast drei Uhr morgens, und der Plasmabildschirm zeigt Stadtguerilla-Szenen auf den Champs-Élysées, die von BFMTV übertragen werden. Plötzlich sehe ich, dass das *Fouquet's* in Flammen steht! Man weiß nicht, wer hinter dem Brand des Lokals steckt, die Polizei oder die Demonstranten. Die Bilder werden um die Welt gehen. Da ist es, mein Thema für die Kolumne morgen früh. Ich werde über das Feuer in der Bar schreiben, in der ich vor fünf Stunden noch gesessen habe. Ich sollte mich freuen, dass die Demonstranten Garcias neue Einrichtung verwüstet haben, stattdessen bin ich entsetzt, denn ich erkenne meine Freunde wieder, die Kellner, den Barkeeper, das Personal, das sich in die Küche geflüchtet hat und über den Notausgang auf der Rückseite evakuiert wurde, ich sehe die Tische, die Stühle, das gesamte Mobiliar, alles wurde auf den Kopf gestellt, die eingeschlagenen Fenster, o mein Gott, wie wütend muss man sein, um so über die Kantine von Raimu und Colette herzufallen (Letztere wohnte 1931 gleich gegenüber, im sechsten Stock des Hotels *Claridge*). Ein anderes Bild lässt mich wiederum schmunzeln: Drei Demonstranten teilen sich eine Flasche Chivas mitten auf den Champs, zwischen den brennenden Palisaden und zwei Einheiten der Bereitschaftspolizei. Seit die Menschen sich das Feuer zunutze gemacht haben, verbrennen sie, was ihnen in die Finger kommt. Holz, Kohle, Öl, Gas, Cafés, Wolkenkratzer, Tiere, andere Menschen. Kein Wunder, dass sich das Klima zunehmend erwärmt.

Es hat angefangen zu regnen, was den Feuerwehrleuten beim Löschen der Flammen hilft.

2

»Milica, macht es dir eigentlich nichts aus, dich mit einem *Has-been* zu unterhalten?«

»Du bist nicht *has-been*, du hast einen Hashtag!«

Milica führt mir vor, dass sie, wenn sie #octaveparango eingibt, auf Tausende Einträge stößt. Insofern ist noch nicht alle Hoffnung verloren.

»Ich habe einen #, also bin ich!«

Ich schlecke über ihren nach Grenadine duftenden Hals.

»Liebling, dein Hals ist so süß, dass er meinen Blutzucker in die Höhe treibt. Wenn ich in dein Vanilleohr beiße, riskiere ich als Typ-2-Diabetiker, dass ich meine Füße nicht mehr spüre, und wenn ich an deinen fruchtigen Lippen lutsche, könnte es sein, dass ich blind werde.«

Seit dreißig Jahren rufe ich mit meinen Blödeleien zur Revolution auf, und jetzt, da sie im *Fouquet's* im vollen Gange ist, fünfhundert Meter vom Élysée-Palast entfernt, schlottern mir die Knie, ich rudere zurück und fühle mich erbärmlich. Mir wird bewusst, dass ich immer schon zum gegnerischen Lager gehörte, seit meiner Geburt im Departement 92. Die unzähligen Anstrengungen, die ich unternommen habe, um dem sozialen Determinismus zu entkommen, waren bloß klägliche Versuche, als cooler Typ durchzugehen. Die Wahrheit ekelt mich an: Ich bin ein Salonkommunist, nichts weiter. Diese Revolution ereignet sich zu spät, und sie ist schmutzig, rau, chaotisch, unvermittelt, unorganisiert. Ich weiß nicht, was diese improvisierten Barrikaden rund um die Place de l'Étoile sollen, ich saß oben auf meinem Medienolymp und habe diese Wut nicht kommen sehen. Von wegen: eine wöchentliche Revolution? Es hat etwas von *Saturday Night Fever*, wie diese Kriminellen jedes Wochenende in die Hauptstadt pilgern, um Geschäfte plattzumachen, deren Ware sie sich nicht leisten können. Im Gegensatz zu den Tänzerinnen aus dem *Crazy Horse* will ich keine Veränderung und habe sie auch nie gewollt, ich fürchte mich davor, ich habe zu viel zu verlieren. Ängstlich klammere ich mich an meine letzten Privilegien. Um nichts in der Welt würde ich auf meinen Logenplatz bei den French Open verzichten oder auf meine rosa Karte mit den gelben Punkten, mit der ich bei den Filmfestspielen in Cannes an der Warteschlange vorbeilaufen kann. Ich sehe wohl, dass das Boot sinkt, aber anstatt Wasser zu schöpfen oder den Schiffbrüchigen Rettungsringe zuzuwerfen, stoße ich Frauen und Kinder in Schwimmwesten beiseite, um ein paar weitere Jahre bürgerlichen Komforts herauszuschlagen. Ich streune gern durchs 8. Arrondissement, weil es nachts ein leeres Büroviertel ist; ich habe nicht damit gerechnet, hier so viele vermummte Aktivisten anzutreffen. In der Vergangenheit zogen die Demonstrationen von République bis Nation, sie tangierten Schickimickis wie mich nicht. Die Randalierer auf den Champs-Élysées haben offenbar erkannt, dass es nichts bringt, durch Viertel zu marschieren, die pleite sind. Zwei Figaret-Plakate, Porträts von mir in Schwarz-Weiß, wurden getaggt, mit Benzin übergossen und angezündet. Meine rechte Wange ist am Rand verkohlt. Vor meinem Bildnis steht eine aus einer Boutique um die Ecke gestohlene Schaufensterpuppe mit abgeschlagenem Kopf und ausgestrecktem Mittelfinger. Ich frage mich, welche Botschaft sich dahinter verbirgt.

Seltsamerweise ist es mir trotz jahrelanger Bemühungen nie wirklich gelungen, auf das Leid der in Neuilly geborenen Menschen aufmerksam zu machen.

Eine weitere Kolumne für den Papierkorb. Niemals könnte ich solche Wahrheiten im Radio verkünden. Ich stürze mit Milica auf die Herrentoilette. Ihr größter Spaß ist es, im Stehen in die Pissoirs der Jungs zu pinkeln. Der Gesichtsausdruck der Typen, wenn sie sehen, wie Milica auf Zwölf-Zentimeter-Absätzen ihr Höschen herunterlässt und mit einem perfekt geraden Strahl in die Schüssel zielt! Die Reinkarnation von Simone de Beauvoir im Pussy-Riot-Gewand. Ich schiebe mit meiner Mitgliedskarte vom *Club Albane* ein paar Lines auf dem schwarzen Marmor der Toilette zurecht. Als ich total betäubt aus der Kabine wanke, macht Milica sich über mich lustig. Nach dem Motto: Der Alte muss seine Brille zum Koksen aufsetzen. Ich bin oft ungewollt komisch.

»Weißt du, dass es absolut uncool ist, sich mit über fünfzig so abzuschießen?«

»Weißt du was, du kannst uns mal, mich und meine über fünfzig.«

Lila Lippen, cremige Haut und eine perfide Schläue:

Dieses Mädchen ist eine öffentliche Gefahr. Ich ziehe eine weitere Line direkt von meiner Hand. Und auf einmal springt mir die Wahrheit ins Auge. Ich bin es, auf den sie es abgesehen haben. Die Rebellen sind mir gefolgt. Sie haben den Streik im *Crazy* angezettelt, dann das *Fouquet's* und das Restaurant auf der Avenue de la Grande Armée in Brand gesteckt, sie fackeln jeden Ort ab, an dem ich vorbeikomme. Sie sind hinter mir her. Ganz sicher. Und ich habe das dringende Bedürfnis, diese Information in einer Dauerschleife an alle Welt weiterzugeben.

»Die Neonwesten suchen mich.«

»Klar doch, Octave.«

Auf der anderen Seite der Fensterfront schwärmen schwarz-gelbe Pulks wie Wespen durcheinander und werfen Glasflaschen gegen die Schutzschilde der Polizisten, die sich hinter herausgerissenen Baumgittern und gestapelten Metallbarrieren verschanzt haben. Dann sehe ich, wie die Stadtguerilleros ihre Kapuzen und Helme abnehmen, sich binnen fünf Sekunden umziehen, dabei langsam weiterlaufen, um nicht geschnappt zu werden. Ein paar dieser Hippie-Punks tragen Alan Moores *V wie Vendetta*-Maske, aber auf mich wirken sie wie Munchs *Schrei* auf Rollschuhen. In Frankreich tut man sich schwer, Aufrührern etwas zu verübeln. Jedes Jahr gedenkt man am 14. Juli, Frankreichs Nationalfeiertag, einer von der Polizei verbotenen Demonstration. Deshalb gelten Aufstände in Frankreich als heilig. Das Recht auf Wut ist hierzulande unantastbar. Die Revolution ist unsere DNA, unsere Republik ist aus einem gewalttätigen Chaos hervorgegangen, verursacht von einem Trupp Umstürzler, die erst ein Gefängnis stürmten und anschließend den König und seine Frau einen Kopf kürzer machten. Ich staune über die gebrochenen Schädel und Stirnbeine, bewundere die Tollkühnheit dieser jungen Menschen, die Schläge gegen Schienbeine, Kniescheiben, in den Magen, den Unterleib und sogar auf den Adamsapfel einstecken müssen.

Unsere Nation ist aus einem Aufruhr heraus geboren.

Milica zeigt sich besorgt über meinen Bluthochdruck. Sie rät mir, mit Ketamin gegenzusteuern.

»Gemischt mit Koks, ergibt das ein CK. Wie Calvin Klein. Du musst wieder runterkommen, du bist zu aufgedreht.«

»Danke, Doktor, für das Rezept.«

Sie steckt mir ihren Zeigefinger in die Nase. So weit ist es mit mir gekommen, denke ich. Und inhaliere das Pulver aus der Vertiefung ihres manikürten Nagels, der so türkis ist wie ihre Zunge, wenn sie Get 27 trinkt.

»Heißt das, du wählst deinen Nagellack passend zu deinem Drink? Das ist es, was mich an eurer Generation so anwidert: Nichts ist mehr spontan.«

3

Ich war kein schlechter Kolumnist, aber auch nicht der beste. Das war Pedro Mika. Als ich das begriff, ging ich blitzschnell dazu über, meine Mittelmäßigkeit als Faulheit auszugeben. Lieber sollten die Hörer denken »der ist stinkfaul« als »der ist total öde«. Das Ärgerliche ist, dass sie wahrscheinlich beides dachten. Schon bald war ich gefangen in meiner Rolle des Wichsers, der sich möglichst nicht das Hirn zermartert, um etwas Originelles zu Papier zu bringen. Schließlich war ich der Schriftsteller in der Runde, ich musste niemandem etwas beweisen, zumal keiner es von mir verlangte. Man wertschätzte mich, behandelte mich übermäßig respektvoll und betrachtete mich gleichzeitig als Anhängsel, als einen Spinner, der in der Riege der Berufskomiker vom öffentlichen Dienst außen vor blieb. Unter den Kolumnisten des Morgenmagazins war ich der Einzige, der nicht als One-Man-Show durch Frankreich tourte. Die anderen nutzten die Sendung, um für ihre Veranstaltungen zu trommeln. Ich hingegen kasperte aus reiner Hybris herum, ich wollte mich wieder wie früher im Caca's Club fühlen. Niemand erwartete etwas von mir, also habe ich nichts gegeben.

Mein Leben verläuft in zu ruhigen Bahnen, und ich versuche, diese Behaglichkeit zu hintertreiben, nachts, volltrunken, im Rausch … und mit meiner Livekolumne. Es gefiel mir schon immer, mich am Rande einer Katastrophe, am Abgrund zu bewegen, die Angst und das steigende Lampenfieber zu spüren, wenn ich Panik in Lauras Augen aufflackern sah, Jubel in Antonins und Bestürzung in Nathans Blick entdeckte. Als ich ein kleiner Junge war, schrieb meine Lehrerin unter meine Aufsätze: »Das kannst du besser.« Ich weiß nicht, warum, aber ständig dachten alle, dass bei mir noch Luft nach oben ist. Und wenn sie falsch damit lagen? Wenn ich es nicht besser konnte? Wäre es so unverzeihlich, einfach zu sagen, wie die Teilnehmer bei *Des Chiffres et des Lettres*, wenn sie nicht das gewünschte Ergebnis erreichen: »Besser geht's nicht«? Bei meinen öffentlichen Auftritten versuche ich verzweifelt, dekadent rüberzukommen, dabei bin ich ein Schnösel, der mit abgespreiztem kleinen Finger auf einem Gesellschaftsball herumsteht. Ich arbeite mit viel Aufwand am Image des kaputten Typs, dabei bin ich ein Hypochonder. Woher rührt dieser Wunsch, mich zu besudeln? Von Serge Gainsbourg. Von Charles Bukowski. Von Antoine Blondin und Alain Pacadis. Von Paul Verlaine und Alfred de Musset. Von Dorian Gray und Jean des Esseintes. Und vom Caca's Club.

Heute wäre es unmöglich, Partys zu organisieren, wie sie der Caca's Club damals veranstaltete. Ich erinnere mich an einen Tschernobyl-Abend 1986, kurz nach der Atomkatastrophe, zu dem zweihundert Gäste in Schutzanzügen oder irgendwie mit Latex verunstaltet kamen. Ich selbst hatte drei Arme, eine offene, blutige Nase, einen kahlen Schädel, war geschminkt von einem Profi für Kinospezialeffekte, mit Pusteln auf Stirn und Wangen. Heute würden wir mit dieser Art schwarzem Humor zu einer improvisierten Feier in Neonwesten einladen, natürlich im *Club de l'Arc*, mit zweihundert Söhnen und Töchtern aus gutem Hause, die Augenbinden à la Jérôme Rodrigues tragen, Molotowcocktails trinken und von Einsatzkräften mit Gasmasken überwacht werden, während auf der Tanzfläche Rauchfontänen aufsteigen. Selbstverständlich würde man uns lynchen. Auf Facebook und Twitter wäre ein Preis auf meinen Kopf ausgesetzt. Seinen Ursprung hat solcher Humor in den Parodien von Jalons, dem Witz von *Hara-Kiri*, von Professeur Choron, den ich im Castel kennenlernte, und dem Klamauk von *Les Nuls*, der in den Jahren nach dem Kalten Krieg auf TF+ lief.

Apropos nach dem Kalten Krieg: Der Fall der Berliner Mauer brachte 1989 eine Befreiung ohne Krieg. Seit dreißig Jahren begehen wir feierlich das Ende dieses Nichtkriegs zwischen den Vereinigten Staaten und der UdSSR. Der Sieg des Kapitalismus über den Kommunismus war der Sieg des Zynismus über die Hoffnung. Mein Hang zur Ironie ist unter anderem das Ergebnis einer pubertären Aufsässigkeit, einer im Grunde harmlosen studentischen Phase der Rebellion gegen mein privilegiertes soziales Milieu. Eine solche Phase sollte sich nach ein paar Jahren, höchstens zehn, erledigt haben. Komisch in meinem Fall ist, dass sie sich bis ins Unendliche fortsetzt.

Der Caca's Club erblickte 1984 das Licht der Welt. Und zwar in Gestalt von fünf zwanzigjährigen Jungs, die sich in Smokings auf vornehmen Bällen zu Tode langweilten:

im Argentré-, im Turckheim-Girod de l'Ain-, im Schlumberger-, im O'Neill-, im Amic-, im Bremond d'Ars-Klub. Jeden Samstagabend erhielten wir Einladungen auf Bristolkarton und in Englischer Schreibschrift zu einer steifen Feierlichkeit der Gesellschaft des Cercle Interallié, des Jockey Club, des Cercle Militaire, des Polo de Bagatelle, des Tir-aux-pigeons, des Pré-Catelan oder der Association France-Amériques. Unser Quintett trank, ließ aber noch die Finger von Drogen. Jeden Sonntagabend nach einem solchen Fest trafen wir uns in einer der Pizzerien in Saint-Germain-des-Prés und sorgten dort für Unruhe, bis die Besitzer eingriffen und uns gewaltsam hinausbegleiteten, ohne dass wir zahlen mussten. Eines Abends hob Charles de Livonnière unseren Verein aus der Taufe. Von einem Kellner vor die Tür gesetzt, verkündete er mit aufgesetztem italienischen Akzent: »Ein bisschen Respekt, wir sind immerhin Mitglieder des Caca's Club!« Der englische besitzanzeigende Apostroph war ein spöttischer Seitenhieb auf das *Annabel's*, das *Regine's*, das *Maxim's*, das *Griffin's* und all die noblen Orte, an denen sich der internationale Snobismus versammelte. Den kindischsten Fäkalausdruck mit dem symbolischen Possessiv des modernen Chics zu verbinden: Das war eine Trouvaille mit durchschlagender Wirkungskraft. »Caca's Club«: Der Name passte nur zu gut zu uns, die wir von nichts anderem sprachen als von Kacke, Pisse, Kotze, Ärschen, Schwänzen, Fotzen, Alkohol und Gras, während unsere Eltern ihren Beitrag zum CAC 40 leisteten. Ich muss ehrlicherweise gestehen, dass ich mich auch mit über fünfzig schnell langweile, wenn es nicht um diese Themen geht. Über Pennäler-, Fäkal-,

Porno- und Trash-Witze amüsiere ich mich immer noch wie ein kleiner Junge. Ich mag Rabelais, die Filme von Apatow oder *Hangover* und *Project X*. Ich bin ein Kindskopf, »unverbesserlich« ist das passende Wort, um meinen Infantilismus zu beschreiben. Wir mussten das Akronym nur noch mit Bedeutung füllen: Nach einigen Treffen entschieden wir uns für »Club des Analphabètes, Cons mais Attachants« – Club der Analphabeten (das waren wir in ausreichendem Maße und blieben es), dämlich, aber liebenswert (Selbstironie, kompensiert durch den Wunsch zu gefallen: Man sieht, schon damals waren wir Nutten). Fünf zurückgebliebene Teenager, die schlechten Umgang pflegten und der Meinung waren, dass ihr seelisches Gleichgewicht deutlich zu kurz kam, wenn sie nur am Samstagabend ausgingen, und die sich wie Rüpel aufführten, damit man ihnen ihr Glück verzieh, mit einem silbernen Löffel im Mund zur Welt gekommen zu sein: Das war es, worum es anfangs beim Caca's Club ging.

4

Seit dreißig Jahren verbreitet die Presse Unsinn über unseren Verbrecherverein. Man hält ihn für eine Sekte, eine P2-Loge, ein allmächtiges Komplott, eine neue Form der Freimaurerei. Ich bin froh, dass ich nun endlich klarstellen kann: Wir waren einfach ein Haufen Idioten. In alphabetischer Reihenfolge hier die Gründer des Clubs: Stéphane Haskell, Charles de Livonnière, Édouard Lussan. Guillaume Rappeneau und meine Wenigkeit. Stéphane war der Schönste, Charles der Lustigste, Édouard der Fantasievollste, Guillaume der Verrückteste, und ich … Ich glaube, ich war derjenige, der am dringendsten wollte, dass die Leute über ihn sprachen, aus undurchsichtigen Gründen, die mein Gesamtwerk bisher nicht aufzuklären vermochte. Eine abstruse Zusammensetzung, aber perfekt, um die Sache ins Laufen zu bringen: Stéphane war der Playboy unserer Clique, ein mysteriöser Dunkelhaariger, der zur Familie Gallimard gehörte und seine Angst hinter einem breiten Lächeln verbarg; Charles, der Kleinste, sagte und machte nur Unfug wie ein übermütiges Kind, er hat sich nie geändert, war und blieb der Einfallsreichste der Gruppe; Édouard, der vermeintliche Schweiger und König des Sarkasmus, zeichnete Kriegsszenen, kannte alle Horrorfilme auswendig und brach sanft die Herzen der masochistischen Mädchen, die sich regelmäßig in ihn verliebten; und Guillaume … nun, Guillaume war der Rebellischste unter uns: Seit er sechzehn war, ging er ins *Apocalypse,* wo der Rest von uns nicht reinkam, und trieb sich mit Gaunern, Leuten aus dem Showbiz und den Edelnutten von Madame Claude herum; was mich betrifft, mit meinem ausgeprägten Kinn, meiner Brille und meiner spargeligen Statur … Ich begriff sofort, dass ich mehr Frauen küssen würde, wenn ich mich diesen Jungs anschloss. Warum verstanden wir uns so gut? Wir werden es nie wissen, nichts wurde je analysiert oder reflektiert, aber wir hatten mit Sicherheit Spaß zusammen. In meiner Erinnerung haben wir die ganzen Achtziger- und Neunzigerjahre ausschließlich damit verbracht zu lachen. Nichts anderes reichte da heran: Das Studium, die Zukunft, Frankreich, die Liebe und sogar der Sex waren zweitrangig gegenüber unserer Kavalkade, wie Bruno de Stabenrath, der bald zum festen Stamm gehörte, es nannte. Als sich manche Leute fragten, was zum Teufel sie auf unserem Kahn zu suchen hatten, war der Untergang bereits eingeläutet. In der Zwischenzeit hatten zehn Jahre infantilen Wahnsinns angeblich tiefe Augenringe in unseren Gesichtern hinterlassen. Zehn Jahre: achtzig Kostümfeste jeder Art an den ungewöhnlichsten Orten. Partys, deren Mottos sich aus aktuellen Ereignissen oder Ideen ergaben, mit denen wir unsere Lieblingsfilme oder die Platten, die wir gerade hörten, parodierten, Spott, Neckereien, Pariser Skandale und alberne Provokationen. Je blödsinniger, desto stolzer waren wir auf uns. Als Wild Bunch im Mai 2014 zum Start von Abel Ferraras neuestem Film eine »DSK«-Party in Cannes steigen ließ, zu der die Jungs in Bademänteln und die Mädels als Dienstmädchen gingen, fanden das alle geschmacklos, vulgär, dumm. Ich dachte sofort: Eine Idee ganz nach Caca's Art.

Heute, mit dreißig Jahren Abstand, erkenne ich die Absurdität unseres Vorhabens: Um gegen das goldene Gefängnis der Gesellschaftsklubs aufzubegehren, fiel uns nichts Besseres ein, als ... einen noch exklusiveren Zirkel ins Leben zu rufen. Einen Kreis von zweihundert Gästen, der zu wandernden Partys geladen wurde und in Wahrheit nichts anderes darstellte als einen Parallelklub, einen als »Burschenschaft« getarnten Antiklub, dessen Prinzip sich an den Verbindungen der dünkelhaften Studenten orientierte, die sich in den ehrwürdigen Gemäuern von Harvard, Princeton und Yale erbrachen. Anstelle einer Revolution brachten wir nur elitäre Partys unter arroganten Plutokraten zustande.

Nach dem Studium an der Sciences Po standen zwei Grandes Écoles zur Auswahl, die ENA und der CACA'S. Wir mussten uns entscheiden. Mit Nostalgie allein war unser mangelhaftes politisches Engagement nicht zu entschuldigen. Unser Unvermögen, das wir als mondänen Anarchismus deklarierten, war vielleicht der allgemeinen Ernüchterung jener Zeit geschuldet, in der die Ideologien auf dem absteigenden Ast waren. Immerhin hatte der Caca's Club seinen Anteil am Fall der Berliner Mauer, denn wir hatten ein paar Jahre vor 1989 ein lausiges

Wortspiel darauf geschmiert (»Auf Caca's gründet die Mauer«). Die Ausrede lag auf der Hand: Wir wären total desillusioniert, wie in dem Lied von Mylène Farmer:

Tout est chaos, à côté
Tous mes idéaux, des mots abîmés

Alles ist Chaos, und daneben
All meine Ideale, beschädigte Worte

Wir wollten das Chaos mit Wodka-Shots k. o. schlagen, und was manche als »Abschied von den Utopien« bezeichneten, bestand für uns hauptsächlich in einem langen, schmerzhaften und nicht enden wollenden Kater. Was haben wir gesoffen! Ich habe nie so viel getrunken wie in jenen Jahren. Meine Freunde waren alle echte Säufer, an der Grenze zur Verwahrlosung. Ich übertreibe nicht: Wir soffen uns Woche für Woche ins Koma, die Mädels schliefen in der Gosse ein, die Jungs kotzten sich pausenlos die Seele aus dem Leib, am Ende lagen alle auf dem Boden, mit gebrochenen Rippen und übersät mit violetten Blutergüssen, unter einer Menschentraube namens Bostella – am 25. Januar 1987 habe ich im Bataclan die Weltmeisterschaft in dieser Disziplin ausgerichtet. Glücklicherweise waren die Drogenkonsumenten unter uns in der Minderheit (in jener gesegneten Zeit), sonst hätten wir das Jahr, als der Checkpoint Charlie in Berlin zum touristischen Denkmal wurde, wahrscheinlich nicht erlebt.

Wir hatten uns die Devise Stendhals zu eigen gemacht: SFCDT. *Se Foutre Carrément De Tout* – Sich um absolut gar nichts scheren. Das Universum verhöhnen, nonstop feiern, immer eine ironische Bemerkung auf den Lippen, zu allem und jedem, bis zum Skandal, zum Prozess: Wir dachten, unser Feixen sei gesund. Vielleicht war es dämlich. Ganz sicher war es leichtfertig, dumm, eitel, frivol. Aber das, was ein paar Jahre vor uns noch so wichtig erschien (soziale Gerechtigkeit, universelles Glück, Weltfrieden, das Teilen des Reichtums), war offiziell für unmöglich erklärt worden. Und zu dieser von Politikern und Intellektuellen (vor allem den linken) durch die Bank unbestrittenen Resignation gesellte sich eine weitere Hilflosigkeit: die Verteidigung der Umwelt gegen die industrielle Verschmutzung, die unseren Lebensraum unwiederbringlich zu zerstören schien. Es war die Zeit, in der die Ökos ihr langes Werk der moralischen Untergrabung ihrer Mitbürger begannen. Unser mondäner Anarchismus war eine hippe Maskerade, die uns daran hinderte zu erkennen, dass wir schon vor unserer Geburt rechts waren. Man hatte es ohne unser Zutun beschlossen: Unser Milieu, unsere Eltern, unsere Adresse, unsere Kleidung waren rechts. Niemand fragte nach unserer Meinung, und jede Revolte wäre pathetisch gewesen. Ich habe dummerweise geglaubt, dass jemand, der sich um nichts schert, automatisch ein »Anarcho« sei: Ich wusste nicht, dass eine Scheißegal-Haltung immer auch ein Eingeständnis von Unzulänglichkeit ist. Die desillusionierte Generation hat inzwischen eingesehen, dass man nichts aufbaut, wenn man sich über alles lustig macht, aber zumindest klebt dieser Generation kein Tropfen Blut an den Händen, im Gegensatz zu den vorherigen. ZU ALLEN vorherigen Generationen, jedenfalls in meiner Heimat. Kaum zu glauben, dass wir zu *Enola Gay* abrockten, ohne zu wissen, dass es sich um den Namen des amerikanischen Bombers handelte, der Hiroshima dem Erdboden gleichgemacht hatte …

5

Feste sind mehr als nur Feste. Die Zeit färbt unsere Erinnerungen schön. Die Klatschseiten, am Tag ihrer Veröffentlichung völlig ohne Belang (außer dass man feststellt, welche Flurschäden der Alkoholmissbrauch in den Gesichtern anrichtet), haben drei Jahrzehnte später etwas Märchenhaftes. Fotoalben wandeln sich zu Geisterkatalogen. Mit jedem Bild eines vergessenen Balls gewinnt man ein Stück seiner Jugend zurück. Jeder Gastgeber, jede Gastgeberin wird es bestätigen: Der beste Moment einer Feier ist der, wenn man das Heft aus der Hand gibt. In Hinblick auf den Caca's Club hieß das, die Sache lief nach Plan, wenn alles komplett entgleiste und sich später keiner mehr an irgendwas erinnern konnte. Zum Glück gibt es Fotos, die beweisen, dass unsere Partys tatsächlich stattgefunden haben. Der Höhepunkt war der Ball zu Ehren von *Barry Lyndon* im *Palace*. Davor? Proben, studentische Anlaufversuche, fröhliche Besäufnisse. Danach? Lustige Veranstaltungen, aber lange nicht so schön wie dieser Ball. Der Abend, an dem Claude Aurensan und Gilles Roignant uns den großen Saal des *Palace* für ein Dinner im Stil des 18. Jahrhunderts zur Verfügung stellten, war einfach die Krönung. Es schien, als hätte alles Vorherige nur den Weg zu diesem Fest bereitet, zu diesen Perücken, diesen gepuderten Gesichtern, diesen Kleidern mit den tiefen Dekolletés, diesen rasenden Menuetten. Ein Kammerorchester spielte Bach, Couperin, Rameau, Mozart. Es flog massenhaft Essen durch die Luft, die Musiker mussten sich vor den Geschossen regelrecht in Sicherheit bringen. Ich finde, Kubricks Film fasst das, was wir damals erlebten, ziemlich präzise zusammen: Redmond Barry ist ein armer Gauner, der den Adel unterwandern will, ein bemitleidenswerter Sprössling ambitionierter Bauern, der die Leiter nach oben klettert. Was dann kommt, entspricht ungefähr unserem Schicksal: Auf den Aufstieg folgt der Fall. Es war die Saison, in der Karl Lagerfeld und Laurent Boutonnat die libertinen Outfits wieder aufleben ließen. Wir hatten Hunderte Kerzen angezündet, allen Sicherheitsvorschriften zum Trotz (ein Wahnsinn, der heute unvorstellbar wäre): Das Licht der Flammen brachte die Gesichter wunderbar zur Geltung, die Reifröcke der Marquisen und Vicomtessen allerdings drohten Feuer zu fangen. Obwohl die Grundidee dieses Kostümballs für mein Empfinden sehr simpel war, habe ich seitdem nichts Vergleichbares mehr erlebt. Den *Barry-Lyndon*-Soundtrack hatte ich natürlich auf Vinyl besorgt, ebenso den von Formans *Amadeus,* und darüber hinaus war ich ausgerüstet mit einem Stapel Deutsche-Grammophon-Platten, einer Leihgabe meines musikbegeisterten Vaters. Es lief ausschließlich klassische Musik. Die ganze Nacht tanzten die zweihundert Mitglieder des Caca's Club wie die Verrückten zu den Klängen eines philharmonischen Orchesters oder eines Streichquintetts: Sarabanden, Gigues, Menuette, Reigen, Quadrillen, Polkas, Rigaudons, Rundtänze und Tarantellen. Einen Anachronismus ließen wir aber doch gelten: *Golden Brown* von den Stranglers, weil es ein Walzer ist, der auf dem Cembalo gespielt wird. Keinem von uns war je ein so poetischer Moment widerfahren. Wenn ein an Disco-Pop gewöhntes Ohr in einer Diskothek nur klassische Musik zu hören bekommt, sträubt es sich zunächst, beschwert sich, fühlt sich um die gewohnten BPM betrogen. Doch dann, wenn der DJ nicht lockerlässt, geschieht etwas Faszinierendes: Der Mensch fängt an zu tanzen wie früher, als *Figaros Hochzeit* der Hit des Sommers war. Schließlich haben unsere Vorfahren es damals zu Mozart auch krachen lassen, warum sollten wir es ihnen nicht gleichtun? Die Gäste fingen an, in altem Französisch miteinander zu reden!

»Niemals sah ich ein reizenderes Frauenzimmer!«

»Ungeachtet dieser unerfreulichen Angewohnheit des Trinkens, die ich mir zu eigen gemacht …«

»Werte Freundin, Sie versetzen meine Sinne in Aufruhr, also werde ich Ihnen auf der Stelle den Hof machen, wieder und wieder und rundheraus!«

Als ob Jahrhunderte aristokratischen Lebens in den Adern unserer »postadligen« Gäste wiedererwachten und ihnen, den Nachfahren bedeutender Familien mit Schlössern in der Sologne, durch jede Pore strömten. Die stilechte Musik und die Kerzenfackeln, die eindrucksvolle Höhe der Decke, die effektvollen Dekolletés mit den Schönheitsflecken und die weißen Perücken – all das trug dazu bei, dass die dekadenten Erben sich in ihr natürliches Raum-Zeit-Gefüge versetzt fühlten. Ich sage mir oft, dass es die schönste Party meines Lebens war, aber das bedeutet nichts, es ist vergessen, es spielt keine Rolle, oder vielmehr, es geht tiefer als das. Denn in jener Nacht betrat ich ein Parallelland, oder einen Wachtraum. Ich glaube, der Wunsch zu schreiben kitzelte mich schon lange, aber ich hatte bisher nichts veröffentlicht und konnte mir nicht vorstellen, dass es jemals dazu kommen würde. Die meisten Gäste von damals sind heute sehr seriöse Menschen, sie üben wichtige Berufe in der Wirtschaft oder im Finanzwesen aus, sind Väter oder Mütter zahlreicher Kinder. Der Caca's Club stellt in ihrer Existenz wahrscheinlich nur ein Intermezzo exzessiven Feierns dar, das sie vage und fröhlich in Erinnerung haben. Wie ich sie beneide! Wie machen sie das? Ich selbst habe in jener *Barry-Lyndon*-Nacht erkannt, dass ich keinerlei Interesse an einer beruflichen Karriere hatte. Ich wollte kein Geld verdienen, ich wollte es verprassen. Von da an war ich unter meinen Freunden der mit dem schmalsten Portemonnaie. Ich wollte in der Kulisse dieses imaginären Dinners leben, in dieser erlauchten Welt, in der die Frauen aussahen wie Heldinnen aus *Gefährliche Liebschaften* und die Männer sich zwischen zwei Gelagen duellierten, gebratene Wachteln mit den Fingern aßen und sich dabei das Wams bekleckerten, in der alles schöner, grandioser, lustiger und freier als im wirklichen Leben war. Ich habe nie aufgehört, einen gewissen inneren Aufruhr zu suchen, eine Haltlosigkeit, etwas, das ich als … künstlerische Unschärfe bezeichnen würde. Es gibt Feste, von denen man sich nie erholt. Als ich eingangs sagte, dass ein Fest mehr sei als nur ein Fest, meinte ich dies: Ein

Fest kann den Kurs eines Lebens verändern. Es kann eine Flucht darstellen, eine Weggabelung, ein Refugium. Mir wurde klar, dass sich alles, was für mich von Bedeutung war, auf irgendwelchen Partys ereignet hatte. Weder in der Grundschule noch auf dem Gymnasium oder an der Universität habe ich etwas Bemerkenswertes erlebt. Ich habe nie jemand Interessanten nach der Sonntagsmesse oder bei der Armee kennengelernt, auch nicht beim Fernsehen oder in Agentur-Meetings. Manche Partys produzieren Wracks, die sich für den Rest ihres Lebens weigern, früh ins Bett zu gehen. Ich zähle mich, mit ein paar anderen, die sich wiedererkennen werden, zu denjenigen, denen der *Barry-Lyndon*-Ball im *Palace* immer noch in den Knochen steckt. Ich wünschte, dieser Abend hätte nie geendet, denn in gewisser Weise führte er mich zu jenem Adel zurück, den ich nie gekannt habe, obwohl er mir in den Adern liegt.

Und so wacht man eines Morgens auf, berühmt und mit schrecklichen Kopfschmerzen. Tags zuvor war man noch ein kleiner unbekannter Student, der Einladungskarten verschickte und Briefmarken auf Umschläge klebte. Am nächsten Tag ist man plötzlich stadtbekannt, ohne etwas dafür getan zu haben. Der Caca's Club hatte eine Macht, wie sie später die Realityshows im Fernsehen hatten. Über Nacht waren wir zu Promis geworden, das heißt, unsere frustrierende Unsichtbarkeit hatte sich in hohle Sichtbarkeit verwandelt. Von einem Tag auf den anderen stand mein Telefon nicht mehr still, man bat mich um Interviews, Fototermine, Auftritte in Radio- und Fernsehsendungen, zu Empfängen, man bot mir sogar Jobs an (freie Mitarbeiten für *Globe, Glamour, Actuel* ...). Die »Truppe vom Caca's Club« entweder einzuladen oder niederzumachen lag damals, im Winter 1987, voll im Trend. Wir regten auf, also waren wir. In meinem Kopf begann sich alles zu drehen. Man grüßte mich überall: Die Mitglieder vom Caca's zollten mir Anerkennung, und die Nichtmitglieder fragten sich, wie man reinkam. In den Boulevardblättern zog man über uns her, bezeichnete uns als Vertreter einer verlotterten Jugend, befragte uns zu unserer Kleidung, unseren Lieblingsplatten, unseren Zukunftsplänen. Man katapultierte mich in den Status des Königs der Pariser Nächte, mit einundzwanzig posierte ich für die *Vogue* mit David Guetta und Laurent Garnier, Guillaume Castel und Philippe Corti, Claude Challe und Hubert Boukobza. Das alles ergab überhaupt keinen Sinn, und ich wusste, dass ich dem abstoßenden Bild von mir nicht eins zu eins entsprach, aber warum sollte ich es abstreiten? Die hübschen Frauen strömten in Scharen zu unseren Partys. Bisher hatte ich mit meinen Sprüchen nur meine vier Freunde zum Lachen gebracht. Und auf einmal begeisterte ich die hinreißendsten Schönheiten mit jedem Nonsens, den ich von mir gab. Das Leben war ein Genuss, nur die Nachtwelt legt einem solche Gaben zu Füßen. Einen schlechten Ruf erwirbt man sich in Windeseile, ihn wieder loszuwerden ist sehr viel mühsamer. Oft begegne ich Leuten, die beklagen, sich in ihrer Jugend nicht ausgelebt zu haben. Das trifft auf mich nicht zu. Ich habe meine Kindheit, an die ich mich kaum erinnere, nicht besonders gemocht. Dafür bin ich als junger Erwachsener umso mehr auf meine Kosten gekommen. Seit dem Ball zu Ehren von

Barry Lyndon gelte ich offiziell als Experte für jugendliche Zügellosigkeit.

O mein Gott, wie lange bin ich schon auf diesem Caca's-Club-Trip? Das ist die Gefahr, wenn man Ketamin einwirft: Man verliert sich in seinen Gedanken und sitzt irgendwann allein am Tisch, mit leerem Blick, in Erinnerungen schwelgend, die anderen sind inzwischen gegangen, und es ist mal wieder vier Uhr morgens.

4 Uhr morgens

Quatre heures du matin
C'est l'un des derniers verres
Dans les ombres étranges
Et les bouteilles vides
Il va falloir sortir
Dans cette rue humide
Là où le vieux malaise
Me fait presser le pas
Et je veux te dédier
Ma migraine, mon ennui
Le début de ma haine
Et le fond de mon orgie.

Vier Uhr nachts
Vor einem der letzten Gläser
In diesem seltsamen Dunkel
Die Flaschen sind leer
Ich werde gehen müssen
Auf diese nasse Straße hinaus
Wo das alte Unbehagen
Mich zur Eile zwingt

Dir widme ich
Meinen Kopfschmerz, meinen Verdruss
Den Quell meines Hasses
Und den Grund meiner Orgie.

Julien Clerc, *Quatre heures du matin,* 1969

1

Einmal wurde ich ins Büro der Chefin gerufen. Am Donnerstag zuvor hatte ich meine Kolumne live am Handy absolviert, während ich vor Bayonne im Stau stand. Kurzum, ich hatte den Bogen ein wenig überspannt. Im Büro der Programmdirektorin lag ein dicker Teppich, an den Wänden standen Regale, in die sie noch eingeschweißte CDs, Bücher mit Widmungen und stapelweise DVDs geräumt hatte. Der Anblick all der noch in Plastik verpackten Kunst trübte meine Stimmung. Diese ganzen Portokosten, für nichts und wieder nichts.

Françoise Bachelot erklärte mir, dass ich mich für meine Kolumne in Zukunft nicht mehr live von der Atlantikküste zuschalten könne. Ich müsse jeden Donnerstag nach Paris kommen, und der Sender werde weder die Reisekosten noch die Übernachtung im Hotel übernehmen. Was zusammengefasst hieß, dass ich, wenn ich weitermachte, bei einem Honorar von zweihundertfünfzig Euro Geld verlor. Es hätte mir eingeleuchtet, wenn sie mich gefeuert hätte, aber sie bestand darauf, dass ich die wöchentliche Kolumne fortsetzte.

»Du bringst etwas Originelles, Unkonventionelles rein,

du bist disruptiv, dein akustisches Spa ist toll, ich liebe es, wenn du Modiano nachmachst, alles perfekt! Na ja, kommt auf die Woche an, manchmal eierst du ein bisschen rum, aber auch das macht deinen Drive aus: Man weiß nie, was du als Nächstes bringst, mir gefällt, dass du Risiken eingehst.«

Sie bat mich lediglich, am Abend vor der Sendung nicht zu lange auszugehen.

»Verstehst du, man hört es deiner Stimme wirklich an. Es ist nicht besonders angenehm für unsere Hörer, wenn sie beim Aufstehen einem Typ zuhören müssen, *dessen Stimme nach Wodka riecht.*«

»Aber nichts anderes erwarten die Leute, oder? Dass ich müde bin … die Nacht durchgemacht habe … Das finden sie doch lustig!«

»Du musst ihnen nicht zwangsläufig geben, was sie erwarten. Du warst sehr witzig, als du zum Präsidentschaftswahlkampf einen Fake von *Masque et la Plume* mit Garcin gebracht hast. Und wenn dir so sehr daran liegt, dass man dich für einen Nachtschwärmer hält, dann lüg eben! Du kannst ja behaupten, dass du die ganze Nacht um die Häuser gezogen bist, selbst wenn du acht Stunden vor dich hin geschnarcht hast.«

Wie lästig, eine kluge Vorgesetzte zu haben. Es wird schwierig, sie in meiner antikapitalistischen Trilogie zum Bösewicht zu machen. Denn der wahre Idiot in der ganzen Geschichte bin ich. Ich wollte den Nihilisten spielen, ohne meinem Leben ein Ende zu setzen. Ich wollte ein Selbstmordattentäter sein, ohne mich vor dem Stade de France in die Luft zu sprengen. Der Radiosuizid schien mir die einzige Option zu sein, mit der man öffentliche

Selbstzerstörung und körperliche Feigheit unter einen Hut bekam. Françoise fuhr unbeirrt fort mit ihrer Lektion.

»Die Hörerschaft von France Publique setzt sich in großen Teilen aus Lehrern zusammen. Und die ertragen Faulpelze wie dich nicht. Das ist eine richtige Sekte! Der öffentliche Dienst ist ihre Matrix, ihr Bezugspunkt, ihr Zuhause. Jedes Mal, wenn du mit den Händen in der Tasche hier aufschlägst, machen sie uns die Hölle heiß! Tu wenigstens so, als würdest du arbeiten, selbst wenn du nur Däumchen drehst.«

(Hatte sie nicht verstanden, dass es sich genau umgekehrt verhielt?)

»Der Moderator ist keine große Hilfe«, erwiderte ich. »Ich hatte schon das Vergnügen mit einer Blaupunkt-Gefriertruhe, die empathischer war.«

»Was willst du, Nathan schützt sich ... Er kann nicht mit jedem befreundet sein. Schließlich muss er konzentriert bleiben und seine Sendung pünktlich beenden.«

Ich konnte hören, wie meine Haare während dieser Unterredung grau wurden.

Ich träume von einer Kolumne, die die Leute nicht zum Lachen, sondern zum Weinen bringt. Von einer fürchterlich melancholischen Kolumne. Jeden Morgen würde ich darüber sprechen, was alles verschwindet, ich würde von sterbenden Genies erzählen, vom Ende der Vögel und Pottwale, vom Kummer des Älterwerdens, davon, dass mein Land immer hässlicher wird ... Ich träume davon, eine Lobrede auf Georgien zu halten, mein künftiges, von Wildrosen umgebenes Haus auf dem Land zu beschreiben, in der Nähe von Tiflis, wo der Wein in Strömen fließen wird und das überbackene Käsebrot »Hachapuri« heißt. Das ist meine heimliche Utopie. Ich würde gern eine Kolumne bringen, die aus nur einem Wort besteht, einem geschluchzten »Hachapuri …«, und die Hörer würden sich fragen, was sich dahinter verbirgt.

Nachdem ich der Che Guevara des *Café de Flore* gewesen bin, möchte ich nun der Citizen Kane von Tiflis sein.

2

Ein Nachtschwärmer, tief gesunken,

Schwankt übers aufgeriss'ne Pflaster, ziemlich trunken.

Ich tauche nur ungern aus dem K-Hole auf, das die Zeit um dreißig Jahre zurückgedreht hat. Es war angenehm, mich in meine Vergangenheit zu hüllen wie in eine dieser goldenen Rettungsdecken, mit denen man Opfer von Terroranschlägen vor Unterkühlung schützt. Ich betrachte die gelöschten Brandherde. Ich mag den Geruch von geschmolzenem Teer auf der Avenue de la Grande Armée am frühen Morgen. Die Revolution an der Place de l'Étoile sorgt für einen Limousinenstau vor dem Triumphbogen. Die Saudis suchen das Weite, sie sind fest davon überzeugt, dass die Horde sie ausplündern will. Sie fürchten um ihre protzigen Hublot-Uhren, die so viel wert sind wie eine Dreizimmerwohnung in Livry-Gargan. Bläuliche Dunstschwaden ziehen über die verschlafene Allee. Milica schreibt, dass sie während meines Blackouts ins *Raspoutine* abgeschwirrt ist. »Sorry, ich hab dir wohl ein bisschen zu viel gegeben. Komm vorbei, ist gut hier, gerade läuft Donna Summer.«

Ketamin ist die Metapher für meine Situation. Der Rausch verläuft in drei Etappen, die meinem Leben ähneln. Zuallererst findet eine sanfte Phasenverschiebung statt, ein Orientierungsverlust, den man als »Marshmalloweffekt« bezeichnen könnte: Man hat das Gefühl, auf einem Wasserbett zu schweben, oder wie Louis de Funès in *Die Abenteuer des Rabbi Jacob* in einen Bottich mit grünem Kaugummi einzutauchen. Sagen wir, die erste Line entspricht etwa zehn White-Widow-Joints; das ist schon mal ziemlich gut. Im nächsten Schritt kommt es zu einer, wie es heißt, »außerkörperlichen Erfahrung«, auch K-Hole genannt, der Keta-Konsument wird zu einer wandernden, ziel- und heimatlosen Seele, zu einem verlorenen Wesen, das durch die Welt gleitet und sich virtuelle Interaktionen ausmalt. Vereinfacht gesagt, sitzt die Person mit leerem Blick da und stellt sich vor, wie sie aufsteht, auf die Straße geht, herumläuft, Menschen folgt, sie anspricht, die Welt erkundet, Dinge erlebt … bis dann Phase drei einsetzt, die sogenannte Landung, in deren Verlauf der Konsument in seinen unbeweglichen Körper zurückfindet, sein Umherirren war ja nur Fantasterei. Er glaubte, er sei aufgestanden, um sich zum Tresen durchzuschlängeln, oder rausgegangen, um frische Luft zu schnappen, aber dann sieht er sich immer noch auf derselben Bank sitzen, das Kinn in die Hand gestützt. Neurologen nennen Erfahrungen dieser Art einen »veränderten Bewusstseinszustand«: Der Geist löst sich vom Körper, als käme das Denken einer Teleportation gleich. Ketamin passt perfekt in diese 2020er-Jahre, in denen der existenzielle Schmerz so stark ist, dass man einen Tranquilizer für Pferde schnupfen muss. Es ist das Solipsismusmolekül, das jede Realität außerhalb der eigenen ausschaltet. Mit der außerkörperlichen Erfahrung geht man vom »Ich« zum »Er« über. Man betrachtet sich von außen, wie bei einer Nahtoderfahrung. Jeder Schriftsteller sollte Ketamin nehmen, denn das ist der Stoff, der das Leben in einen Roman verwandelt. Indem es dich aus deinem eigenen Dasein herausreißt und dir eine Außenperspektive auf dich gibt, macht das Ketamin aus dir … einen Autor fiktionaler Abenteuer.

Je egoistischer die Zeiten waren, desto häufiger überwand man Hindernisse mit Drogen. Auf Kokain, das den Redefluss anregt und den Schlaf unterdrückt, folgte MDMA, das die Schüchternheit abstellt und das Bedürfnis nach Berührung verstärkt (dabei aber verhindert, dass man hart wird: das perfekte Zeug im Zeitalter von AIDS). Dann kam Ketamin, ein Antidepressivum, das das Hirn vom Körper abkoppelt und dich wie in eine Wattekugel packt. In den 2010er-Jahren verloren Drogen ihren Schmuddelcharakter. Aus Freizeitrauschmitteln wurden offizielle Therapeutika. Cannabis wurde in fast allen reichen Ländern legalisiert: Die Achtundsechziger waren endlich achtzig. Überall in der Welt war man der Meinung, dass psychotrope Substanzen sich positiv auf die Gesundheit auswirken. Man nutzte Ketamin als Mittel gegen Depressionen und als Anästhetikum in psychiatrischen Kliniken. MDMA wurde zur Behandlung von schweren Depressionen und zur Verbesserung der Gesprächstherapie bei Schizophrenen eingesetzt. In den USA empfahl man zur Steigerung des Wohlbefindens und der Wertschätzung der Natur das Microdosing von LSD sowie Transzendentale Meditation (Michael Pollan hat in *Verändere dein Bewusstsein* dargelegt, was Vincent Ravalec und Jan Kounen seit zwanzig Jahren predigen). Auf einmal kam der schamanische Tourismus in Mode: Die alternativen Wohlstandsbürger reisten ins Amazonasdelta und tranken Ayahuasca-Kräutertee, um ihr Gehirn in Kontakt mit anderen spirituellen und kosmischen Dimensionen zu bringen. Das Problem ist, dass man nach dem übermäßigen Genuss dieser psychedelischen Wurzeln anfängt, lebende Ratten zu erbrechen. Was im natürlichen Dschungel weniger Probleme bereitet als bei einem Volksaufstand an der Place de l'Étoile.

3

Guy-Manuel de Homem-Christo, den ich im *Arc* kennengelernt habe, zeigt mir das erste Foto eines Schwarzen Lochs, das am Morgen von der NASA veröffentlicht wurde. Das Bild vom Zentrum des Universums beeindruckt ihn zutiefst. Es erinnert an ein phosphoreszierendes Smiley. Er erklärt mir, dass die Ägypter in Verbindung mit den Sternen standen. Ist das Schwarze Loch unser Anfang oder unser Ende? Ich erzähle ihm, dass auf allen Covern von Earth, Wind & Fire Pyramiden zu sehen sind, die im Raum schweben. Er sagt, dass afroamerikanische Musiker sich so sehr für das alte Ägypten begeistern, weil das mächtigste Volk der Erde damals in Afrika lebte. Wir schließen Freundschaft, zwischen *Black Hole* und *Black Power* … nach meinem Blackout. Ohne seinen Roboterhelm erkennt niemand Guy-Man. Wie schön es sein muss, der berühmteste Rockstar der Welt zu sein, ohne jemals für Selfies zu posieren. Gegen vier Uhr morgens zeige ich ihm Fotos meiner Tochter, und er präsentiert mir im Gegenzug ein Video mit seinem kleinen Mädchen und seinem Jungen. Zwei bärtige Männer, die mitten in der Nacht stolz Bilder von ihren Kindern vergleichen: Retten wir damit unsere Spezies?

Ich streue eine Prise K in ein Taschentuch und schnäuze mir die Nase in umgekehrter Richtung. Keine fünf Minuten später verleiht dir das Pulver ein Gefühl von extremer Leichtigkeit, als trätest du aus dir heraus, endlich erlöst vom Gefängnis deines Körpers, und wenn du dann nach oben schaust, sieht der Mond am Nachthimmel aus wie eine Sonne mitten am Tag, und du hörst dich flüstern: »Na, aber hallo, warum nicht gleich so!« Und du lachst, du lachst so unglaublich viel, es ist ein fröhliches und befreiendes Lachen, du lachst niemanden aus, du freust dich einfach, weil eine Wolke vor den Mond gezogen ist und wie ein großes Smiley über den Champs-Élysées hängt, der Mond hat ein rundes Gesicht, das vor Lachen weint, in seinem linken Auge steckt der Obelisk von der Place de la Concorde, wie in einem Film von Méliès. Ich meine, einen Vulkanausbruch zu erkennen, aus dem durchstochenen Mondauge tropft orangefarbene Lava. Kaum zu glauben, dass Ketamin ein legales Narkosemittel ist, denn es stellt die Ordnung der Dinge total auf den Kopf und lässt sie erzittern wie Diamanten auf einer Tiara, von Haaren umweht im Wind. Ich weiß, dass dieser letzte Satz keinen Sinn ergibt, er wurde unter Drogen geschrieben, aber ich schwöre euch, er stand mir glasklar vor Augen, genau wie der folgende: *Das feine Feuer läuft unter die schimmernde Haut.* Unter diesen Bedingungen schreiben oder sich auch nur bewegen zu können ist ein Kunststück.

Das *Arc* und das *Raspoutine* liegen beide an der Place de l'Étoile, aber es fühlt sich an, als bräuchte ich tausend Jahre, um den Platz zu überqueren. Er hängt voller Fäden, an denen der sonnige Mond befestigt ist. Im zerbrochenen Schaufenster des *Publicis Drugstore* begegne ich meinem Spiegelbild: Ich sehe aus wie ein Clown mit riesigen schwarzen Augen, die weiß umrandet sind, die aufgeblähten Lippen zu einem breiten Lächeln verzogen. In dem Moment denke ich, dass ich mich gar nicht zwischen Realität und Fiktion entscheiden muss. Die Ketamin-Euphorie befördert dich in eine ziemlich elastische Moodbubble. Eine Dissoziationserscheinung. Du fühlst dich mehr als Zuschauer denn als Akteur im eigenen Leben. Die Welt entmaterialisiert sich wie in *Inception.* Plötzlich stehst du vor einer anderen Kulisse im Regen. Das K-Hole ist wie *Interstellar*: Du siehst Pixel und glaubst, dein Leben wäre eine Simulation. Du ziehst seltsame Gesichter, als würdest du die unverständliche Schlussfolgerung für einen vergessenen Gedankengang suchen. Oder mit angehaltener Luft in einem violetten Pool schwimmen, unter einem sanften mahagonifarbenen Himmel, geblendet von einer Wand aus Neonlichtern am Grund des Wassers, zu einem Stück von Purcell.

In der Rue de Bassano ist alles kaputt, die Motorräder, die Roller, die Windschutzscheiben der SUVs, nur das *Raspoutine* ist unversehrt. Merkwürdigerweise verschont der Bürgerkrieg die Diskotheken. Ich melde mich schon lange nicht mehr bei meinen Freunden in Paris, ich fürchte, sie in ihrem aufgeräumten Leben zu stören, und will ihnen nicht länger das Schauspiel meiner einsamen Unreife bieten. Ich bin allein, nicht, weil ich kontaktscheu wäre, sondern aus Stolz. Vielleicht ist es dasselbe: Angst, die als Feiern daherkommt. Auf lebenslange

Freundschaften folgten Bekanntschaften einer Nacht. Begegnungen von maximaler, aber flüchtiger Intensität: Man erzählt sich alles, und dann zieht man weiter, ohne sich zu verabschieden.

»Milica, du hast mich ganz schön mies sitzenlassen!«

»Poor Darling, ich hab dir schon so oft gesagt, dass du dich NIE auf mich verlassen kannst.«

»Ich möchte jetzt sofort mit dir in einen Sexshop gehen und das komplette Sortiment durchprobieren.«

»Octaaave … Tut mir leid, dass ich dich mit deinem Bad Trip allein gelassen habe, aber ein Mexikaner, der besser zahlt als du, hat mich per SMS angefunkt. Und weil der nie einen hochkriegt: Win-win-Situation.«

»Tequila ist ein tückisches Zeug.«

Es ist schrecklich, ständig Frauen zu begehren, die sich davon völlig unberührt zeigen. Das ist genauso bescheuert wie ein Typ, der sich von morgens bis abends ohrfeigt. Warum mag ich Menschen so schnell? Ist es eine Schwäche, alle küssen zu wollen? Die Mädels tanzen jetzt nicht mehr, sie sitzen einfach nur da, die Gesichter im blassblauen Schein ihres iPhones 77. Ihre Münder öffnen sich langsam, als würden sie unter Wasser sprechen. Ich setze meine Brille auf und versuche, ihre Lippen zu lesen. Dann gehe ich das Geschreibsel in meinem Notizbuch noch einmal durch. Das feine Feuer läuft unter die schimmernde Haut.

Mein Lieblingssport besteht darin, die roten Treppen im *Raspoutine* rauf und runter zu laufen, während Milica Drinks mit ihren Verehrern nimmt; für Barbies wie sie gehen die Getränke aufs Haus. Einen Fünfzigjährigen in einem Nachtclub kann man bemitleidenswert finden.

Wahrscheinlich habe ich Angst davor, glücklich zu sein. Die Rolle des bürgerlichen Familienvaters entspricht nicht den Vorbildern, die die Achtzigerjahre Idioten wie mir eingehämmert haben, und so arbeite ich kontinuierlich daran, mein Gesicht zu verlieren, verwechsle das Abstürzen eines alten Sacks mit wahrem Rock 'n' Roll.

Als ich aus dem Keller wieder nach oben steige, begegne ich einer großen Frau mit fahlem Teint, ungewaschenen Haaren, hohlen Wangen und einem Atem, der nach Aschenbecher riecht. Ein leibhaftiges expressionistisches Gemälde, das sich an eine verdrehte Säule klammert.

»Hey, Octave! Du hier?«

»Korrekt.«

»Ich flehe dich an, hör auf, Luftgitarre zu spielen. Das ist seit 1997 verboten.«

»Entweder das, oder ich klatsche in die Hände.«

»Was wirst du in deiner Kolumne in vier Stunden sagen?«

»Hachapuri.«

»Wow! Das fetzt!«

Ich erwidere nichts mehr, ich bin erstarrt. Nicht wegen der Drogen, sondern weil ich soeben Dea auf der Tanzfläche entdeckt habe.

4

Blaues Neonlicht, Dea schwingt die Hüften, Dea blitzt dutzendfach im Stroboskopgewitter auf. Dea reißt die Arme hoch, fährt sich durchs Haar und dreht sich wie auf der Bühne des *Crazy*. Die Haare fallen zurück auf ihre nackten Schultern wie sepiagefärbte Spaghetti auf einen gotischen Mond. Ich vergesse augenblicklich, dass Milica existiert, und steuere geradewegs auf Dea zu, die verheiratete und streikende Tänzerin, die nicht auf meine SMS reagiert. Ich spüre einen richtigen Brocken im Magen, dabei habe ich völlig vergessen, heute Abend zu essen. Dea ist vor Kurzem für die neuste DIM-Kampagne geshootet worden. Ihr Hintern, riesengroß auf einer Kaufhausfassade, sorgte für einigen Wirbel. Die Pariser Stadtverwaltung nötigte den Laden, Deas Arsch aus den zwanzig Metern Höhe wieder zu entfernen. Im Fitnessstudio erzählte Dea mir von dieser feministischen Zensur.

»Früher war ich ein Sexsymbol, heute bin ich ein sexistisches Symbol.«

»Die Zeiten ändern sich«, gab ich zurück. »Ich, zum Beispiel, hätte nie gedacht, dass ich mich eines Tages für meine Rentenpunkte interessieren würde. Na ja, und heute packt mich nichts mehr als dieses Thema: Habe ich fleißig eingezahlt? Wie viel springt am Ende für mich raus? Wann kann ich aufhören zu arbeiten?«

Dea schlingt die Arme um eine knackige Blondine, deren dicke Brüste unter einem seidenen Tanktop hervorquellen. Ich leere mein Glas, bevor ich den Mut fasse, ihr ins Ohr zu flüstern.

»Du trägst ein Parfüm von Victoria's Secret, aber ich liebe dich trotzdem. Du warst umwerfend, als du heute Abend in den Streik getreten bist. Weißt du was? Ich rufe ein Uber. Du kommst mit ins *Travellers,* und wir nehmen ein Schaumbad. Ich werde dich mit *Mûre et Musc* einduften. Und dann können wir uns endlich küssen.«

Dea betrachtet mich mit derselben Miene, die ein Juror von *The Voice* aufsetzt, wenn ein Kandidat schief singt. Ich starre auf ihre Salzfässchen, um nicht in ihre Wildkatzenaugen blicken zu müssen.

»Du siehst aus wie ein Gemälde von Klimt. Dein Körper gefällt mir. Ist das eine Beleidigung?«

»Sagen wir mal, es reduziert mich ein bisschen.«

»Wenn du erkennen könntest, wie rein mein Herz ist, wäre dir meine Tarnung als steinzeitlicher Phallokrat egal.«

Mein Gesicht im Spiegel an der Treppenwand wirkt wie mit Plastik überzogen – so sah Christian Audigier aus, als ich häufiger im *Spago* in Los Angeles mit ihm zusammensaß, kurz vor seinem Tod (mit siebenundfünfzig Jahren).

»Ich verlange doch nicht viel: eine kleine Privatvorstellung. Und danach geht jeder nach Hause. Wenn du willst, zahle ich dir auch was dafür.«

Ich glaube, der DJ hat gerade The The aufgelegt, aber er kann die Musik doch unmöglich kennen, es muss sich um ein Sample handeln.

»Findest du es lustig, mich wie eine Nutte zu behandeln?«

»Wie bitte?«

»Meinst du, es macht Spaß, sich jeden Tag diesen Scheiß anzuhören? Und dass dir dauernd jemand an den Arsch packt, wenn du einen Rock trägst? Oder noch schlimmer: dir den Finger in die Muschi steckt?«

»Aber ... Das sollte nur ein Witz sein ...«

»Du kannst mich mal mit deinen blöden Witzen! Wegen solcher frauenfeindlichen Sprüche hab ich jedes Mal, wenn ich in die Disco gehe, einen Finger im Loch stecken!«

»Wenn das stimmt, solltest du Anzeige erstatten, das ist Vergewaltigung.«

»Hahaha! Anzeige erstatten? Weißt du, was die Bullen machen, wenn ich in einem von tausend Fällen mal zur Polizei gehe? Sie lachen. Genau wie du. Alle finden das wahnsinnig komisch! Ein Finger in der Muschi einer Tänzerin aus dem *Crazy*, das ist ja so lustig! Idioten! Ein ganzer Haufen Vollidioten!«

»Aber es bedeutet, dass du hübsch bist, du kommst gut an. In unserer Welt, in der Äußerlichkeiten so viel zählen, hat es ja nicht nur Nachteile, attraktiv zu sein. Es ist auch ein Glück, oder nicht?«

Dea muss mich hassen. Ihre Wut wird immer größer, ihre Augen weiten sich, sie schnaubt, sie kocht regelrecht, wie sie da vor mir steht. Ich weiß, ihr habt Angst, dass ich jetzt schreibe: Das macht sie sexy. Aber nein. Ein Flammenwerfer ist nicht sexy. Ein Bulldozer ist nicht sexy. Ein Schnellkochtopf ist nicht sexy. Ein Opfer sexueller Übergriffe ist nicht sexy. Ja, auf Ketamin denke ich genau wie Marlène Schiappa.

»Sieh dir meine Jeans an«, sagt Dea. »Ich bin nach der Arbeit extra nach Hause gegangen, um mir andere Klamotten anzuziehen, weil ich nicht in Rock und Nylonstrumpfhose vor die Tür wollte. Und weißt du warum, du reaktionäres Arschloch? Weil man eine Nylonstrumpfhose mit einem Finger aufreißen kann. Ich habe mir zu Hause nach der Vorstellung diese Scheißjeans angezogen, weil man Denim nicht so leicht durchbohren kann wie Nylon.«

Dea ist in Tränen aufgelöst. Ich weiß gar nicht, wohin mit mir. Ich würde sie gern in den Arm nehmen, aber sie würde mir sofort eine knallen. Ich wünschte, sie wüsste, dass ich so etwas niemals tun würde, obwohl ich mir nicht sicher bin, dass das stimmt. Zwar habe ich noch nie einem Mädchen aus heiterem Himmel auf einer Treppe meinen Finger irgendwo reingesteckt. Aber ich habe auch nie um Erlaubnis gefragt. Wenn ich beispielsweise mit einer Frau knutsche, die ich kaum kenne, wandern meine Hände schnell runter auf ihre Brüste. Und dann in ihr Höschen. Wie lange es braucht? Fünf Minuten? Zehn Minuten nach dem ersten Kuss? Doch was, wenn die betreffende Person nur geküsst werden wollte, ohne Streicheleinheiten weiter unten? Wie käme sie wieder raus aus der Nummer? Müsste sie »Stopp« schreien, damit sich kein Zeigefinger in ihr Höschen verirrt? Bin ich ein verdammter Vergewaltiger, ohne es zu wissen? Wie viele Frauen haben mit mir aus Höflichkeit geschlafen, ohne Lust und Leidenschaft, nur weil es ihnen zu umständlich war, mich zurückzuweisen?

Am Ende entschuldigt sich Dea, was mich noch mehr in Verlegenheit bringt.

»Pardon, tut mir leid, dass ich mich so aufgeregt habe, du kannst nichts dafür, aber das musste mal raus. Ich habe die Nase so voll davon, dass man mich wie ein Stück Fleisch behandelt, an dem man rumfummeln kann, wie es einem beliebt.«

Ich bereue, dass ich eine Cialis eingeworfen habe, bevor ich losgezogen bin. Eine Erinnerung hilft mir aus der Klemme. Ich habe mal einen Gruselgustenball organisiert, am 13. Dezember 1993. Selbst die verstocktesten Typen von Paris kamen als Herzoginnen verkleidet. Sie hatten sich von Alexandre Zouari frisieren lassen, trugen Haute-Couture-Kleider, die Christian Lacroix ihnen zur Verfügung gestellt hatte. Eine *Genderfluid*-Party! Ich fand es toll, dieses Gefühl, eine Frau zu sein, wenngleich eine ziemlich hässliche, die aber trotzdem die ganze Nacht von Männern angebaggert wurde. Ich habe die halbe französische Aristokratie abblitzen lassen. Dea erzähle ich:

»Mir hat auch schon mal jemand an den Arsch gepackt, als ich ein Kleid anhatte. Im *Queen*. Mit einem Finger, der sich fest in die Ritze schob. Hat mir keinen Spaß gemacht, weil ich mir sagte: Du hast es verdient, du bist nur ein Scheißhetero, der sich in einer Schwulendisco unters Volk mischt.«

»Siehst du! Du machst dich zum Opfer, ohne dass du etwas dafürkannst! Das kotzt mich an, verdammt! Wir ziehen uns sexy an, weil wir ein Glas trinken gehen, vielleicht sogar jemanden abschleppen wollen, der uns gefällt, aber doch nicht, um uns schuldig zu fühlen, weil wir permanent belästigt werden. Du siehst ja, wohin das führt! Stell dir mein Leben vor. Ich gehe jeden Abend auf einen Gruselgustenball.«

Ich glaube, ich verstehe, was sie meint. Berühmtheit, auch wenn sie abnimmt, vermittelt ein ähnliches Gefühl. Die Leute urteilen über dich, glotzen dich an und reden über dich, in deinem Beisein, ohne die geringste Diskretion. Immer steht man auf der Bühne, egal, ob man hässlich, unfit und müde ist. Die ganze Zeit wird man ausspioniert, auch wenn man einmal total fertig, schlecht gekleidet oder beschäftigt ist. Man wird im Gespräch mit seiner Tochter unterbrochen, ohne Vorwarnung gestört, nur weil man verbrochen hat zu existieren. Aber die Fans stecken ihre Finger nicht in meinen Anus, deshalb spüre ich nicht die Wut, die Dea empfindet.

»Ich dachte, du wärst deinem Mann treu. Und dann sehe ich dich hier wieder, aber auf meine Nachrichten antwortest du nicht. Ich leide wie ein Tier.«

»Red keinen Stuss, du hast Lust, mich flachzulegen, das ist alles. Und übrigens möchte ich dich daran erinnern, dass du ebenfalls verheiratet bist.«

Ah.

Jetzt ist es raus. Diese Information musste ihren Weg erst bis hierher finden.

5

Bei meinem Rückzug aus Russland landete ich auf der Durchreise auf einer Party in der Schweiz … Dieser Abend am Genfer See vor zehn Jahren hat mein Leben verändert. Ich habe mich verliebt, als ich gerade meine Baisers in den Greyerzer Doppelrahm tauchte (und das ist keine obszöne Metapher). Seither führe ich ein einfaches und beschauliches Dasein, und doch habe ich Herzklopfen, während ich dies schreibe. Ich bin heute ein verheirateter Mann und Familienvater. Ich lebe in einem Dorf am Meer, tausend Kilometer entfernt von der Hauptstadt. Einmal in der Woche fahre ich nach Paris, am Tag vor meiner Kolumne auf France Publique. Ich habe Lampenfieber, also gehe ich aus. Ich bin glücklich, also begebe ich mich in Gefahr. Ich jage der Unsicherheit hinterher.

Ich führe das Leben eines Papa T'choupi. Jeden Morgen werde ich von einem Baby geweckt, das nach seiner Flasche verlangt, ich spüre seinen warmen Körper auf meiner Brust, seine Minifüße, die sich an meinen Bauch schmiegen. Im Garten schaukelt eine Hängematte zwischen zwei Platanen, zwei Turteltauben tanzen auf den

Ästen der Pinien, die Amsel scheucht die letzten Bienen der Erde auf. Die Gänseblümchen schmücken den grünen Rasen wie verstreute Schneeflocken. Das Tosen des Meeres übertönt hin und wieder das Gebrabbel des Kindes. Der Himmel wechselt ständig von Perlgrau zu Blassblau, von Hellrosa zu Dunkelviolett, von Gewittergelb zu Sturmschwarz. Ich verbringe meine Tage lächelnd vor einer fernen und beruhigenden Bergkulisse. Wäre ich nicht ein solcher Idiot, könnte ich mein Glück zulassen.

Kinder zu haben hilft, seinen Nihilismus abzulegen. Die Vaterschaft ermöglicht es Männern, sehr genau zu erfassen, was Liebe bedeutet. Die Liebe ist ein warmer Strom, der vom Bauch aufsteigt und in die Ellbogen hinabfließt. Dieses elektrisierende Phänomen lässt sich systematisch beobachten, wenn der Mann den Oberschenkel seines Kindes mit der Hand umfasst. Vaterschaft ist platonische Pädophilie.

Octave Parango führt das Leben eines Papa T'choupi. Sein Haus sieht aus wie jedes andere in den Zeichentrickfilmen für Zweijährige. Es ist umgeben von einem Garten, in dem ein Hund und eine Katze herumtollen, wie in *Der kleine Bär, Trotro* und *Boule & Bill.* Ein kleiner Junge krabbelt auf der Erde wie in *Peppa Wutz*. Eine Welt in leuchtenden Farben wie auf Baby TV. Octaves Leben entspricht genau dem, was man kleinen Kindern auf der ganzen Welt als Gutenachtgeschichte erzählt. Octave Parango ähnelt dem Papa von Franklin: Ein glücklicher Mann ist eine bucklige Schildkröte mit einfältigem Lächeln.

Ich bin zur Karikatur meiner selbst geworden, die jedoch nicht mit der Wirklichkeit übereinstimmt. Seit dem

Caca's Club fällt mein Name, sobald von einem versoffenen Trottel oder einem zugedröhnten Snob die Rede ist, und ich erfülle höflich die Rolle, die man von mir erwartet. Ich will sein wie die Figur, die das Kino aus mir gemacht hat, anstatt zu akzeptieren, dass ich mich nun als Familienvater entfalte. Ich glaube, dass in jedem Mann ein Octave schlummert. Er ist es, der am Weihnachtsabend Lust hat, den Pflaumenschnaps auf ex zu leeren. Er, der dir, wenn alles gut läuft, zuflüstert, dass du mehr Spaß hattest, als alles schlecht lief. Es ist Octave, der dich glauben lässt, es sei eine gute Idee, deine aufgeräumte Existenz ein bisschen aufzumischen. Es ist dieses selbstzerstörerische Arschloch, das in jedem von euch steckt, meine Herren, und das euch anstachelt, eines Mittwochabends, nach einem perfekten Wochenende mit der Doppelgängerin von Jackie Onassis und euren Kindern, die Nummern von ehemaligen Dealern auf dem Handy herauszusuchen. Es ist sein kleiner innerer Octave, der einen Innenminister dazu verleitet, im *Noto* Wodka-Shots mit ein paar süßen Miezen zu kippen, während Paris brennt. Der übermäßige Konsum von Octave schadet der Gesundheit: mit Vorsicht zu genießen.

In Deas Augen bin ich nun ihr Freund. Früher half mir mein Humor, auf Frauen zuzugehen. Das Problem ist bloß, dass ich dadurch sehr schnell in die *Friend Zone* gerate, wie man heute sagt. Weil es mit mir immer so lustig ist, werde ich ihr Kumpel, nicht ihr Liebhaber. »Wenn eine Frau viel lacht, verbringst du mit ihr die Nacht« ist ein großer Schwindel. Die wahre Bauernregel müsste lauten: »Wenn sie zu viel lacht, hat er es verkackt.« Vielleicht hängt mein Feldzug gegen das Lachen damit zusammen: Der Humor hat mich lange Zeit um den Sex gebracht. Natürlich erkor ich den Tag, an dem eine schöne Schweizerin mir das Jawort gab, augenblicklich zum schönsten Tag meines Lebens. Ich habe es geschafft, diese Frau zu ehelichen, ihr sogar Kinder zu machen! Das Denken ist ausgeschaltet, man schwebt auf einer Wolke, wenn eine schöne Frau sich bereit erklärt, einen zu lieben. Es ist so selten und so schwierig! Was für ein Fest!

»Ich möchte niemals dein Freund sein, Dea. Niemals.«

»Das ist ein Fehler. Die platonische Liebe hält ein ganzes Leben.«

»Ich bin traurig. Mir geht es schlecht, wenn ich dich sehe, und dir ist das völlig egal.«

»Nicht doch, es ist mir nicht egal. Und jetzt hör auf, dein Robbenbabygesicht zu machen, Octave.«

Ich mochte immer, wenn eine Frau mir *»fuck me«* ins Ohr raunte. Warum wollen sie jetzt den braven Jungen aus mir machen, der ich sowieso schon bin? Es ist absurd, mir meine wöchentliche Selbstzerstörung vorzuwerfen, wenn die gesamte Menschheit Tag für Tag ihre Umwelt zerstört.

6

Dennoch gab Dea mir zum Abschied, ganz artig, einen Kuss auf den Mund, vielleicht aus Mitleid oder um mich loszuwerden, bevor sie dann tat, was sie am besten konnte: verschwinden. Ich nestelte in meiner Tasche nach dem Tütchen Ketamin. Ich erinnere mich an meine erste Begegnung mit dem Pferdeberuhigungsmittel auf einer Schaumparty, die David Guetta und ich im *Queen* veranstalteten. Vor dreißig Jahren hatte ich hier, auf dieser Allee, eine riesige Schaumkanone auf vierhundert Gäste des Caca's Club gerichtet. Es war eine der ersten *Foam Parties* in Paris, und die Leute hatten keine Ahnung, dass sie das Fest, mitten im Winter von Kopf bis Fuß durchnässt, mit von Seife brennenden Augen und in schmatzenden Viertausend-Franc-Mokassins verlassen würden. Manche wären fast ertrunken, andere ließen sich mit Begeisterung ihre Eier von Schwulen auf Ecstasy auspressen. Wer schlau war, zog sich schützend das Hemd übers Gesicht … bevor er wieder in die Silikonbrüste einer Drag Queen abtauchte. Dreißig Jahre später … stehen nun die Wasserwerfer der Polizei vor den Champs-Élysées 102, um gegen Demonstranten vorzugehen, die eine Erhöhung des Mindestlohns fordern. Flammen, die aus einem Porsche schlagen, erleuchten die Fassade des *Queen*, wo ich damals meine erste Line Special K gezogen habe. Ich weiß noch, wie wir danach abwechselnd loswieherten und den Trab eines Vollbluts auf der Pferderennbahn von Longchamp imitierten. Rachid Taha erzählte mir am nächsten Tag, dass er um vier ins Bett gegangen sei … Ich warf ein »Du Weichei« dazwischen, bevor er seinen Satz mit »am Nachmittag« beendete. Jetzt muss ich an die Islamophobiker denken, die zu *Ya rayah* in allen Macumba-Clubs Frankreichs die Puppen tanzen lassen. An die Tausenden Rassisten, die wie die Irren loszappeln, wenn Rachids arabische, sinnliche und elektronische Rhythmen gespielt werden. Wahrscheinlich hat Rachid Taha mehr als jeder andere Künstler, den ich kenne, dazu beigetragen, dass Muslime sich in diesem Land zu Hause fühlen. Feiern kann hilfreich sein. Ruhe seine Seele in Frieden.

7

Warum ist mir jeden Donnerstagmorgen danach, mich weinend auf dem Boden zu wälzen? Ganz einfach: Ich halte nicht mehr die geringste Boshaftigkeit aus. Ich bin angeblich der selbstgefälligste Mensch im ganzen Land, aber ich habe keinen Panzer mehr. Etwas in mir ist gerissen. Ich möchte nach Hause, dorthin, wo am Ende des Zuges vor einem kleinen Bahnhof eine dunkelhaarige Frau mit runden Brüsten, gezeichneten Brauen, blauen Augen, spitzen Zähnen und einem Grübchen steht, das sich wie ein Nabel in ihre Wange gräbt, wenn sie mich aussteigen sieht. Sie hat ein pummliges, helläugiges Engelchen auf dem Arm, das an der Theke des Poinçon mit einem kleinen blonden Mädchen plappert, das sich ausschließlich von den Himbeeren, Blaubeeren und Brombeeren ernährt, die in meinem Garten wachsen, und wenn ich dem Baby meinen Kopf zeige, wird es »Kopf« sagen, und seine Füße werden wie die Milchbrote von Pasquier sein. Das ist nicht bildlich gemeint: Seine Füßchen haben wirklich die Konsistenz, die Form und den Geschmack einer Brioche, weil dieses Baby so viel Milch trinkt, dass es voll bis in die Haarspitzen davon ist. Und die Sonne wird auf den Wellen glitzern, über die bärtige Männer hinweggleiten, aufrecht, wie Christus im Taucheranzug. Genau dort möchte ich jetzt sein, auf der Stelle: am Ende des Zuges, dort, wo Ozean und Himmel sich im Violett verlieren, im hintersten Dorf Frankreichs, wo die Vögel noch singen, und wenn ich »patati« sage, antwortet das Baby mit »patata«. Es kann zwar noch nicht richtig sprechen, hat sich den verbalen Nonsens aber schon zu eigen gemacht. Es hat begriffen, dass wir nur quasseln. Und findet es lustig. Wir plappern den ganzen Tag in seiner Gegenwart, und das einzige Wort, das der Kleine zu übernehmen geruht, ist ein ironisches: »Patata«.

Ich muss auf den Bahnhof Montparnasse zuhalten, meine Route führt zwischen den Gräbern von Charles Baudelaire und François Weyergans hindurch. Ich werde den Weg zum TGV und zur Erlösung finden. Pass auf, mein Sohn, dass du dir in meiner Abwesenheit nicht die Finger am Handtuchheizkörper verbrennst, fall nicht die Treppe hinunter und schluck keine Legosteinchen, du könntest daran ersticken, ich habe ständig Angst, dass du dich verletzen könntest, ich komme nach Hause, ich bin bald bei dir, um dich zu beschützen, und dann werden wir mit deiner großen Schwester wieder zu *La poupée qui fait non* auf dem Bett herumspringen. Bitte verzeih Papa seine Schlaflosigkeit, er muss in Paris Geschichten aufstöbern, damit du etwas zu essen bekommst. Ohne dich fühlt sich dein Vater sehr einsam auf seiner Abenteuertour, mein Sohn.

Die Kunst ist postironisch geworden, zum Wohlfühlen, kennt keine Brüche mehr, und ich wollte mich anpassen, Nettigkeiten schreiben, gefällige Sätze, zum Wohltäter der Menschheit werden. In Wahrheit sind die Menschen noch nie so egoistisch und niederträchtig miteinander umgegangen, aber sie lesen herzerwärmende Romane, sehen sich altruistische Filme an, hören aufmunternde Musik und genießen alberne Unterhaltung. Mir fällt eine Tirade von David Foster Wallace über die Rolle von Witzen in Amerika ein. Ich weiß sie nicht auswendig, habe die Seite aber aus dem Buch herausgerissen und bewahre sie seither in meiner Jackentasche auf. »Wahrscheinlich gibt es ganze Bücher aus der Johns Hopkins University Press, die sich der einlullenden Funktion des Humors für die US-amerikanische Psyche von heute widmen. Überspitzt ausgedrückt, könnte man sagen, dass unsere heutige Kultur in puncto Entwicklung und Geschichte in der Pubertät steckt. Und da die Pubertät bekanntlich die stressigste und furchtbarste Periode der menschlichen Entwicklung ist – die Phase, in der sich die Reife, nach der wir angeblich so lechzen, als zunehmend reales und einengendes System von Verantwortung und Einschränkungen (Steuern, Tod) präsentiert, und in der wir uns insgeheim danach sehnen, wieder in das kindliche Vergessen einzutauchen, das wir angeblich so verachten –, ist es wohl kein Wunder, dass wir als Kultur so anfällig für Kunst und Unterhaltung sind, deren wichtigste Funktion Flucht ist.« Wir greifen auf Witze zurück, um vor uns selbst zu fliehen; der Humor soll die deprimierende Realität erträglicher machen: Tod-und-Steuern. David Foster Wallace kämpfte gegen den Humor an, gegen diese Illusion der Unmündigkeit, er glaubte an Gefühl und Aufrichtigkeit, allerdings ist sein Selbstmord mit sechsundvierzig Jahren kein gutes Zeichen für den Fortbestand seines Ansatzes. Grob zusammengefasst baut der ironische Mensch nichts auf, während der antiironische Mensch ums Leben kommt. Ich teile die Auffassung, dass der Ironiker sich über alles lustig macht, um nicht preiszugeben, was er denkt: nichts. Aber der Nichtironiker ist so verletzlich, dass er beim ersten Verdruss zum Strick greift. Warum bin ich so oft als Zyniker beschimpft worden, wo die korrekte Bezeichnung doch »Überlebenskünstler« lauten müsste?

5 Uhr morgens

No fun, my babe, no fun.

Iggy Pop and The Stooges, *No Fun,* 1969

1

C'est
FOU
QUETS

(Schriftzug auf dem Schaufenster des abgebrannten Restaurants)

Die rote Markise über der Veranda hatte Feuer gefangen. Die Flammen züngelten an der ersten Etage hoch, wo ich so oft meine Bücher signiert habe (anlässlich der Treffen des Maxim's Business Clubs).

Da es wirkungsvoller ist, das *Fouquet's* in Brand zu stecken, als vier Jahrzehnte lang Witze zu reißen, beschließe ich, einen weiteren Anschlag zu verüben, diesmal einen per Radio, der dem Totalitarismus der komischen Truppen endgültig das Handwerk legen soll. Ich werde ohne Text hingehen. Ich werde der erste Kolumnist sein, der ohne Skript auftaucht! Ich werde zum Streik gegen das Lachen, zum kollektiven Rücktritt und zur globalen Wachstumsumkehr aufrufen. Ich möchte eine Auszeit für den Humor anordnen. Ein dreiminütiges Hahaha-

Fasten. Die allerletzte Kolumne würde aus drei Schweigeminuten bestehen. Sie wäre ein plötzliches, freiwilliges Innehalten im Dauergequassel, eine Hymne auf die Faulheit und die Lässigkeit im Studio des härtesten Stachanowismus. Ein Happening à la *John Cage isst einen Apfel*. Der edelste Humor ist der eines Tristan Tzara, der jedes tieferen Sinns entbehrt, und der des Intellektuellenzirkels Les Hydropathes, des Dichterkreises Zutistes, der Rienistes und der Jemenfoutistes, der Hirsutes und der Fumistes, die als Vorfahren Groucho Marx' in den Pariser Kabaretts am Ende des 19. Jahrhunderts auftraten. Die politische Idee des Nichtstuns ist Gébés Komödie *Das Jahr Null Eins* entlehnt. Abnehmendes Wachstum und allgemeine Entschleunigung bedeuten Arbeitsstopp. Ja, es wäre schön, wenn ein Betrunkener zu Nüchternheit aufriefe. Streiken heißt, dass man sein Leben endlich in die Hand nimmt. Die Neonwesten widersetzen sich dem Überkonsum. Sie glauben, indem sie einen Streiktag pro Woche verfügen, kämpfen sie für ihren Monatslohn, aber dadurch, dass sie uns allen Weihnachten vermasseln, setzen sie auch ein Zeichen gegen die globale Erwärmung. Eigentlich müssten ihre Westen grün sein.

»Was ist denn mit dir los? Trink einen Kombucha-Wodka!«, ruft mir Manon zu, eine junge Schriftstellerin, als sie das *Raspoutine* verlässt und in ein Taxi steigt. »Wo willst du hin?«

»Zur Einweihung des *Medellín*.«

»Steig ein! Du siehst aus wie Octave Parango, nur abgerissener. Du bist doch Parango, der Autor von *Die geilen Nutten*?«

»Ja, also, man muss den Titel im Kontext einer bestimmten Zeit sehen ... die zum Glück vorbei ist ... Ich wollte den Machismus von damals anprangern ... Der Held ist ein Riesenschwein, aber nur, damit deutlich wird, wie verachtenswert toxische Männlichkeit ist ...«

»Dein Problem ist, dass du immer noch denkst, wir hätten 1998.«

»Auf 2020 hat mich keiner vorbereitet, ich war noch nicht so weit. Ich bin nicht eingestellt auf dieses Jahrzehnt.«

»Keine Sorge, die Heterosexualität wird wieder in Mode kommen.«

Wenn Manon lacht, entblößt sie gierige kleine Fangzähne. Sie erinnert mich an Emma Stone in *La La Land*, nur in der Pariser Variante, das heißt, weniger touristisch. Es ist unschwer zu erraten, dass Manon in den Jazzkellern der Rue de la Huchette ordentlich Bier getankt hat. Sie hat eine Wuschelfrisur wie die Gymnasiastinnen in der Rue Mouffetard. Ihr Haar riecht nach Zigaretten: halb Aschenputtel, halb Aschenbecher. Mit eins siebzig trägt sie Schuhgröße 40, was aber nicht weiter stört; wahrscheinlich eine Folge der gentechnisch veränderten Lebensmittel in den 2000er-Jahren. Manon gehört zu den Mädels, die glauben, der Sinn des Lebens bestehe darin, in der Brasserie *La Contrescarpe* Camel zu rauchen und die Inszenierungen Valère Novarinas zu analysieren. Und die nicht »ficken«, sondern »Liebe machen«. Zum Dahinschmelzen, die Kleine. Ich kann nicht sagen, ob ihr Parfüm nach rosa Grapefruit oder nach Passionsfrucht duftet. Dafür müsste ich ihr auf die Pelle rücken, aber das wäre illegal. Am meisten fasziniert mich, wie sie auf den folgenden Seiten alle meine Vorurteile widerlegen wird.

Das ehemalige *Baron* hat schon wieder den Namen geändert. Heute Abend wird die neue Wendung eingeweiht, über dem Eingang an der Avenue Marceau leuchtet in Neon »Bei Pablo«. Wenn ich überlege, was mir in diesem winzigen Lokal alles passiert ist. Ich habe eine Schauspielerin kennengelernt, mit der ich zwei Jahre zusammen war. Ich habe hinter dem DJ-Vorhang eine Journalistin von *Elle* gevögelt. Eine befreundete Lektorin wäre zwischen den Mülltonnen fast an einer Überdosis Koks krepiert. Björk stand oben ohne am Mischpult. Kate Moss prügelte sich mit Jamie Hince, weil ein Groupie ihn angestarrt hatte. Ich wurde in Gewahrsam genommen, nachdem ich von der Motorhaube eines Autos, das vor der Tür stand, eine Line gezogen hatte. Was wird von all diesen Geschichten bleiben, wenn ich mein Gedächtnis verliere?

»Ich bin die ganze Zeit so unglaublich müde.«

»Hast du es schon mit Schlafen probiert … nur mal so testweise?«

Manon ist radikale Umweltschützerin. Auch sie will demonstrieren gehen.

»Dir kann es ja scheißegal sein, du bist eh bald tot. Aber für uns junge Leute ist es echt nicht cool, dass ihr die Umwelt so versaut habt.«

»Im Jahr 2000 habe ich eine Werbekampagne für Madone-Joghurts auf TF+ sabotiert. Ich habe versucht, die Öffentlichkeit vor den ökologischen Schäden der Werbung zu warnen. Das war vor zwanzig Jahren, und niemand hat mir zugehört.«

»Trennst du deinen Müll?«

»Ja, aber glaubst du wirklich, dass es ausreicht, Papier, Plastik und Glas zu trennen, um unseren Untergang zu verhindern? Die Polizei sollte jeden anhalten, der nicht mit einem Elektroauto unterwegs ist, das Radfahren zur Pflicht machen wie in China unter Mao, alle Flugzeuge am Boden festnageln, bis die Solarluftfahrt durchgesetzt ist. Rotes Fleisch sollte so viel kosten wie Kaviar, Thunfisch- und Kabeljaufischerei müssen verboten werden, ebenso wie nicht biologisch erzeugter Honig, synthetische Kleidung und nicht recycelbare Verpackungen, und nach dem Vorbild des Évin-Gesetzes sollte man Monsanto und allen Glyphosat-Herstellern einen Riegel vorschieben, die Wälder müssen unter Naturschutz gestellt, die Bürger, die zu viel Leitungswasser verbrauchen, mit einer Geldstrafe belegt werden (man könnte alternativ auch die Anzahl der Kubikmeter pro Einwohner begrenzen), die nicht ökologische Landwirtschaft muss verboten werden ...«

Ihr kennt mich ja: Wenn ich einmal in Fahrt bin ... Manon traut ihren Ohren nicht. Sie dachte, sie hätte es mit einem alten Hedonisten zu tun, dabei steht ein grüner Faschist vor ihr. Es hat mich aufgeregt, dass Manon mir die Verantwortung für ihr Unglück zuschiebt. Ich, der Freigeist der Achtziger, habe mich zum schlimmsten Prohibitionisten der 2020er-Jahre entwickelt. Manon ist im gleichen Alter wie Lena, meine älteste Tochter. Es ist erstaunlich, wie die Vaterschaft Menschen verändert. Manon ist, wie Lena, das verwöhnte Kind eines verwöhnten Kindes. Und ich entpuppe mich als Millennial: Der Zyniker will neuerdings die Welt retten. Dafür ist es allerdings ein bisschen spät. Das ist fast so, als würde der Sänger von den Ramones beschließen, die Songs von Anne Sylvestre zu covern.

»Die Leute, die ihre Abfälle nicht recyceln, sollten ein Bußgeld von tausendfünfhundert Euro zahlen, wie die Kunden von Prostituierten. Diesel-SUVs müssen sofort aus dem Verkehr gezogen werden. Und Évian und Vittel sollte man den Prozess machen, weil sie weiterhin Plastikflaschen produzieren.«

»Du hast recht. Die Demonstranten, die das *Fouquet's* anzünden, sollten sich eher die Flughäfen vornehmen, wie in Notre-Dames-des-Landes. Abflüge von easyJet und Ryanair blockieren!«

Manon tanzt, eine Melon Colada in der Hand. Gerade sind Pumps angesagt, die vorne offen sind, was aussieht, als hätten die Zehen Arschritzen. Hypnotisiert vom Stroboskoplicht, fühle ich mich ins Jahr 1985 zurückversetzt. Die Unterschiede fallen am Ende kaum ins Gewicht. Dieselbe Musik (*Got To Be Real* von Cheryl Lynn). Die gleichen schwarzen T-Shirts. Der gleiche Wodka auf Eis. Der gleiche Rausch der Leere, der gleiche Tanz um nichts. Manchmal denke ich an die vielen Stunden zurück, die ich auf Clubhockern gesessen und *Got To Be Real* gehört habe ... Wo sind sie hin, diese ganzen Jahre, die ich in der Gluthitze der BPM verbracht habe und in taube Ohren brüllte, um mit längst vergessenen Wesen zu schlafen? Im Gegensatz zu Proust bereue ich die verlorene Zeit nicht. Tatsächlich möchte ich überhaupt nichts verlieren.

2

Es ist grotesk, dass ich mich im *Medellín* herumtreibe. Ich erinnere mich, dass ich schon im *Baron* mit achtunddreißig zu alt für den Laden war, aber ich war zumindest nicht der Einzige. Die Mädels hier sind alle in Lenas Alter. Der Chef des Clubs hat mich erkannt und uns einen Bodyguard an die Seite gestellt, damit keiner ein »Egoporträt« schießt. Die Wodkaflasche geht aufs Haus. Manon ist sprachlos. Das *Medellín* hat das Konzept der versifften Toiletten vom *Baron* übernommen, wo wir damals im Urin wateten, nur dass jetzt eine Klofrau mit weißer Hygieneschutzmaske davor Wache schiebt, wie in Pablo Escobars geheimen Labors. Im Korridor hängt sein Porträt, im Kerzenschein. Ich weiß nicht, ob ich es lustig oder dumm finde, den Mann zu verehren, der uns drei Jahrzehnte lang paranoid gemacht hat. Aber irgendwie gefällt mir dieser schlechte Baudelaire'sche Geschmack.

Manon schreibt an der Sorbonne eine Doktorarbeit über die Dekadenz. Sie liest ausschließlich und ostentativ (auf der Terrasse zur Avenue) die Autoren des Fin de Siècle, allen voran den Masochisten Villiers de L'Isle-

Adam, in ihrer Arbeit analysiert sie allerdings in erster Linie *Die Gesänge des Maldoror* und *Gegen den Strich.*

»Mir liegt Durtal mehr als des Esseintes. Er hat zumindest ein Ziel: das Kloster.«

»Man braucht also neuerdings ein Ziel im Leben? Ganz ehrlich, Octave, eine solche Plattitüde ist unter deinem Niveau.«

»Du wirst sehen, Manon, man verändert sich ... Es kommt der Tag, an dem das Verlangen nach diamantenverzierten Schildkröten von dem Bedürfnis nach einer Kniebeuge abgelöst wird.«

Sie verbringt ihre Tage im Musée Gustave Moreau und ihre Nächte im *Medellín*. In den 1880er-Jahren entstand die Dekadenzbewegung aus einer Ablehnung gegenüber dem technischen Fortschritt. Aus Angst vor der Industrialisierung wandten die Dekadenten sich dem Okkultismus und Spiritismus, lasterhaftem Sex und harten Drogen zu (Absinth, Ether, Opium). Die Situation heute ist die gleiche: Vielleicht müsste man den Begriff »Neodekadente« erfinden, um die Neuropathen zu beschreiben, die sich vor der digitalen Revolution und der Digitalisierung der Menschheit in Chemsex und die außerkörperliche Erfahrung unter Ketamin flüchten. Das Verschwinden der Privatsphäre und der Übergang zu einer Gesellschaft der ständigen Überwachung liefern eine logische Erklärung für diesen Ausbruch selbstzerstörerischen Hedonismus und das Abtauchen in die Illegalität (Drogensucht und Prostitution). Was für eine fantastische Ausrede! Was für ein wunderbares Alibi, um in den Untergrund zurückzukehren! Ein paar Lines Special K auf den prallen Brüsten irgendwelcher Escort-Girls zu ziehen gilt als Akt des Widerstands gegen das Ausspähen von Mark Zuckerberg. Octave betrachtet voller Bewunderung Manons Gerippe. Er möchte gern Sarah Bernhardts Traum in die Tat umsetzen: ihr den Schwanz eines Panthers aufpfropfen. Wenn wir keinen Weg finden, die Menschheit zu retten, ergehen wir uns eben in Morbidität und Künstlichkeit. Ein paar Jahre der Unzucht bleiben uns noch vor dem Tod und/oder der Apokalypse. Angesichts der Neonwesten, in denen die vom Kapitalismus Enttäuschten herumlaufen, lobt sich Manon das rote Wams eines Théophile Gautier.

»Octave, wie hältst du's mit Acedia?«

»Ein schönes Wort. Es noch dazu aus dem Mund einer jungen Frau zu vernehmen erfüllt mich mit größter Freude. Mein Vorbild ist Verlaine, betrunken, pleite, vergessen und einsam auf der Place Monge, ausgehalten von seiner alten Mutter Stéphanie … Du musst *Das höchste Laster* von Sâr Péladan aus dem Jahr 1884 lesen.«

Manon holt aus ihrer Handtasche ein Buch hervor, das sie bei einem Bouquinisten erstanden hat: *Les oiseaux s'envolent et les fleurs tombent* von Élémir Bourges, geschrieben 1893!! Octave ist völlig von den Socken.

»Lies mir deine Lieblingspassage vor!«

»›Sie war ein kränkliches Mädchen, exaltiert und sogar ein bisschen verrückt, sie weinte und lachte ohne jeden Grund, hatte große blaue Augen, geweitet vor Erstaunen, extrem vorspringende Wangenknochen und einen Überbiss …‹«

Sie deklamierte die Passage mit lauter Stimme, um eine Salsa von Tito Puente zu übertönen.

»Man könnte meinen, er spricht von dir! Kennst du

Toulets Sade'schen Roman *Monsieur du Paur* von 1898? ›Es gibt in der Liebe einen Moment, da man den Vornamen des anderen vergisst: Die Damen ziehen sich geschickt aus der Affäre, indem sie nach ihrer Mutter rufen, die aber zum Glück nicht erscheint.‹«

Ihr Lächeln ist gefräßig. Ich kann es kaum erwarten, dass sie mich verschlingt.

»Glaubst du, dass die Lektüre vergessener Autoren uns beruhigt, was unsere willkürliche Nachwelt angeht?«

»Nein, denn uns wird man auch vergessen. Wir lesen diese Autoren als Leidensgenossen der künftigen Amnesie.«

Manon sprüht, ich rücke ihr mit der Geschwindigkeit von einem Millimeter pro Sekunde näher.

»Mein Idol ist Ludwig II. von Bayern, der auf Neuschwanstein von Zimmer zu Zimmer irrte, bevor er 1886 im Starnberger See ertrank ...«

»O mein Gott, warum stehe ich nur so auf das Unfertige, Unreife ...«

»Die Jugend? Keine Sorge, Octave, wenn du willst, kannst du mich ficken.«

Manchmal verstehen Frauen es, Probleme sehr pragmatisch aus der Welt zu schaffen.

»Kannst du wiederholen, was du gerade gesagt hast?«

Ich schalte die Diktierfunktion auf meinem Smartphone ein. Manon beugt sich zum Mikro vor.

»Wenn du Lust hast, bin ich einverstanden, dass wir poppen.«

»Sag noch mal deutlich, dass du nicht betrunken bist oder unter Drogen stehst.«

»Ich bin im Vvvollbesiss mmmeiner geisssigen Kräfffte.«

»Okay, vergiss es, diese Einwilligung hält vor keinem Gericht auch nur eine Sekunde stand.«

Da der sexuelle Druck nun endlich raus ist, beschließen wir, das Manifest der Neodekadenten auf einer Papierserviette festzuhalten.

3

LISTE DER GEMEINSAMKEITEN ZWISCHEN DEN DEKANDENTEN DES 19. UND DES 21. JAHRHUNDERTS

- Allergie gegen eine technische Revolution (Industrialisierung im 19., Digitalisierung im 21. Jahrhundert)
- Zukunftsangst (Krieg oder Klimaerwärmung)
- vor dem Hintergrund eines wachsenden Nationalismus
- Feiern am Rande des Abgrunds (mit Tänzerinnen aus der Oper im Restaurant *Lapérouse,* zweihundert Jahre später mit Tänzerinnen aus dem *Crazy Horse,* immer noch im *Lapérouse*)
- Generationentrauma, was das Bataclan betrifft: der Mord an der kleinen Marthe durch Soleilland am 31. Januar 1907, das Massaker vom 13. November 2015, das im selben Tanzsaal stattfand
- starke Neigung zu Rauschmitteln: Morphin, Opium, Ether und Kokain im Jahr 1900, Ketamin, 3-MMC, Ecstasy, LSD, GHB, DMT und Kokain im Jahr 2020

- ein verruchter Meisterdichter, dem man mit Ehrfurcht begegnet: Verlaine, Houellebecq
- Prostitution (gefeiert, dann bestraft)
- eine Kultfrau: Rachilde, Despentes
- Anfang des 20. Jahrhundert ist Antisemitismus populär, er kommt im beginnenden 21. Jahrhundert wieder in Mode
- überall lauert der Verschwörungswahn (die satanische Freimaurerei im 19. Jahrhundert, die Illuminati und andere Fake News im 21. Jahrhundert)
- ein gemeinsames Motto, das auf Théophile Gautier zurückgeht, den Mann mit den vielen langen Haaren und der kirschroten Weste: »Unser Traum war es, den Planeten auf den Kopf zu stellen.«

4

»Octave, darf ich dir eine Frage stellen?«

»Ja, was denn?«

»Warum behältst du deinen Ehering am Finger?«

»Weil er mich an den Coldplay-Song *Amsterdam* erinnert, den ich gehört habe, als eine junge Frau mir die Wange streichelte. Weil dieser Ring mir mehr zu Herzen geht als alles andere. Weil er etwas so Absolutes symbolisiert, dass alles andere dagegen bedeutungslos erscheint. Weil er mir ins Gedächtnis ruft, dass meine Frau besser fickt als alle anderen Frauen zusammen. Weil dieser Ring beweist, dass eine Schweizerin mir eines schönen Tages so sehr den Kopf verdrehte, dass ich sie gebeten habe, für den Rest unseres Lebens bei mir zu bleiben, und dass jene Schweizerin zu diesem irren Ansinnen Ja sagte, das Einzige, was noch verrückter war als die Frage. Weil du mir, um mich von meinem Ehering zu trennen, den Finger abschneiden müsstest. Mist, jetzt kommen mir die Tränen, verzeih, du bist so klug, ich werde dich jetzt verlassen, ich muss weitertrinken. Leb wohl, nenn meinen Namen unter dem Hashtag #verpfeifdentypmitderbeziehung!«

»Das nervt echt! Deine Frau gewinnt immer, nur weil sie nie da ist.«

Ich gönne mir einen Nachschub an K, um eine weitere Sprosse auf der Leiter zum Egregor zu erklimmen, zur geistgewordenen Seele. Mit Ketamin lassen sich die okkulten Lehren Joséphin Péladans, des obersten Langhaarigen mit buschigem Bart, in die Tat umsetzen. Man kann sich von seinem Körper lösen und in der unscharfen Zone zwischen Realität und Fiktion treiben lassen (oder sogar kraft der Gedanken ein anderer werden). Das Phänomen der außerkörperlichen Erfahrung unter K ist nichts anderes als ein Beweis für die Existenz der Seele. Eine vom Körper unabhängige Entität, ein durch das Universum wanderndes Bewusstsein, das in der Lage ist, das menschliche Gehirn zu verlassen, um die Umgebung auszukundschaften und zu sehen, was da draußen so los ist, manchmal in der Zeit zurückzugehen, bevor es wieder in die Hülle aus Fleisch und Blut schlüpft. Jahrtausendelang haben Theologen aus aller Welt einen Beweis für die Existenz eines vom menschlichen Körper unabhängigen Bewusstseins gesucht: Lieber Augustinus, du hast dir vergeblich den Kopf zerbrochen, du hättest bloß eine fette Line Keta ziehen und fünf Minuten warten müssen.

Ich sehe die Decke auf mich zukommen wie den Häcksler in einem Müllwagen. Ich habe Angst, dass ich enden werde wie ein Objekt Césars, des Bildhauers, der wie kein anderer das Werk unserer Zerstörung darzustellen vermochte. Ich sehe mürrisch aus, habe die eingefallenen Gesichtszüge und tiefen Augenringe eines Mannes, der viel gefeiert und noch weitergefeiert hat, als es längst nichts mehr zu feiern gab. Macht euch keine Sorgen, wenn aus dem Ich ein Er wird.

JoeyStarr steht, die Ellbogen auf dem Tresen abgestützt, an der Bar und erkundigt sich bei Octave: »Läuft bei dir?«

Keine Antwort. Schweigend starrt Octave ihm ins Gesicht, dann senkt er den Blick auf sein Telefon. JoeyStarr denkt, dass Octave eingeschnappt ist, dass er aus irgendeinem Grund, der ihm gerade nicht einfällt, sauer auf ihn sein könnte. Plötzlich vibriert JoeyStarrs Handy. Eine SMS: »Läuft gut, und du so?«

Es ist ein schlechtes Zeichen, wenn man mit den Freunden, die direkt vor einem stehen, nur noch per Short Message Service kommunizieren kann.

JoeyStarr kramt ein Fläschchen Parfüm aus seiner Jackentasche hervor, das er in einem Zug leert, um gut zu riechen. Er tippt auf seiner Tastatur, Octaves Telefon klingelt, ein Kackhaufen-Emoji mit Augen erscheint auf seinem Display. Octave und JoeyStarr verstehen sich blendend ohne große Worte. Und das, seit sie sich auf einer Hip-Hop-Party in einem Hangar im 15. Arrondissement kennengelernt haben. Es ist ein Wunder, logischerweise hätten sie sich aufgrund ihrer Unterschiedlichkeit in tiefer Abneigung begegnen müssen, oder bei einer Riesenschlägerei oder mit totaler Gleichgültigkeit. In ihrem Umfeld staunt jeder über ihre Freundschaft, außer sie selbst, denn sie wissen, dass sie zwei Schiffbrüchige sind, die sich ans Floß der Medusa klammern.

Das Emoticon ist im Fall einer Hirnblockade sehr praktisch, dennoch geben unsere beiden Poeten in Seenot der französischen Sprache den Vorzug. Ihre Unterhaltung per SMS spinnt sich fort.

Octave muss an *Qu'est-ce qu'on attend* von Suprême NTM denken und schreibt:

»Aber worauf, worauf warten wir noch, um das Feuer zu entfachen?«

Joey antwortet:

»Es hätte schon vor Jahren krachen müssen.«

Octave fährt fort:

»Die Schickeria kann sich ins Hemd machen, das Pack ist in der Stadt.«

Sie haben sich denselben Satz im selben Moment geschickt! Ihre Nachrichten haben sich gekreuzt. Sie sind stolz wie zwei Vollidioten.

Dann tippt Joey:

»Ah, es ist so weit, du bist im Bernardo-Modus[2]?«

»Dein Scharfsinn ist phänomenal.«

»Du könntest den Grund für deine Sprachstörung vielleicht mit mir teilen?«

Octave nestelt in der kleinen Tasche seiner Jeans, vorne rechts, wo alle ihr Dope verstecken, weil sie denken, es sieht keiner, dabei sucht die Polizei bei einer Verhaftung genau dort als Erstes. Er lässt seinen Arm vom Tresen herunterbaumeln, JoeyStarr streift seine Handfläche und greift sich das Corpus Delicti, das Ganze dauert nicht länger als eine halbe Sekunde. Joey sendet ein Toiletten-Emoji, Octave bleibt allein an der Bar zurück, was ihm die Zeit gibt, das Folgende auf seinem Smartphone festzuhalten: »Die Droge hindert mich am Sprechen und

---

2 Hier ist eine Erklärung nötig. Es handelt sich um eine Anspielung auf eine Schwarz-Weiß-Fernsehserie, in der es die Figur des Bernardo gibt, des stummen Assistenten von Zorro. (Anmerkung des schweigsamen Autors.)

zwingt mich somit zum Schreiben. Wenn ich Drogen nehme, dann nur aus beruflicher Gewissenhaftigkeit.«

Die Deckenbeleuchtung wechselt von Fuchsia zu Rubinrot und strahlt ihn an wie bei einer Verfolgungsjagd auf der Bühne im Olympia, nur dass er sich nicht mehr an seinen Text erinnern kann. Es ist, als würde die Decke anfangen zu bluten. Schwer zu unterscheiden, was Trugbild und was Gesicht ist, im Asphaltnebel dieses antarktischen Pools aus lila Schiefer. Octave sitzt auf seinem Hocker, während er seine Seele in der Nässe spazieren führt. Sein Horizont ist die Wand aus schmelzendem Karamell, auf der ein neonfarbenes »Lächeln, cabrón« in metallischem 3-D aufblitzt, verziert mit imaginären Fackeln.

Und die Welt war schräg.

6 Uhr morgens

»Nash, ist Ihr Lachen ein Hilfeschrei?«
»Das ist es doch bei allen.«

Lawrence Durrell, *Tunc*, 1968

1

Ich verlasse das *Medellín*, ich muss CO_2 atmen. Draußen schieben sich die Wolken in den Himmel, als ob Gott eine Zigarre rauchte und den Rauch über der Welt ausspuckte. Zu dieser Stunde sind die Meuterer vom *Fouquet's* wahrscheinlich in Gewahrsam und bekommen Pfefferspray in die Augen gesprüht.

Richtung Alma hat der geschmolzene Asphalt graue Krater gegraben: Es ist, als liefe man auf einem weichen Mond herum. Drei Militärpanzer fahren mit klappernden rostigen Ketten die Allee hinunter, als wären sie auf dem Tian'anmen-Platz. Octave hat das Gefühl, sich in einem Gemälde von Bruegel zu bewegen. Dachte er wirklich, die Apokalypse würde reibungslos über die Bühne gehen? Natürlich greift angesichts des herannahenden Endes allgemeine Panik um sich. Diese Unruhen kündigen die endgültige Katastrophe an, so wie die Flucht von Tieren auf einen Tsunami hindeutet.

Auf dem Weg zum Taxistand an der Avenue George V sieht Octave sich um, er will prüfen, ob Manon ihm folgt.

Er trägt immer einen kleinen Klitoris-Masturbator bei sich, eine Art Pumpe, die man über den Lustknopf stülpt und die der Frau durch regelmäßiges Ansaugen bei gleichzeitiger schneller Vibration in weniger als dreißig Sekunden einen Orgasmus verschafft. Die einzige Aufgabe des Mannes besteht darin, ihr erregende Obszönitäten ins Ohr zu flüstern und ihr die Zunge tief in den Hals zu stecken, um ihre Lust zu steigern. Er leistet keinerlei mechanische Dienste, steuert lediglich verbale Liebkosungen bei. Wahrscheinlich ist das die Zukunft der Männlichkeit.

Wir laufen die Rue Vernet zum Drugstore hoch. Ich muss an die Bande aus Armanets Film denken, eine Art Caca's Club in den Sixties … Die Lackaffen in Clarks – nicht etwa Carvils – starben alle entweder an einer Überdosis oder an Verbürgerlichung. Wie wir.

Manon sieht aus wie aus einer Fiorucci-Werbung von 1980. Am Himmel explodiert ein Feuerwerk, aber kein echtes. In meinem Organismus hat ein fremdes Molekül die – ziemlich überschätzte – Trennung zwischen dem, was existiert, und dem, was nicht existiert, durchbrochen.

2

Heutzutage vermittelt die Literatur nur noch eine Botschaft: Rette sich, wer kann.

Und wie auf einen Schlag ist mit dem Ketamin eine Viertelstunde vergangen, wir sitzen auf der Rückbank in einem Auto, das durch das 16. Arrondissement fährt, und Octave blinzelt, und eine weitere halbe Stunde später ist er in der Wohnung von Leuten, die er nicht kennt. Der Teppich ist aus Schafwolle, wie in den Siebzigerjahren, und es läuft *Rikki Don't Lose That Number* von Steely Dan, während er seine topografische Paranoia in den Griff zu bekommen versucht. Sein inneres GPS ist im Panikmodus und rät ihm, sofort zu gehen, aber sein Körper verweigert jede Bewegung. Auf dem Bildschirm eines stumm geschalteten Fernsehers erkennt er einen maskierten jungen Mann, der von einem Wasserwerfer in die Eier getroffen wird. Er fliegt zehn Meter durch die Luft, bevor er zusammenbricht und sich in einem glitzernden, von orangem Laternenlicht beleuchteten Wasserspiegel auf dem Asphalt schützend um seine Genitalien krümmt. Es ist schade, dass man jemandem, der sich nach einer besseren Welt sehnt, so etwas antun muss. Der sanfte Träumer wird drei Wochen mit blauen, geschwollenen Hoden herumlaufen. Vor einem offenen Kühlschrank bittet Manon um eine Schweigeminute für die ausgerotteten Hummer. Octave bemerkt, dass sie keinen BH trägt, und fragt sich, ob sie wohl ein Höschen anhat. Er erinnert sich an eine Verszeile von Michel Houellebecq, die in Zuckerguss auf seiner Hochzeitstorte im *Lapérouse* stand: »Adieu, Vernunft. Kein Kopf mehr. Nichts als ein Herz.«

3

Wir sind lebende Organismen, die über die Oberfläche einer chaotischen und unverständlichen Welt verstreut sind, aber wir stehen miteinander in Kontakt, und das ist es, was zählt. Nichts hat irgendeinen Sinn, außer unsere ineinander verschränkten Finger.

»Ich sitze hier, aber meine Seele befindet sich im Nebenzimmer.«

»Ach was? Du hast eine Seele, Octave?«

Ich will einen Jim Beam. Nach fünf Uhr morgens macht es nichts mehr aus, wenn man durcheinandertrinkt. Ich habe ordentlich Schlagseite, wie die hohe Pinie in meinem Garten, mein schiefer Turm von Pisa, der seine Nadeln im Gewitter verliert.

Ich will aussehen wie ein Werk von Otto Dix, nur leuchtender. Ich übersetze *Within* von Guy-Man: »Es gibt eine Welt in mir, die ich nicht erklären kann, bitte sagt mir, wer ich bin.«

Die Weihnachtsbeleuchtung auf dem Trocadéro: Sie

wollten Christi Geburt verhindern. Wir müssen zu einer liturgischen Vision der Welt zurückfinden.

4

Octave erhält eine Nachricht von Lena Doytcheva-Parango, seiner russischen Tochter, die am Baikalsee lebt. »Papa, ich verkünde dir hiermit, dass du Großvater wirst.« O! mein! Gott! Das ist so, als würde Iggy Pop, anstatt Drogen zu nehmen, auf einmal Tofu essen. Was er übrigens getan hat. Dank Tofu hat Iggy seine Kumpel David (Bowie) und Lou (Reed) überlebt.

Octave schickt folgende SMS an Lena: »Wo soll das mit dieser Familie nur hinführen, wenn meine Tochter zur selben Zeit Kinder bekommt wie ich?«

Wenn man aus der alten Welt stammt und von der neuen nichts versteht ... sollte man einfach in die danach weiterziehen.

Die nächste Generation ist stärker als meine. Unsere Kinder gehören zur umsorgtesten, verwöhntesten, behütetsten und ihren Eltern am nächsten stehenden Generation, die je existierte. Sie haben nicht nur den Krieg nicht erlebt, sondern auch nie eine Erziehungsanstalt von innen gesehen. Ihre Eltern sind ihre Freunde. Die Eltern der Nineties haben im Umgang mit ihren Sprösslingen immer Toleranz, Offenheit, Präsenz, Verständnis und Fürsorge an den Tag gelegt. So etwas gab es vorher nicht. Und das Resultat ist: Emmanuel Macron. Junge Menschen mit unbezwingbarem Lächeln. Freundlichkeit statt Zynismus. Verbindlich, sanft und friedfertig zu sein gilt als herausragende Stärke. Was es so schwierig mit den Millennials macht: Sie sehen leicht betrübt, aber wohlwollend dabei zu, wie du krepierst. Macron ist eine Dampfwalze von erschreckender Zärtlichkeit und warmer Gleichgültigkeit. Ich verstehe immer weniger, warum er nicht nach dem Strohhalm gegriffen hat, den ich ihm hinhielt. Die festliche Lösung zur Linderung des französischen Schmerzes besteht in der Legalisierung von Gras, das ein friedliches und fröhliches Lachen herbeizaubert. So würde man die Staatskasse mit einem Lachen füllen, das keine Keule bedeutet.

Octaves Idol heißt Rudolf Schwarzkogler. Der Wiener Aktionskünstler hat sich angeblich selbst kastriert (den Penis mit einer Gartenschere abgeschnitten), ist dann aus einem Fenster im vierten Stock gesprungen. Er starb im Alter von achtundzwanzig Jahren. Ein Vorbild an künstlerischer Integrität.

Die größte Beleidigung?

»Du blöde Instagrammerin.«

Mein Kind bekommt ein Kind.

Kaum habe ich diesen Satz notiert, beginnen die Buchstaben in der Luft zu schweben wie silberne, mit Helium aufgeblasene Ballons.

5

»Bringen Sie uns zum *Hôtel de Berri,* dem Haus von Madame Elsa Schiaparelli, der Erfinderin der telefonförmigen Taschen und der schuhförmigen Hüte.«

Das Taxi wollte uns für eine so kurze Strecke nicht mitnehmen … In diesem Zustand konnte ich allerdings unmöglich im *Travellers* aufkreuzen … Also gingen wir zu Fuß die Avenue Pierre Ier de Serbie entlang … Im *Hôtel de Berri,* der alten Villa der Schiap', der Freundin von Dalí und Cocteau, fand der Rezeptionist immer ein Zimmer für mich … Der Garten dort war wild wie ein verlassener Dschungel nach einem nuklearen Winter … Es lag in derselben Straße wie das *Val d'Isère,* das Restaurant, in dem der Schauspieler Robert Dalban seine Fondues aß, gegenüber das *City Rock Café* von Ringo Willy Cat, wo man früher in einem alten Cadillac, der einmal Elvis gehört hatte, Banana Splits löffelte … Mein Gott, ich lebe zu sehr in der Vergangenheit … Ich sollte ein Monokel, eine Taschenuhr, einen Schnurrbart und eine Melone tragen.

Im Gehen murmle ich längst vergessene Namen vor mich hin.

»Du siehst, meine Jacke ist viel zu weit, das habe ich mir von Kid Creole & The Coconuts abgeguckt … Deren bestes Stück ist übrigens nicht *Annie I'm Not Your Daddy,* das man so oft im Radio hört, Guy Cuevas legte im *Privilège* lieber *Stool Pigeon* auf … Schau mal nach rechts, da drüben … Yves Mourousi ist immer im *Espace Cardin* abgestiegen, als das Restaurant noch von Jacques Collard geführt wurde, und danach ging er in seine eigene Bar, ins *Look,* in der Rue Saint-Honoré 49 … Ich habe mit Luigi d'Urso und Emmanuel de Brantes auf *Rock Lobster* von den B-52's getanzt, wir ruderten mit unseren Armen in der Luft, als wären sie Scheren eines riesigen Hummers … Das war die Zeit, als Paris den Mezcal entdeckte, im *Café Pacifico,* wo, inspiriert von *Unter dem Vulkan,* Ventilatoren an der Decke hingen … Da drüben versteckte sich Daniel Filipacchi, siehst du? Im *Relais Boccador* mit seinen acht Tischen und dem besten Vitello tonnato von Paris … Hast du *La nuit porte-jarretelles* von Virginie Thévenet gesehen? In dem Film haben sie alle mitgespielt: Banier, Louboutin, Eva Ionesco … Vincent Darré, Maud Molyneux, François Baudot … Sieh mal, das da war das *Doobie's* … Der Chef nannte sich Narbé, einer der lustigsten Typen in Paris … Der Laden befand sich gegenüber von François Truffauts Büro, in dieser Sackgasse, der Rue Robert Estienne … Und hier, rechts, war das *Milliardaire,* die Hostessen-Bar in der Rue Pierre Charron, dort habe ich Jean d'Ormesson mit Alain Robbe-Grillet bekannt gemacht … Weißt du, dass Raymond Roussel hier in der Rue Quentin-Bauchart gelebt hat, bei seiner Schwester, kurz bevor er 1928 einen Opiumentzug machte?«

Mir wird bewusst, dass all diese Namen Manon absolut nichts sagen, sie reagiert nicht einmal …

Sie schläft im Stehen an meinem Arm.

Octaves Dilemma: Entweder wird er um sechs Uhr morgens von einem pummeligen Baby an der baskischen Küste geweckt, oder er steckt in einem imaginären Bottich mit Kaugummi und fragt sich, wie sein Gehirn wieder Anschluss an seinen Körper finden soll.

In der Suite Nummer 9 des *Hôtel de Berri* habe ich erst mal eine Nase Koks gezogen. Ich kam runter vom Keta, wurde dann allerdings ohnmächtig. Manon zerrte mich unter eine kalte Dusche und rettete mir damit das Leben. Ich schluckte zwei Stilnox, um zu schlafen. Bevor ich ins Koma fiel, hörte ich sie seufzen: »Warum schämst du dich so, glücklich zu sein? Findest du, dass Glück nur was für Spießer ist?«

6

Octave dröhnt sich wahllos zu, in voller Kenntnis der Sachlage. Er ist der Meinung, dass sein Tod eine gute Ausrede wäre, um das Fehlen einer schriftlich ausgearbeiteten Kolumne auf France Publique in zwei Stunden zu erklären. »Guten Morgen, Frankreich, Octave Parango bedauert, heute Morgen keine launige Kolumne liefern zu können, da er verstorben ist. Octave Parango war die Inkarnation einer postnaturalistischen Literatur mit neodekadenten Zügen. Wir werden auf dieses Drama in der Intellektuellenszene von Saint-Germain-des-Prés in den Neun-Uhr-Nachrichten zurückkommen, mit einer Liveschalte zu Antonin Tarpenac im *Café de Flore*.«

»Guten Morgen, Antonin, Sie sind uns im Gespräch mit Simon Liberati und Marc Lambron zugeschaltet. Was können Sie uns zum unerwarteten Tod des Autors von *Neunundddreißigneunzig* nach einem leicht exzessiven Abend im 8. Arrondissement sagen?«

Simon: »Meine Gedanken sind zunächst bei seiner zerrütteten Familie, seinen geschiedenen Eltern, seiner sexy Witwe und seinem properen Baby, ihnen allen gilt mein

Mitgefühl an diesem traurigen Tag. Darüber hinaus bin ich der Meinung, dass wir über unsere sehr schmerzhafte, aber vorübergehende Trauer nicht seine abgrundistische, wenngleich ein wenig pennälerhafte Botschaft vergessen sollten. Octave war sicherlich ein überschätzter und mühsam zu lesender Schriftsteller mit bisweilen fettigen Haaren und einem beklagenswerten Lebenswandel, und doch sollte sein Werk uns den Weg weisen zu einer ästhetischeren Welt, die vom Konsumterror geheilt ist.«

Marc: »Es gab in Octave etwas Paragoneskes, Exemplarisches, wie es die Onomastik des Kratylos nahelegt, aber zumindest ist er ›den Träumen seiner Jugend treu‹ geblieben, um es mit den Abschiedsworten Melvilles auszudrücken, die man nach dessen Tod auf seinem Schreibtisch fand.«

Und zu guter Letzt.

Ich suche die Fernbedienung, um zu einem anderen Leben zu zappen.

Es war an der Zeit, sich zu der Stimme der Kleinen, die auf FIP die Staus aufzählte, einen zu hobeln.

Ob Octave auch mit einer Plastiktüte über dem Kopf enden würde, wie Jerzy Kosiński und David Hamilton?

Ihr Körper war mit Johnson's Baby Oil eingecremt, sie glänzte, als wären ihre Brüste, ihr Bauchnabel und ihr Hintern aus massivem Gold. Sie glitt zwischen meine Arme und machte Geräusche, als seifte sie sich die Hände ein, mir kam es vor, als wäre sie eine einzige nasse Vagina, ihre Hände und ihr Mund waren Vaginen, ihre Schenkel waren Vaginen, ihr Hintern war eine Vagina, so sehr, wie sie tropfte, erübrigte sich die Frage, ob sie feucht wurde. Mein Vibrator fuhr hin und her über ihre triefende und fließende Haut, saugte sich fest, und im Nu schrie sie auf und spritzte ihren Saft in den Ozean aus Öl. Das Plätschern und die Laute dieser gesalbten Frau machten mich geil, ich glitt über ihren Körper wie über eine in Flammen stehende Eislaufbahn. Ich wurde schlaff und schnell wieder hart, als sie mir sagte, dass ich zugucken könnte, wie sie sich ihre Nippel piercen ließ. Sie kenne ein Tattoo-Studio, wo Zuschauer bei Piercings erlaubt sind. Ich fragte, ob ich dann, während sie vor Schmerzen schrie, wichsen und in das Blut abspritzen dürfte, das ihr über die Brüste lief. Als ich das sagte, explodierte sie, denn sie stellte sich vor, wie sich mein Sperma mit ihrem Hämoglobin mischt, sich auf ihrem Busen ausbreitet wie ein rosa Tischtuch, das farblich einem Himbeermilchshake gleichkommt, und wie meine Schwanzspitze in lang anhaltenden Krämpfen in ihrem

Rachen zappelt. Ich glaube, wenn sie an meinem Rüssel, der auf ihre Stimmbänder drückte, erstickt wäre, hätte ich das als einen Beweis höfischer Liebe betrachtet. Ich hätte Tränen der Dankbarkeit über ihrem romantischen Leichnam vergossen.

Visuelle Halluzinationen, und auch akustische. Ich höre Stimmen, die nicht existieren, ich schrecke auf, weil ich ein lautes Knistern vernehme, obwohl sich nichts rührt.

In Wirklichkeit war ich fast eine Stunde in ein Bad aus Eiswasser getaucht, während meine Seele um den Kristalllüster kreiste und Manon betrachtete, die sich mit meinem Sexspielzeug massierte und fünfmal hintereinander kam. Meine voyeuristische und wandernde Seele geruhte, erst in dem Moment in ihre irdische Hülle zurückzukehren, als die hübsche Literaturstudentin, an meinem von ihrer Lust klebrigen Vibrator nuckelnd, einschlief. In der Embryonalstellung sah sie aus wie mein

Lieblingswasserspeier auf dem Dach von Notre-Dame: die Striga. Sie ist ein übermächtiger Dämon, wie die Rusalka der russischen Gewässer oder Oona, die Königin der keltischen Feen. Mein außerkörperlicher Egregor schwebte in Spiralen um die Striga herum … Dann klingelte der Wecker. Um diese Uhrzeit begannen die Kolumnisten loszuplaudern.

Es war niemand in diesem Raum. War ich seit dem *Medellín* allein? Bestimmt hatte ich Manon verärgert. Sie muss gegangen sein, während ich mich schriftlich mit JoeyStarr unterhielt. Sollte man sich Sorgen machen, wenn die einzigen Mädchen, die man abschleppt, der Fantasie entspringen? Es ist durchaus möglich, dass ich allein durch die in Schutt und Asche gelegten Straßen gelaufen bin und laut vor mich hingeredet habe, wie ein *homeless bum.* Ich hätte in voller Montur in dieser Wanne ertrinken können. Es ist mir ein Rätsel, wieso ich überlebt habe.

Ich brauche nur aufzustehen, denn mittlerweile liege ich nackt auf der Bettdecke: Ich ziehe meinen Bademantel über und laufe die Treppen hinunter auf die Straße, dann in Richtung rotes Funkhaus.

7

Der folgende Text wurde um sechs Uhr morgens per SMS an Julie geschickt, die Koordinatorin der Kolumnisten des Morgenmagazins von France Publique und nebenbei die coolste Frau der Welt.

Die Idee, die Wörter einer Sprache mittels vereinfachter Bilder darzustellen, ist eine besonders perverse Art, die menschliche Intelligenz zu reduzieren. Gegenstände, Tiere, Lebensmittel werden nicht mehr durch Buchstabengruppen bezeichnet, sondern durch minimale Bilder, schlichteste Schemen. Es handelt sich gewissermaßen um eine Rückkehr zu den ägyptischen Hieroglyphen, beziehungsweise eine nichtpoetische Variante der Kalligramme Apollinaires. Es ist der Sieg von Disney über Proust.
Kann man die Proust'sche Emotion in Emojis fassen?
»Lange Zeit bin ich 🕐 🛏«?
Wir befinden uns am Beginn einer Phase des lexikalischen Verfalls. Die neue Form des Schreibens macht Komplexität unmöglich. Debatten werden maßlos vereinfacht. Man verwendet eine Sprache der Eruktation und

der Invektive, die nur Schwarz und Weiß kennt. Anfänglich tauchten Smileys in SMS als moderierende Elemente auf: zum Beispiel, um eine Übertreibung durch Hinzufügen eines 😉 abzumildern. Doch nach und nach ersetzten Emoticons den Wortschatz. Anstatt zu schreiben »Ich habe Lust auf dich«, sendet man 🍆 🔥. Kann die Literatur davon profitieren? Ich habe meine Zweifel, aber man müsste es ausprobieren, um 👀. Obwohl 😠, hat Octave einen weiteren 🍸 mit 👧 getrunken, das nach 🚬 roch; er war 🤤 😨, als er hörte, dass die 👮 immer noch auf die ✊ 🤕 🔫. Seine 👃 brannte, 👧 sagte, dass sie ♥ suche, aber immer nur 🍩 gegen 💰 finde. Die 🌍 stand in ♨️, die 🏢 und die ⌛ führten zum 💀. Octave war nicht recycelbarer 🗑. Der 🎧 spielte ein 🎶, das ihn 😜 stimmte, sofern es nicht an den 🪵 lag, die er auf der 🚽 gezogen hatte. Das 📱 in seiner 👖 klingelte, doch er 👂 es nicht. Das Leben war ein 🕳, und auch der 🍾 konnte nicht über 👽 hinwegtäuschen. Was er seit seiner 👶 am liebsten mochte? Wenn eine 👩 sich auf einem 🛋 🏄, wenn er einen 🌈 über dem 🌊 sah und eine 🌠 am 🏢 entdeckte, falls er 🐷 hatte. Er winkte ein 🚕 heran, um die 👧 🎓 mitzunehmen, aber er fürchtete, eine 🙅 zu kassieren. Im Grunde war Octave ein 🐥, das sich für ein 🐊 hielt. Er 🙄, um seine 😱 und seine Lust zu 😿 zu überspielen. Er wollte 💨, damit er nicht 🙀. Aus Manons 👀 sprach 🗯: Sie sah aus wie der 😈, eine 🦁, eine 🐯 … Glaubte sie wirklich, das Leben wäre ein Runde 🎠? Dieser 💩 hier gibt einen Ausblick, was 📚 verlieren, wenn man den 🖊 zugunsten des 💻 aufgibt.

7 Uhr morgens

Und die Menschen verbrannten in der großen Hitze.

Die Offenbarung des Johannes, zwischen 60 und 96 n. Chr.

1

Wie der Bauch eines Wals glänzt die Avenue des Champs-Élysées, nachdem ein Regenschauer auf sie niedergegangen ist. Weiße Wolken verschleiern die Sonne, und der Strom der Autos rauscht zum Arc de Triomphe, der verwüstet, aber offen dasteht, wie ein riesiges Tor zu einer anderen Welt. Wasserkanonen reinigen die Place de l'Étoile: ein riesiger Kärcher. Die protestierenden Gestalten werden weggefegt wie trockenes Laub, die Pflastersteine von ihrer Schlacke befreit.

Ich bin kein alter Mann, ich bin ein Vortoter. (Genau so, als »pre-dead«, definiert sich der amerikanische Schriftsteller T. C. Boyle.) Oder ein posthumer Mensch, wie Nietzsche sich in *Götzen-Dämmerung* bezeichnete (»Posthume Menschen – ich zum Beispiel«).

Bei Victor Hugos Beerdigung stellte man seinen Katafalk auf den Champs-Élysées aus, unter dem Arc de Triomphe, wo er von zwölf jungen Dichtern bewacht wurde, bevor ihn zwei Millionen Menschen auf der Strecke zum Pantheon eskortierten.

Draußen wurde es immer heller, und diese Wolken, die wie eine Herde Schafe vorüberzogen, entwickelten sich zu einem ernsthaften Problem. Sollte ich sie zählen, um wenigstens für zehn Minuten im Taxi schlafen zu können, ehe ich live zum ganzen Land sprach?

2

Sein Weg führt Octave, im Bademantel, an einem Bestattungsinstitut vorbei. Er stößt die Tür auf.

»Guten Morgen, Monsieur«, sagt der Bestatter. »Wer ist denn der Verstorbene?«

»Ich.«

Es ist ein prächtiger, kristallklarer Wintermorgen, der Himmel perlgrau wie eine Radierung, und doch habe ich mich nie zuvor schlechter gefühlt. Laufen kann so kompliziert sein, wenn man zwei vollkommen identische Korridore vor sich hat, obwohl man genau weiß, dass es nur einen geben dürfte. Es gilt, über unzählige Stufen, eine nach der anderen, ins Studio zu gelangen und dabei weder hinzufallen noch Fingerabdrücke auf den Glaswänden zu hinterlassen. Danach beim Sprechen nicht zu sabbern wird mich unermessliche Mühen kosten. Ich begrüße meine Mitstreiter mit einem Nicken, dem gurgelnde Darmgeräusche Nachdruck verleihen. In meiner Paranoia denke ich, sie werden sofort begreifen, dass mit mir etwas nicht stimmt, und höre meine Kiefer klappern. In Wahrheit scheren sie sich einen Dreck darum und lesen ihre Kolumne Korrektur. Das Studio des Morgenmagazins ist der einzige Ort, wo ein Kolumnist im Bademantel null Aufsehen erregt. Auf dem Gang unterhalten sich die, die ihren Livebeitrag bereits hinter sich haben, entspannt mit denen, die ihn noch vor sich haben und gar nicht zuhören, weil sie ihren Text laut vor sich hin sprechen und sich dabei aufblähen, damit keiner ihr Muffensausen bemerkt. Der Jovialste in der Runde ist Dominique Gombrowski; er probt seine Presseschau und wirbelt dabei mit den Armen in der Luft herum wie ein Schauspieler der Comédie-Française. Er sagt mir, dass ich gut aussehe, dass ich eine Wodkafahne habe, und holt zu einer seiner Schmähreden auf die Revolte der Neonwesten aus (wir sind im ersten Akt, ein Dutzend Autos brennen). Mit übermenschlicher Konzentration ringe ich mir ein Lächeln ab, ohne dabei eine Fratze zu schneiden. Er ist der Einzige, der mir meine Exzesse verzeiht, wir kennen uns schon lange, und er glaubt, dass sich hinter der abgewrackten Fassade ein echter Profi verbirgt. Wie viel Zeit ich in meinem Leben damit verbracht haben werde, einen möglichst normalen Eindruck zu machen … Aber je größer meine Anstrengung, eine heitere Miene aufzusetzen, desto mehr sieht es aus, als hätte ich einen Schlaganfall. Ich begrüße Sylvia Villerde mit einem Kuss auf die Wange. Sie wirkt gestresst, ihre Kolumne ist zu lang, sie ist nie zufrieden. Sie übernimmt ab 9 Uhr 30 für eine halbe Stunde die Moderation der Sendung, ihr Leben ist die Hölle; Panik ist bei ihr der Normalzustand. Ich würde sie gern irgendwohin mitnehmen, wo es warm ist, aber es ist nicht der geeignete Rahmen, sie anzuflehen, mit mir an irgendeinem Strand herumzuhüpfen.

3

Im roten Korridor des medialen Todes ziehe ich mir am Automaten eine eiskalte Cola. Ein großer Glatzkopf kommt auf mich zu:

»Sind Sie Octave Parango?«

»Oder das, was davon übrig ist …«

»Das Getränk da enthält zu viel Zucker. Ich bin Arzt. Passen Sie auf sich auf.«

»Es ist hart, alt zu werden. Man muss achtgeben auf Zucker, Salz, Fett, Wodka, Ketamin …«

Der glatzköpfige Riese glaubt, ich mache Witze, und knüpft ein Gespräch mit jemand anderem an. Derweil schütte ich mich mit Limo voll, die zu viel Saccharin enthält. Wenn er ein guter Mann seines Fachs wäre, würde er mich sofort für eine Magenspülung ins Krankenhaus einliefern lassen.

Der Grund meiner Trübsal bin ich, ich ganz allein. Ich bin zu emotional, ich habe meine Kräfte überschätzt. Ich gebe gern den Clown, dabei bin ich schüchtern. Sie hätten mir den Job nicht anbieten sollen, oder ich hätte ihn ablehnen müssen. Doch ich wollte Komplimente im Zug von Saint-Jean-de-Luz nach Paris Montparnasse ernten.

Ich lechzte nach einer letzten Dosis Selbstherrlichkeit wie ein Junkie, der seinen letzten Schuss verlangt. Das war genauso erbärmlich, wie meine Nächte auf der Tanzfläche es waren, wo ein Bodyguard mich von den Kids abschirmte. Ich hoffe, dass ich manchmal, wenigstens ein Mal, den Morgen einer Fremden verschönert habe, wie Tau, der die Erde mit seinem Firnis überzieht und die Natur zum Leuchten bringt, nach der Wildheit der Nacht, vor der Erschöpfung des ewigen Spötters.

Ich finde es schon sehr überraschend, dass ich noch lebe und physisch anwesend bin, in diesem Studio 511 des Roten Hauses. Und dann soll ich auch noch etwas vorbereitet haben? Frankreich fordert zu viel von mir. Schätzt euch glücklich, dass ich es überhaupt schaffe, ein paar Worte ins Mikro zu sprechen. Vor zwei Stunden war ich noch so dicht, dass der einzige mir verfügbare Kommunikationsmodus darin bestand, Wörter auf Papierfetzen zu kritzeln, die ich meinen Kameraden am Tresen hinhielt. Zur Primetime wäre das ein vielversprechendes Konzept:

»Ah! Octave hat uns etwas mitzuteilen …«, ruft Laura. »Ich lese Ihnen seinen Zettel vor … ›Guten Abend, allerseits‹.«

»Danke, Octave, für diesen großartigen Einstieg! Sonst noch was?«

»Warten Sie, er hat mir ein weiteres Post-it zugeschoben … ›Ich liebe dich, verlass deinen Kerl und komm nach der Sendung zu mir ins *Zebra*, Zimmer 102.‹«

»Vielen Dank, Octave, und wir machen hier gleich weiter mit Antonin Tarpenac und seinem Gast Xavier Polan, dem zweiundzwanzigjährigen Wunderkind der siebten

Kunst. Gerade hat er Regie geführt in *Heute lebt Mama*, seinem zehnten Film, der im Wettbewerb in Cannes gezeigt wird.«

Mein Leben im 20. Jahrhundert: an Bord eines Lamborghini mit Bleifuß und voll aufgedrehtem Radio. Und im nächsten Jahrhundert stellt sich heraus, dass das Auto von einem Typ geliehen war, der im Gefängnis sitzt, in Wirklichkeit gehörte es ihm nicht einmal, er hatte es bloß gemietet, ohne dem Besitzer etwas dafür zu zahlen, und eines Tages standen die Gerichtsvollzieher vor der Tür, haben den Lamborghini beschlagnahmt, und plötzlich bist du wieder zu Fuß unterwegs, die Landschaft zieht langsamer an dir vorüber, plötzlich erkennst du die Details einer defekten Welt.

Der Romanautor mit Botschaft will am Ende des Sommers einfach nur barfuß über die Wiese laufen, die sanft bis zum Meer hinuntergeht. Er will schlafen in dem Zug, der ihn nach Hause bringt, damit er an den Füßchen eines Babys knabbern kann, er will die wenige Zeit, die ihm bleibt, ausgestreckt auf einer Wiese mit Gänseblümchen genießen, und dann, kurz vorm Einschlafen, spürst du plötzlich deinen Sohn im Nacken, er klettert an dir hoch wie ein Koala, legt seinen runden Kopf auf deine Schulter, der kleine Schlingel, und schmiegt sich an deine Brust, damit du ihn ganz fest drückst, du atmest den Duft seines Haarflaums, und er brabbelt dir ein paar unverständliche Laute ins Ohr. Als er dabei eines Tages zweimal hintereinander »pa« sagte, bist du in Tränen ausgebrochen, die Erdbeeren und Himbeeren erfordern keine Arbeit, sie wachsen im Schatten hinter meinem Schuppen, und wenn die Kinder welche geklaut haben, streiten sie es ab, doch die Flecken auf ihren T-Shirts verraten sie. Die Berührung deiner kleinen Hand auf meinem Arm macht es mir schwer, die Wahrheit zu gestehen: Ich habe nicht für deine Sicherheit in den kommenden Jahren gesorgt, ich bin der Aufgabe, die mir oblag, nicht gewachsen gewesen, ich habe zugesehen, wie die Welt sich zugrunde richtete, und ich verdiene weder dein Vertrauen noch dass du mit deiner kleinen Hand über meine piksende Wange streichst.

Man kann Selbstmord begehen, ohne zu sterben. Auf der anderen Seite des großen Glasfensters sickert die Sonne in die orangefarbene Seine. Die Menschen um mich herum sind freundlich, aber sie wollen ein Land wachrütteln, Nachrichten übermitteln, und mein Kampf für Frivolität kam mir nie vergeblicher vor als in diesem Augenblick. Ich bin nichts als ein eingebildeter Klugscheißer, ich soll ein leidendes Volk auf andere Gedanken bringen, mich in Demut üben, arbeiten statt herumzulungern. Sich zur Hauptsendezeit für Müßiggang einzusetzen hat ebenso wenig Sinn, wie Steuererhöhungen in Krisenzeiten zu fordern. Die Menschheit braucht eine Verschnaufpause, ich will zurück ins Bett und mich vollständig abschalten.

4

In der Kindheit vergeht die Zeit so langsam, dass sie stillzustehen scheint. Auf dem Weg zum Erwachsensein beschleunigt sich der Rhythmus, aber wir nehmen es noch nicht wahr, weil wir besessen sind von der Zukunft, die wie ein nie versiegender Quell vor uns liegt. Es folgt das mittlere Alter, und auf einmal verfliegt die Zeit im Nu, als hätte man die Sehne eines Bogens bei seiner Geburt bis zum Äußersten gespannt, eigentlich um sie festzuhalten, doch dann ist sie plötzlich losgeschnellt. Die Zeit rast nur so davon, Jahre verrinnen wie Minuten. Als hätte Gott auf den Knopf »Schnellvorlauf« gedrückt. Die Beerdigungen häufen sich, die Geburtstage ebenfalls. Plötzlich machen die Babys der anderen Abitur, ihren Führerschein, sie heiraten oder sterben. Mit über fünfzig wird einem schwindlig bei dem Tempo, in dem es Richtung Grab geht. Die Zukunft stellt kein unerschöpfliches Füllhorn mehr dar. Man begegnet Jugendfreunden, die kahl sind wie Senatoren. Falten graben sich in unsere Haut, weil es anstrengend ist, die Zeit immerzu festhalten zu wollen; als könnte man die Niagarafälle mit gespreizten Händen bei ihrem Sturz in die Tiefe aufhalten.

Noch dreimal mit den Fingern geschnippt, und alles ist vorbei.

5

Die Umfragewerte liegen frisch auf dem Tisch: Ich arbeite für das meistgehörte Morgenmagazin Frankreichs. Stolz sagt der Moderator der Sendung *7/9* heute jeden einzelnen Beteiligten an. »Und jetzt zum meistgehörten Wetterbericht Frankreichs«, »wir schalten nun den meistgehörten Wirtschaftsexperten Frankreichs hinzu«, und als ich an der Reihe bin, verkündet er mit dem gleichen Schwung: »Und es geht weiter mit der Kolumne von Octave Parango, Frankreichs meistgehörtem Humoristen.«

Es wäre einfacher gewesen, nicht hinzugehen. Der Typ, der verschlafen hat, kommt besser an als der, der total unvorbereitet auftaucht. Nathan Dechardonne sieht mich an, als wäre ich ein auf einer Landstraße überfahrener Igel. Warum weiß er so genau, was er will, und wie schafft er es nur, die Leute so hinters Licht zu führen? Ich selbst bin unsicher und fühle mich demjenigen näher, der weiß, dass er nichts weiß, aber ständig darüber spricht (Sokrates).

»Guten Abend, Paris. Dies ist das Manifest der Postdekadenten. Als Erstes wollen wir dem Lachen Einhalt gebieten. Wir wollen nicht mehr lustig sein, denn die Welt kann sich das nicht mehr erlauben.«

Nathan fällt mir ins Wort: »Ich kann Sie beruhigen, Octave. Lustig sind Sie nie gewesen.«

»Ja, ich bin der Spielverderber bei 7/9. Zweitens, wir leben gegenwärtig in einer Dystopie, ich gebe es zu: Mein karnevalistischer Nihilismus hat den Planeten verbrannt. Ich habe lange zwischen Kollapsologie und feierlichem Selbstmord geschwankt. Ich heiße Octave Parango, und in zwanzig Jahren bin ich vierundsiebzig. Wenn mein Leben zu Ende geht, wird die Erde unbewohnbar sein. Mein Job ist dann erledigt: Ich werde eine größere Gefahr für die Welt gewesen sein als Le Chiffre, The Spectre und selbst der Joker. Zehn Jahre Party, zehn Jahre Werbung, zehn Jahre Medien: Ich bin verantwortlich für die Kohlenstoffkatastrophe. Deshalb verlasse ich Paris heute. Ich fliehe das Wirtschaftswachstum. Seid mir nicht böse, aber heute Nacht habe ich entdeckt, dass ich hier sitzen kann, während meine Seele woanders ist. Ich werde alles in meiner Macht Stehende tun, damit die Verschmutzung der Erde aufhört. Ich werde meinen Garten bestellen, mein Elektroauto mit anderen teilen, nicht mehr fliegen, mit Solartechnik heizen … Gilles Deleuzes Wunschmaschine wird die Entkonsumierung durchlaufen. Ich war niemals ein Vorbild, eher ein Antiheld. Kann ein Antiheld zum Vorbild werden? Ich habe versucht, meine Zeitgenossen zu warnen. Im Jahr 2000 sagte ich das Gleiche wie Greta Thunberg heute. Ich möchte klarstellen, dass das nicht mein Verdienst ist. Der Bericht des Club of Rome über die Grenzen des Wachstums stammt aus dem Jahr 1972. Wir wussten, dass wir gegen die

Wand fahren würden, hofften jedoch, wir wären nicht mehr da, wenn die Menschheit den bösen Streich durchschaute. Tatsächlich leben wir immer noch, wenn unsere Kinder uns zur Rechenschaft ziehen werden. Der Kapitalismus ist nicht zu bremsen, weil die Werbung stärker ist als der Wille unserer verwöhnten Kinder. Jetzt müssen wir während des Flugs aus der Maschine springen. Die letzte Hitzewelle wird laut Guy McPherson, dem Initiator des Konzepts der *Near-Term Human Extinction,* 2030 über uns kommen. Entweder wird im Laufe des Jahres ein ökofaschistisches System die Weltherrschaft übernehmen, was unwahrscheinlich ist. Oder wir müssen das letzte menschliche Jahrzehnt dazu nutzen, uns zu retten. Das ist die Botschaft der Postdekadenten. Man kann postdekadent und zugleich neoländlich sein. Es ist surreal, dass die Menschen immer noch ins Büro fahren. Sie müssten eigentlich unablässig schreien vor Angst und Schrecken. Oder alles hinschmeißen und zurück in den Wald gehen, um den lieben langen Tag zu ficken, Männer, Frauen, Tiere, Pflanzen, die ganze Schöpfung zu ficken, denn das ist es, was wir mit ihr machen, im übertragenen Sinn, seit gegen Ende des 19. Jahrhunderts (in der ersten Ära der Dekadenz) das Industriezeitalter eingeläutet wurde. Wir können nichts weiter tun, als die letzte Welle abzuwarten und unsere Kinder fest an uns zu drücken, wie Charlotte Gainsbourg in *Melancholia.* Es hilft nur noch, niederzuknien und zu Gott zu beten. Was haben wir zu verlieren? Die optimistischste Vision ist heutzutage, auf ein Wunder zu hoffen. Und den Rest der Zeit um Vergebung für unsere Sünden zu bitten. Es ist der einzige Weg, das Unannehmbare zu akzeptieren.

Wir waren ein Unfall im Universum, und wir werden verschwinden. Unser Planet wird wieder so karg sein wie seine Nachbarn; in der Galaxie wird die Norm wiederhergestellt: Brennende oder gefrorene Gesteinsbrocken, auf denen sich nichts regt und nichts von Bedeutung ist, rotieren im leeren Raum. Kein Leben, nirgends. Überall Nacht und fortwährende Stille. Danke, Herr, für die Menschheit, diese schöne verlorene Wette. Heute wissen wir: Die Tätärä-Demokratie kam einem Massenselbstmord im Stil der Sonnentempler gleich. Wir haben uns durch das Lachen selbst verbrannt. Es ist zu spät, um sich zu beschweren. Alle unsere Lebensmittel sind mit Plastik vergiftet. Die Luft, die wir atmen, ist verpestet. Man hätte im November 1989, nach dem Fall der Berliner Mauer, eine Neuauflage vom Mai 1968 bringen müssen, statt Kostümbälle zu veranstalten. Meine Generation, die Anhänger dessen, was Raoul Vaneigem den ›Supermarkt-Hedonismus‹ nennt, trägt eine unermessliche, gigantische Verantwortung, die zu schwer auf ihren schmalen Schultern lastet. Begreift ihr es? Wenn man uns gesagt hätte, dass wir die letzte Generation in der Geschichte der Menschheit sein würden … Es gibt genug Gründe, um verrückt zu werden. In den Achtzigerjahren verkündeten wir ›*No future*‹, weil wir dachten, wir hätten eine. Heute, da wir keine Zukunft mehr haben, steht uns nicht mehr der Sinn nach Punk. Deshalb bitte ich den Präsidenten der Republik, Cannabis sofort zu legalisieren. Frankreich muss ein Hippie werden. Die Parole lautet: Wir müssen uns selbst retten, um die Welt zu retten. Macht euch alle auf, verlasst die Städte, raucht die Friedenspfeife. Ich will euch, meinen lieben Brüdern und

Schwestern, reinen Wein einschenken: Wir müssen alle einen Gang zurückschalten, um zu überleben. Der Konsumrausch bringt uns um, und vielleicht ist es die Gelassenheit, die uns retten wird.«

»Na, vielen Dank, Octave, für diese hoffnungsfrohe Botschaft«, sagt Laura mit versteinerter Miene.

»Und das war die letzte Kolumne von Octave Parango«, freut sich Nathan Dechardonne.

»Schalten Sie jetzt nicht gleich ab, um nackt auf die Straße zu rennen«, brummt Antonin Tarpenac. »Denn im Anschluss folgt hier noch meine Sendung.«

Ich spreche weiter, in die vier Neun-Uhr-morgens-Pieptöne hinein, egal, ob ich meine Zeit überziehe, denn ich weiß, es ist mein letztes Mal:

»Als Jesus aus dem Pool kommt, in den ich ihn für einen Augenblick getaucht habe, krabbelt er auf allen vieren über den Rasen. Wie ein Krebs huscht er in der Sonne durchs Gras. Unter der Hängematte macht er halt, rupft ein Stück Rinde vom Stamm der Platane. Er folgt mit seinem Blick einem gelben Schmetterling, der von der sanften Brise getragen wird. Er pflückt ein Gänseblümchen, dann setzt er seinen Weg auf Händen und Füßen Richtung Lorbeer fort. Und plötzlich, als seine Mutter ein Handtuch zwischen ihren Armen ausbreitet, um ihn abzutrocknen, hat er keine Angst mehr hinzufallen. Er steht auf und, erstaunt darüber, dass er steht, beugt er sich vor und macht einen ersten, dann einen zweiten Schritt. Er kann kaum glauben, dass ihm das gelingt. Monatelang hat er sich geweigert und sich weiter auf allen vieren fortbewegt, aus Angst zu scheitern. Aber heute ist Schluss damit, er fällt nicht mehr hin. Er läuft, auf zwei Beinen, auf das warme Handtuch zu, das ihn in zwei Metern Entfernung erwartet. Er macht fünfzehn Schritte hintereinander, über Laub und Kiefernnadeln hinweg. Er steht zum ersten Mal in seinem Leben aufrecht. Ich filme meinen kleinen stolzen Eroberer mit dem Telefon. Seine große Schwester applaudiert ihm.«

»Er läuft!«

Ich liege im Gras, gegen den blauen Himmel hebt sich die Silhouette Jesu ab, und aus dieser Perspektive sieht mein Sohn so viel größer aus als sein Vater.

6

Ich beobachte, wie Nathan sich hinter der Glaswand des Studios für die Verspätung entschuldigt. Man spürt, dass er darauf achtet, was er isst. Er hat das verkniffene Lächeln von Menschen, die sich jeden Genuss versagen. Es ist seltsam, nie zu wissen, ob es ihn glücklich oder traurig macht, sich jeden Morgen schreckliche Dinge anzuhören.

Ich begegne Françoise Bachelot, sie lächelt und begrüßt mich mit Küsschen, ein untrügliches Zeichen, dass die Programmchefin über mein morgendliches Seppuku nicht auf dem Laufenden ist.

»Super Idee, im Morgenmantel hier aufzukreuzen«, sagt sie. »Das wird uns Auftrieb geben.«

Julie, die Assistentin der Kolumnisten und die netteste Frau der Welt, die mir drei Jahre lang, trotz meiner Patzer, meiner Ängste, meines Schweigens, jeden Donnerstagmorgen die Stange gehalten und, wann immer möglich, Mojitos mit mir getrunken hat, wirkt erschöpft: »Ich bin um zwei Uhr ins Bett gegangen und um vier wieder aufgestanden …«

»Ich habe fünf Minuten geschlafen, ich toppe dich.«

Ich beherrsche mich, um nicht auf die Tastatur ihres Rechners zu kotzen.

»Du warst sehr süß heute Morgen.«

»Ach ja?«

»Die Telefonzentrale hat alle Hände voll zu tun, die Hörer rufen an und sind zu Tränen gerührt. Die Gehaltserhöhung ist dir sicher. Nein, ich mach nur Spaß.«

»Und ich mach mich vom Acker.«

»Das hab ich mir schon gedacht. Trotzdem gibt es eine Sache, die ich nicht verstehe.«

»Was?«

»Warum hast du nicht den Text gelesen, den du mir vor zwei Stunden geschickt hast?«

»Welchen Text?«

»Den mit den ganzen Emojis.«

»Ich habe keine Ahnung, wovon du sprichst.«

Wir sehen uns lange an, und es dämmert uns beiden: Ich muss während meines K-Hole eine SMS verschickt haben. Sie hält mir ihr Handy hin, und ich lese die lange, mit kleinen Piktogrammen durchsetzte Nachricht.

»Wow. Ich erinnere mich an gar nichts.«

»Das glaube ich dir sofort, man braucht dich nur ansehen.«

»Ich bin ein Wrack.«

»Vergiss es. Es hätte sowieso nichts gebracht, die Bildchen in der Sendung zu beschreiben.«

»Ich werde gehen. Wir müssen alle gehen. Ich meine es ernst mit dem, was ich heute Morgen gesagt habe. Es ist vorbei. Die Gesellschaft muss sofort runterfahren.«

»Ich kann nicht kündigen.«

»Du wirst mir fehlen.«

Stille. Im Gang brummt die Kaffeemaschine. Der Wasserspender gluckst. Julie sieht mich sanft an.

»Ich habe es satt, dass nie jemand ›Ich liebe dich‹ zu mir sagt …«

Ihre Augen glänzten feucht hinter ihrer Brille. Ich nehme sie in den Arm. Wir sind beide ganz weichgespült durch die Müdigkeit.

»Drück mich nicht zu fest an dich«, sagt sie. »Nur zur Erinnerung, du bist nackt unter deinem Bademantel.«

»Ich liebe dich, Julie.«

»Das sagst du nur, damit ich lache.«

»Nein. ›Ich liebe dich‹ ist der unlustigste Satz der Welt.«

7

Eine Stunde später retweetete der Staatspräsident meine Kolumne und kündigte die Freigabe von Cannabis an. Er lud alle Franzosen ein, »sich jeden Abend um neunzehn Uhr auf dem Gras im Élysée einzufinden, um irgendein Kraut zu rauchen (oder umgekehrt), *cause it's a punky reggae party*«. Er fügte sogar noch hinzu: »*New wave, new rave.*« In der Woche darauf erhöhten sich seine Popularitätswerte laut einer Umfrage von Odoxa um zehn Punkte, auf dem YouGov-Barometer waren es sogar zwölf.

8

Im Zug bedankten sich die Fahrgäste bei Octave. Duftschwaden von holländischem Marihuana und marokkanischem Haschisch zogen durch das Abteil. Zum ersten Mal in seinem Leben arrangierte er sich mit seinem Alter. Er trällerte *Going Up the Country* von Canned Heat: »Ich gehe dorthin, wo das Wasser wie Wein schmeckt.« Und völlig legal zirkulierten im Abteil die Joints.

Er war jetzt ein Arbeitsloser von über fünfzig Jahren. Die Topthemen des Tages waren für ihn der Sonnenaufgang und das Morgenrot über dem Meer, die ersten Strahlen der Dämmerung über dem Rhune-Massiv. Im Garten etwas zu essen für die Kinder aufzutreiben, zu schreiben und verliebt zu bleiben, bis ans Ende der schwarzen Piste.

Er rief Lena an, um ihr zu gratulieren. Ihre Tochter lachte und nannte ihn »Opa«. Ihr Verlobter war älter als Octave. Er reparierte Boote auf der Wolga, sie schienen glücklich zu sein. Es war ihr wichtig, dass Octave zu ihrer Hochzeit in drei Monaten nach Samara kam.

»Dawai! Ich werde euch Kaviar aus Aquitanien mitbringen«, sagte Octave. »Der ist um einiges besser als der russische.«

Und später, während der Zug langsam auf sein Schlaraffenland zurollte, dabei die Heimatlandschaften seiner Familie mütterlicherseits durchquerte, das Poitou, das Limousin und das Périgord, und dann das Meer hinter den Kiefern auftauchte, musste er auf einmal schluchzen. Er konnte nicht anders, und die Mitreisenden in seinem Abteil wunderten sich, warum Octave vor Freude weinte, als hätte er eine Smiley-Maske abgenommen.

Paris, Guéthary und Pau, 2018 – 2020